一横一竖
一晃十年

边凌涵

著

当代世界出版社

THE CONTEMPORARY WORLD PRESS

目录 Contents

又见彼岸

奔腾不息的时光冲散了曾经相看两不厌的目光，只留下这些或粗糙或精致的笔画，成为日后彼此怀念的缠绕。

如果我只是弄丢一个气球，或者掉落一块蛋糕，我可以把它们买回来，

可是如果，我把你弄丢了呢？

如花美眷，就算敌不过似水流年，也应狭路相逢一段刻骨铭心的倾城爱恋。

未来，从今天一眼望不到头，来吧，那起早贪黑晨昏交错的日子。

蔷薇

行走，行走。
关于爱。

我们没能在短暂的时间里交付彼此的过往，想说的话太多，或许缄口不语才能最大限度地拓展言语的界限，直到心灵的无垠。

橘黄色的路灯把我和你的影子时而拉长，时而缩短，长长短短，却从未交叠。

佛曰，人有八苦：生，老，病，死，怨憎会，爱别离，求不得，五蕴炽盛。

又见彼岸　　■　□　□

算一算，从2010年1月24日敲下《彼岸·伦敦结》第一个字开始，写作迄今已整整六个年头。

生活不好不坏，日子不紧不慢。不敢说经历大风大浪，也毕竟看过不少迎来送往。

总还是有些话想说。

于是，就有了这本书里的故事。

是结束，也是新的开始。

始终相信宇宙中存在平行空间，有另一个"我"在那里过着理想的生活。

理想的生活是什么呢?

吃得香，睡得好，有人爱，有自由。

那么，就从现在开始吧，说理想太远了，只说两个字，"珍惜"。

——珍惜并肩前行的至亲好友，珍惜踮起脚想要够一够的愿望，珍惜每一个当下即成为过去的今天，珍惜此时此刻，有缘在此遇到的我和你。

如此，便足够。

PART 1
About Fantasy

春天的民谣，民谣的春天

2014年，我出乎意料地成了一名老师。那是个县城里规模不大的民办高中，1400多名学生，像1400多颗春笋，似乎只要风吹一吹，雨下一阵，就能噌噌噌往上长。4月的天，乍暖还寒，可已有耍酷的男生穿起短袖，露出年轻结实的臂膀。女生们找出去年收进箱子的长裙，长长的头发披在肩后，三三两两挽着，叽叽喳喳走过我身旁。

多情的夕阳贪恋人间，迟迟不肯离去，红彤彤的晚霞，是它隐秘的心事。塞着耳机走在操场上，我背着手，像一个老学究。青春期的孩子活力旺盛，下课奔跑、打球有时会失去分寸，高高的围墙关不住骚动的心，作为老师，我们有义务确保他们的安全。尽管，在这个万物萌动的春天，我的心也犹如柳丝拂过湖面，漾起丝丝波纹。

操场边的花坛里，虞美人正盛，推推搡搡。经过寒冷冬季洗礼的香樟树热烈吐芽，即使同一年移植过来，这些树也长得参差不齐。煤渣地的跑道上，不知名的草儿星星点点，还有一些野花散落其间，雪白、海蓝、鹅黄、粉红，像大地一夜之间冒出的无数青春痘。按理说，这些都是要被清理掉的，可能也就是一瓶除草剂的事。俗话说，"一年之计在于春"，但事实上春天也是个让人骨头发懒的季节。当然，一年中任何一个季节，其实都可以发懒的。

猝不及防地，好像晴空里的一枚流弹，狠狠击中心扉，让我一下子就迈不动脚步了。"董小姐，你熄灭了烟，说起从前。你说前半生就这样吧，还有明天……"懒洋洋的调子，不见任何声嘶力竭，却轻而易举让我举手投降。卸下内心的伪装，原来不过一秒钟的时间。我没有听过左立唱的《董小姐》，所以我第一次听到的就是宋冬野的版本，而且直到现在为止，我都没有去听其他人唱。我固执地相信，创作了这首歌的宋胖子，就是它最精准的演绎者。

"所以那些可能都不是真的，董小姐，你才不是一个没有故事的女同学……"眼泪瞬间涌上来，眼眶胀胀的，就快承受不了这咸咸的重量。有学生跑过身边叫了一声"老师"。嗡嗡响的脑子努力静下来，是的，我是一名老师，而作为老师，被学生看到流泪是有损形象的。赶紧抬头看天，让眼泪快快被空气蒸发。棉絮般的白云下面，一只鸟儿呼地飞过，不过不是鸽子，大概是只麻雀吧。它们多么自由。

去年高中同学聚会见到一个以前并没怎么说过话的男生，吃完饭顺路就一起散步到公交站。想不到以前瘦弱温顺的他，如今成了一个知名律所的律师。想象他西装革履去接业务，在当事人面前口若悬河，酒桌上推杯换盏滴水不漏，便觉得人世真是无常，你以为的，往往不是后来你看到的。他说，你变了，你的眼睛里，是有故事的样子。十年间，树叶长了又落，花儿谢了又开，时光留下的不只眼角的皱纹，还有起了皱折的心。

而故事，还是说给有故事的人听的。

于是，那个春天，我买了宋冬野演唱会的门票，我想去听他讲故事。

站在舞台上的他，跟想象中的差不太多，穿一件黑色的T恤，头发蓬蓬的，像

022

一只松毛狮子狗。怀抱一把吉他，没有过多的自我介绍，灯光暗下来，音乐就起来。

他唱得很安然。一个胖子，一把吉他，背后一块大屏幕，构成了画面的全部内容。可能是因为体积过大吧，才唱了没两首，就见他头上密密的汗。中间等候过场，他拿起一块毛巾，随意往脑门脖子一揩，那样自然的动作，好像他所在的不是底下有成百上千歌迷的舞台，而是村里大樟树底下的一大块晒谷地，旁边是一群仰着头听他唱歌的邻里乡亲。

咕咚咕咚喝水的声音，通过话筒的放大，在偌大的剧院里听来，让我有些想发笑。放下矿泉水瓶，也没有废话，胖子抱起吉他，继续唱。

随着每一次副歌高潮的来临，观众席里总会响起集体大合唱，像一波一波翻滚的浪。我的手腕上，系了一块橙黄色的丝巾，这是入场时门口工作人员发的，还有人把它绑在了头上。这让我感觉像加入了一个秘密组织，我们到这里，是来赴一场神圣的集会。心照不宣的荷尔蒙在体内左奔右突，散落在场馆的角角落落。我怀疑蜘蛛是不是也在结网的途中，听着听着就出了神，忘了工作，忘了这一刻究竟要干吗，它停下来，静静地趴着，任蛛丝在空气中晃荡，七七八八的音符落下来，砸在它的头上、身上、脚上。

下一首歌，胖子没有报歌名，但他挑眉的神色告诉我，这应该是首会让大家激动的歌。果不其然。当大屏幕打出《斑马斑马》的字样，就像一堆辣椒里扔进了一颗炮弹，顿时引信被点燃，大家噼里啪啦地开始鼓掌、欢呼、吹口哨。本来应该悲伤的一支曲子，此时却像是一出未经排练的滑稽的戏码。我莫名地生出一丝隔离感，明明身处人群，却有置身事外的漠然。我突然想，来到这里会不会是个错误的决定？这不是个听故事的地方，繁华模糊了它的纯真；民谣，其实更适合一个人，安静地听，出神地发呆，失神地怀念。

比邻而坐的，是一对看上去二十来岁的小情侣，整个演唱会，他们始终保持着十指相扣的姿势。我想他们肯定是非常相爱的，爱到一刻都不想分离，所以才会在空间距离几乎为零的时候，还要纠缠在一起。当宋胖子在台上唱出"不爱唱歌的姑娘，明天我就娶你回家"，乐声纷纷扬扬，身边的那个男生突然在女生耳边大喊，"嫁给我，好吗？"女生一愣，问，"你说什么？"男生又重复了一遍，"嫁给我吧，明天我们去领证。"尽管灯光黯淡，我依然清晰地看见，女生捂着嘴巴哭了。她重重地点了点头。两个人紧紧拥抱在一起。

观众席一隅，我无意充当了一个见证者，在沉静的吉他声中，在一个胖子沙哑的歌声里，一男一女两个人的命运，就这样被紧紧捆绑。我不知道明天他们会不会真的去领证，毕竟在那样的一个气氛渲染下，冲动来得简直比喝水还容易。当然我希望，激情褪去以后，他们仍能静静相守，听一听当初心动的音乐，握着彼此的手，喃喃说着情话，就像开始时那样。

一首《同桌的你》，让无数少男少女朦胧的情感有了正当的理由和发泄的窗口。曾经刻在心底的那个人呵，又怎会被时光磨灭印痕？唯美又伤感的旋律，令许多故事，在这个万物生长的春天，再次汹涌袭来。

你也曾红着脸问他借过半块橡皮，拿来却舍不得用，偷偷在一面写上他的名字，另一面写上自己的，放在铅笔盒第二层；一到下课，压住怦怦乱跳的心，飞快地拿出来握在掌心。旧兮兮的课桌上，他划了一道清晰的"三八线"，你写作业不小心超过，他会拿笔尖毫不留情地扎你胳膊，却在英语课上放肆趴着睡觉，手肘早已超越楚河汉界，而你却只想给他披上一件外套，希望他不要感冒才好。你穿了一条新的裙子，满心欢喜他会发现，谁知竟被他狠狠甩出的圆珠笔油给弄脏了好大一块，洗都洗不掉。你突然很想哭。你心里很清楚，难过的并不是因为那一条被弄脏的裙子。

考试时他故意伸过来的肘撞歪了你的字，你一边皱着眉，一边把试卷往他那边挪了一挪。他说喜欢上了隔壁班的某某，破天荒给你买了支棒冰，让你帮他去递情书。你忍着生理期的不适，一口一口吃下冷冰冰的礼物。晚自修下课，他如离弦的箭跑到后山小树林，回来两眼放光，撩起袖子，口沫横飞地跟你讲着他与她的相处，你心酸，却仍微笑着说"真好"。

这些，你都不觉得是委屈，即使有时候躲在被窝里偷偷地哭，怪他为什么不懂近在咫尺的温柔。似水年华匆匆过，你最终没有说出那句话，但你对那段时光充满感激，因为他，你懂得了爱与成长，因为他，圆满了你的青春。

这些，我们多多少少都会经历过吧，哪怕回过头再看，不过是一些可爱的傻气。氤氲的春日，车站一张大幅海报跃入眼帘，《同桌的你》被翻拍成电影，两个似乎不再年轻的演员，重新穿回纯白的校服，不知又会惹来几许唏嘘。但可以肯定的是，不管有没有听过这首歌，电影又将是一个释放青春的闸口。

看完影片已是深夜，一个人走在暮春的街头，小雨淅淅沥沥，伞在包里，却不想打开。想起许多年前，也是这样淋着雨奔跑在大街小巷。打着怀旧的旗号重绎经典，却总感觉少了点什么。是什么呢？心里模模糊糊地知道，却说不清楚。好像是一种味道，就是歌曲唱的那种清浅动人的伤怀。以前的爱，说不说都坦荡，就连纠结也显得潇洒。爱与离开，或许都只是自己的秀场。如今的爱，多了欲擒故纵的杂耍，拉拉扯扯谁也不肯先低头，难道这就是所谓爱情的新时代手法？

二十年前的情怀被精心包装，成了流通的货币。本来应该是私藏的佳酿，却变成昙花一现的全民盛宴。当我坐在黑漆漆的电影院，跟着周小栀和林一走过初中、高中、大学以至毕业十年，最后发现他们的故事，真的只是几道虚幻的光影，跟自己毫无关系。我是他们的看客，也是自己青春的看客。青春里的那些人，好像从来没有出现过。不知从何时起，我们松开了彼此紧牵的手，走着走着，就变成了一个人。

2003年，读高二那会儿，晚自修放学，我常常耳朵里塞一副黑色耳机，歪歪扭扭地骑着一辆绿色的凤凰牌自行车回家。街灯闪亮的晚上，旁若无人大声歌唱。但其实我的歌唱得很烂，基本属于六个音五个不在调上的那种，放现在来说，绝对是响当当的原创歌手。

我唱朴树的《生如夏花》，也唱叶蓓《白衣飘飘的年代》，唱得最多的，是水木年华的《一生有你》。"以为梦见你离开，我从哭泣中醒来，看夜风吹过窗台，你能否感受我的爱……"摇头晃脑穿过弄堂的黑夜，我想像自己是一阵风，来去无踪，一秒就可以飞到想去的任何地方。那个地方，有明艳的阳光，有丰美的水草，有一匹低首吃草的白马，白马旁边，是一个明亮的少年。他笑意吟吟，似乎已等候多时。

有时想着想着，便会笑出声来，少年眉清目秀，棱角阔朗，分明不就是日日惦念的那个人？路灯下，他背着书包朝我走来，步子悠悠，就像从我的梦里走出来一样。我立马闭口，脸烧得像七月的柏油地，努力装作若无其事擦着他的身骑过，倏忽刹那，电光石火，可惜，只是自己一厢情愿的惊天动地。而他，或许永远都不会知道，相隔一厘米之外，有这样一个女生的快乐，因为他一个不经意的笑容，多得快要满出来。多么希望，一生有你，就这样陪在你身边，一直到白发苍苍，一不小心就地老天荒。

后来这样的心情越来越少，通讯录里能放肆联络的列表也越来越单薄。走在斑马线上，绿色的小人滴滴地闪，突然想起一首好听的歌，打开手机，却不知道分享给谁听。于是只好看看树，望望天，树和天不会说话，却让蚀心的孤单，有了短暂的陪伴。想起年少时羞于出口的欢喜，是墙角独自盛开的茉莉花呵，不惹眼，却满屋飘香。有多久不曾体会暗恋的滋味？生活节奏快，连爱情都变得跟百米赛跑似的急吼吼。谁还会浪费大把的时光，坐在夜凉如水的台阶上，什么都不做，只是听听歌。

几年间，场合也去过一些，面儿上觥筹交错，热闹非凡，散了场，无非是日后微信上多了个点赞的头像。次数多了，再柔弱的心也套上了盔甲，不再轻易因为一次离别，而感伤半天。人来人往说的其实不是世态，而是时间。

装世故，扮老成，却骗不过回家拧开灯倒在沙发上的自己，妆花成一坨坨，四肢疲累无力，多想痛痛快快地睡上一觉，什么工作，什么生活，爱谁谁。也不管那烦人的爱情，是不是缺斤少两。如果一切可以放在天平上明码标价，那我也偏爱这飞蛾扑火的荒唐，胜过精打细算的荒谬。

怀旧是这个春天的流行病，随着柳絮飘扬，潜入每个人的毛孔。

3月来到鼓浪屿，传说中小资主义者的天堂。对照攻略按图索骥，门牌无误，却不是要找的那家手工杯子店。一问，才知道几个月前就已经转手易主。看似田园牧歌般的生活，也逃不过商品经济这只大手的摆弄。装饰精美的陶艺店，充满情调的甜品屋，随处可见神采飞扬的脸庞，来这里寻找世外桃源的人们，像一尾尾斑斓的鱼，游弋于街心花园和巷口小弄。

大大的榕树底下，一个胡子拉碴的男人，敞着衬衫领口，怀抱吉他，面前放着一顶倒置的太阳帽。他唱《睡在我上铺的兄弟》，声音是略带嘶哑的性感，伴着咸咸的海风有撩人的力量。我站在离他几米远的地方，看他的左手在弦上变换自如，好像吉他就是他的情人，他的手指，自由游走于她娇嫩的肌肤。自始至终他抬头望天，仿佛他面对的听众不是眼前的我们，而在看不见的虚空当中，这就让他的歌唱，有了一丝丝遗世独立的味道。走出很远，依然能听到他的歌声，那么寂寞。

夜深，赶到码头，却被告知由于雾太大，所有渡船全部停航。就近找了一家家庭旅馆，涂成浅蓝色的房间，墙上画了贝壳、海星、水草和各种各样的鱼。闭眼坐在地板上，就像坐在海洋的肚子里。靠着床，我从包里取出耳机，脑海突然被一种旋律反复敲击。按下手机的播放键，陈粒的声音就这么响起在春天的鼓浪屿小岛。

我看过沙漠下暴雨
看过大海亲吻鲨鱼

看过黄昏追逐黎明
没看过你

我知道美丽会老去
生命之外还有生命
我知道风里有诗句
不知道你

我听过荒芜变成热闹
听过尘埃掩埋城堡
听过天空拒绝飞鸟
没听过你
……

音乐跌跌宕宕，海浪起起伏伏，人影来来去去，我看见你回过头，然后，我们就一起笑了。

不同的人在歌里听到自己，这就跟在电影里看到相似的人生，是同一个道理。

民谣有一种奇怪的能量，安静也好，避世也罢，反正可以让人暂时忘却眼前的纷扰。忧伤的、懒散的、清浅的、随意的，听多了就会产生冲动，忍不住想放下一切，去看看外面的世界。但世界毕竟是个圆，走来走去仍旧回到原点，不过物是人非，你也不再是，过去的自己。

最现实的现实是，你依然需要工作来养活自己，倘若运气足够好，生计不是你担心的事，那么还有家人，他们的唠叨和牵挂，你是否一样放得下。所以最实际的现实是，早晨睡眼惺忪地醒来，音乐流淌，迷糊地洗脸刷牙，然后用五分钟的时间收拾停当，关掉电脑，对着镜子挤出一个标准的职业笑容，出门赶地铁。

吉他和慵懒的嗓音是另一个世界，在那里，没有房子、车子、工资和五险一金的困扰，你沉溺其中，像一个沙漠中又干又渴的旅人看到一汪泉水，捧到嘴边却是满手的沙子。让心灵得到宁静的东西，往往从世俗的角度来看，并无多少价值，好比青灯古佛的智慧，与名利双收的成就——灵与肉的矛盾，亘古长存。

街边的咖啡馆，花瓶里插着百合，打火机搁在一旁。落地玻璃窗外，孩子拍着皮球跑过，他的妈妈背着书包，脸上写满焦虑和疲惫。林然，我阔别多年的大学校友，娴熟地从烟盒里抽出一支"熊猫"，我拿起打火机，替他把烟点着。

我们陷在各自的沙发里，沉默地看着对方。数年不见，他变了吗？我变了吗？幽幽地吐出一个烟圈，他的脸上表情不知是欢愉还是痛苦。是谁说过，吸烟的人，都有一个寂寞的肺。咖啡馆开始播放一支熟悉的曲子，我在心里倒计时，宋胖子的声音分秒不差地抵达耳膜。街头巷尾被唱滥的《董小姐》，此刻听来却有几分沧桑的味道。

谷雨时节的风从厚重的大门溜进来，在他额前漂亮地打了个转儿。忘了是谁先开口，话题就从温暖过我们的那些歌儿说了开去。我们聊《米店》，聊在他身边停驻又离开的姑娘。我们聊《卡尔加里路》《关于郑州的记忆》《在大昭寺广场晒太阳》《北京的冬天》和《玫瑰》，聊那些遥远的人和地方，想起那些曾经向往的未知和疯狂。关于信仰、行走、天涯和爱情，我们想得太多，却实现得太少。

能这样暂时逃离狭隘的囚笼，多一秒都好。就算永远抵达不了，也不会在记忆里死掉——这是关于民谣，也关于一些与现实脱节、看似毫无用处的东西。

上个月去清华见了张涛，他在读一个与写作有关的研究生班。黄昏，他说去走走，我说去操场吧。赭红色的塑胶跑道，跑步的学生多得超乎我的预料。我们走得很慢，身边不停地刮过年轻的旋风。对于北京，我并无太多好感，尤其春天，沙尘暴、雾霾、杨絮翻飞，一茬接着一茬，才来第二天，鼻黏膜就干得受不了。

我同张涛抱怨，晚上10点的北京南站，灯光亮得刺眼，人挤人，五花八门的口音从各个方向袭来。顿时感觉生命如此局促，两千万的人口，多少人撞破了头想成为耀眼的分子，却最终泯灭于庞大的分母。他们因这个城市或喜、或悲、或怒、或乐，而这个城市，却冷漠得不给一丝回应。他拍拍我的脑袋，说："你不懂，对北京来说，他们只是两千万分之一，可对他们来讲，北京就是百分之百的希望。"

看我撇撇嘴不以为然的样子，他好脾气地结束了这段对话。掏出手机，他说："给你听首歌吧。"

我探过脑袋看，程璧的《我想与你虚度时光》，我很喜欢。

散淡的大提琴独奏，清亮的口琴配上细腻柔软的吉他，安静地开始，缓慢地推进。晚霞散去了，北方的暮色沉沉地压下来。我和张涛依然不紧不慢地走着，歌声回荡在我们中间，像码头边海鸥盘旋。操场上绕过一圈又一圈，偶尔两人的肩膀会撞在一起，然后音乐也会跟着晃一下，晃一下。

突然想起一首诗，和着春风就读了出来。
木心先生的《从前慢》。

记得早先少年时
大家诚诚恳恳
说一句　是一句

清早上火车站
长街黑暗无行人

卖豆浆的小店冒着热气

从前的日色变得慢
车，马，邮件都慢
一生只够爱一个人

从前的锁也好看
钥匙精美有样子
你锁了　人家就懂了

他轻轻揽过我的肩，说："你看，今天是满月。"

地理环境带来的气质差别，不仅体现在个体身上，也贯穿每一首歌的字里行间。集结了无数情绪的城市，或者是很多创作者的灵感来源。

叙写南方的歌往往带着雨水，潮湿又伤感，倔强却柔软。身穿碎花长裙的南方姑娘，清晨的露水装饰了她的眼睛，平静悠扬的脸庞写满了思念的忧伤。她们有满腹的心事，却从不同你讲。赵雷在《南方姑娘》里唱道："南方的小镇阴雨的冬天没有北方冷/她不需要臃肿的棉衣去遮盖她似水的面容/她在来去的街头留下影子芳香在回眸人的心头。"而《米店》是这样的："三月的烟雨，飘摇的南方/你坐在你空空的米店/你一手拿着苹果，一手拿着命运/寻找你自己的香。"听来不觉让人心旌荡漾。

北方的风沙和干燥，同样也融进了歌者的血脉，直爽和粗犷让感情也变得更为大胆和直接。尤其"北京"这个意象，更是让无数的歌手魂牵梦萦。"许多人来来去去，相聚又别离/也有人喝醉哭泣，在一个人的北京。""即使我还是个穷人/但这里还是有期待我的人/即使北京再拥挤/还是给我留了一个位置的……"北京，又岂止是一个地名，它是很多人的精神家园，全部身心的安置之所。是梦想，也是梦魇，但不管如何，都必须为了理想而坚持，哪怕在别人看来，只是一些不着边际的幻想。

复忆起张涛的话，刹那了然。两千万分之一，与百分之百的理想。

民谣中吟唱的对象，姐姐、少年、姑娘、兄弟，似乎暗含了歌者的精神指向。他们浓缩对未来的憧憬，放入某个具体的人之上。所以美不胜收，所以遥不可及。

"你可知道你的名字解释了我的一生/碎了满天的往事如烟，与世无争。"有时，悲伤比欢喜更令人彻夜难忘。

三十岁的春天，依旧孑然一身。身边的朋友换了一拨又一拨，手机里下载的歌却还是那么几首。如果可以，就让我融化在歌者饱满的理想里，长眠不醒。

束起马尾的姑娘，在桥下水边轻柔地浣着衣裳，她期待爱情，就像期待一场惊蛰的春雨。一袭白衣的少年，蓬勃得像岸边芦苇，他抱着一把吉他，寻找自己，也寻找她。空气中尘埃飞扬，门廊前窜过悸动的春风，临水的竹摇椅上，老人昏昏欲睡。燕子回到南方，忙碌地拾拣枝木，它们不知疲倦地搭建新家，盼望孕育的新生命。

哦，又一个春天，来了。

知道大冰名字的时候，我尚未走近民谣，可随着他接连推出的几本畅销书，我想不只是我，肯定有更多的人在爱上民谣的同时，对书中以梦为马、随处可栖的生活，产生无限遐想。《董小姐》和《南山南》，把它们推向大众的是在两个万众瞩目的选秀舞台上，从乏人问津到万人空巷，转折发生在一夜之间。

于是，原唱歌手被镁光灯隆重推到幕前，接受潮水般涌来的追捧。这一天，他们是不是已经等待了很久？当灼热的灯光打在脸上，他们是否还记得，最初为何想站在这里？熙熙攘攘，你来我往，会不会改变，那一个简单到让人心疼的声音？

优秀的民谣歌手，是不是和游牧诗人，当有几分相像？享受精神的自由与洒脱，随性而至为广阔的草原再添一朵花。

有些事，即使回得去，也不再是原来的味道。所以长路漫漫，且行且珍惜。不知道那个在宋冬野演唱会上求婚成功的男生，会不会在很多年以后，当熟悉她，就像熟悉自己的左右手时，依然清晰地忆起，某个春日里轻若浮云的誓言？

一切外物的显现，不过是我们的心投射其上的镜像。所以无论民谣是孤单，还是喧嚣，只要你喜欢，就好。

而我，会在这个春天，明年春天，下一个春天，继续聆听——

我想和你虚度时光，比如低头看鱼
比如把茶杯留在桌子上，离开
浪费它们好看的阴影
我还想连落日一起浪费，比如散步
一直消磨到星光满天
我还要浪费风起的时候
坐在走廊发呆，直到你眼中乌云
全部被吹到窗外
我已经虚度了世界，它经过我
疲倦，又像从未被爱过
但是明天我还要这样，虚度
我想和你互相浪费
一起虚度短的沉默，长的无意义

一起消磨精致而苍老的宇宙
比如靠在栏杆上，低头看水的镜子
直到所有被虚度的事物
在我们身后，长出薄薄的翅膀

我想。

我们聊那些遥远的人和地方，想起那些曾经向往的未知和疯狂。关于信仰、行走、

天涯和爱情，我们想得太多，却实现得太少。

我想象自己是一阵风，来去无踪，一秒就可以飞到想去的任何地方。

那个地方，有明艳的阳光，有丰美的水草，有一匹低首吃草的白马，

白马旁边，是一个明亮的少年。他笑意吟吟，似乎已等候多时。

分一半世界给妖怪

面纱

后背挺拔，瘦削的骨架撑起一件略显宽大的浅灰色T恤，圆形的领口有些皱了，像一圈连绵的丘陵贴在皮肤上。他坐在我斜前方，两只手规规矩矩地放在大腿上，棕色的塑料凉鞋有种故作矜持的正式——从他家到我家，门对门不过十来米，他本可以穿着一双拖鞋趿拉过来的。可是我喜欢他这样的郑重其事，仿佛，我们接下来要一起做的事，是值得被慎重对待和隆重纪念的。稍微凑近一点，我能闻到他身上传来的洗衣皂的香味，淡淡的，像某种不知名的花香。

开始了，开始了！有人兴奋地做着预告。想象被撕出一道闪电形的豁口，现实的光亮刹那间倾泻而入。我与他并未单独相处，农村老家狭小的屋子里，五六个孩子挤在一块儿，脖子伸得长长，眼睛全都紧紧盯着两米开外放在柜子上的电视机。失落的我收回爱慕的眼神，尽管我相信，即使我对他垂涎欲滴虎视眈眈，也不会有任何人发现异常。脱缰的注意力被重新拉回，因为当有人宣布开始，意味着守候多时的大门即将打开，潘多拉的魔盒，里面会跑出什么样稀奇古怪的怪物，无人知晓。屏息敛神，空气似乎有了重量，幻化成捉摸不定的密闭空间，每一个人深陷其中，却甘之如饴。更有甚者把屋内的两块棉布窗帘拉得严严实实，大白天发生日全食，屋里黑漆漆的，仅有的光来自于那个藏匿了无数秘密的黑色长方体。

当第一个音符幽幽地飘进耳朵，我能感到自己的身体猛然一颤，心被一根细线吊着，越拎越高，就快从胸腔中跳出来了。再看他，侧脸隐在晦暗的光线中，鼻翼翕动，嘴巴不知何时已抿成了一条线，两只手把裤子攥出了强烈的褶皱。几近全黑的屏幕中，一束红色的光悄无声息地移动，配合着忽高忽低的呜呜声（感觉不像是人发出的），呼吸开始变得身不由己，身处众人之中，我听到阵阵急促的喘息声此起彼伏。

画面渐亮，一个书生模样的人正伏案写字。并拢手指，双手弯曲合成一个小喇叭置于唇边，浩浩转过头贴近我的耳朵悄悄说，这个人就是蒲松龄，《聊斋》的作者。他喷出的热气吹进耳朵痒痒的，我撇撇嘴拿食指伸进小小的耳洞里捣鼓了几下。至于他说的什么蒲松龄，我毫不关心。我又不认识这个人，关心他做什么？眼下让我紧张得喉咙发紧的，是枯树背后伸出的一只有着长指甲的干枯的手，床上的女人头怎么好端端就跟身子分了家滚落一旁，还有从湖里舞着水袖升起来的白衣女子，五官模糊……

关于少年的记忆中，《聊斋》绝对是浓墨重彩的一笔。它第一次把恐惧用极其具象化的表现形式呈现眼前，让我知道在这个世界上，存在着跟人长得极像却又有着完全不同于人的生物特质的物种，它们可以随时身首异处，日行千里，不食粮水，狐狸可能是人，人也有可能是鬼，而鬼，大多娇美艳丽。看似平淡无奇的地方可能埋伏着藤牵枝蔓的危险，死亡的入口并非阴暗诡谲——遥望落英缤纷，头昏脑热中误将幽冥地府当作桃花源头也不回毅然而至。

用手挡住眼睛，只从手指的缝隙里不时地瞄一眼瞄一眼，刚才的解说大概是他向惊恐挑战的最后勇气，此刻的浩浩像极了一只身手矫健的蚱蜢，来回跳跃在各种惊怖的图像中间。汗毛直竖，皮肤上鸡皮疙瘩粒粒可见，遮住视线能逃得过画面，可瘆人的音效却无孔不入，从天灵盖凉到脚底心，骄阳似火的夏日，我分明尝到了凉彻骨髓的寒意。背脊依然坚挺，宛若一尊质地上乘的雕像，他的稳若磐石使我想变成一根苇草攀缘于之身上，肆意汲取他的温度与力量，无人能及的胆气，黑暗之中唯一的光芒，跟他比起来，浩浩简直就是个张牙舞爪的跳梁小丑。

很多年以后我才知道，男女生一起看恐怖片的意义，绝对不是为了分享肾上腺素飙升带来的血脉贲张，而是，借助人为的封闭和预知的恐惧氛围，尽情释放内心无法明说的幽思、爱慕和渴望。一时头脑发热蒙着眼睛钻入他的怀里，似真还假，想要起身，却被他紧紧抱住。一个趁机小鸟依人，一个正好英雄救美，各得所需，也算是恐怖片额外的社会福利。强忍着四下奔跳的惊恐，紧咬牙关，我慢慢靠近他的身体，竭力想从淡雅的花香中嗅出一丝安定，脸差一点就要贴到他的背脊了，仍不自知。

距离陡然拉开，一阵怪异的风拍过脸颊，像扇了一个大耳刮子。木凳子侧翻在地，变了调的尖叫声刺痛了我的耳膜。就在两秒钟前，毫无征兆地，他猛然站了起来，抱住头，仿佛被闪电贯穿般剧痛难忍，面孔扭曲，两腿似失去控制跌跌撞撞地跨过我们，冲出屋子。从虚幻的惊怖中醒过来，孩子们面面相觑，不明白哪一个环节出现了偏差，直到，有一个孩子发出夸张的大笑。笑声很快代替了讶异，空洞地、干涩地回荡在狭小的屋子里。或许没有一个人知道为什么笑，哪里好笑，却一个比一个笑得大声，笑得前仰后合，笑得流出了眼泪。面部抽搐，我的笑，一定比哭还难看。

他的落荒而逃卸下了我们的心有余悸，他突如其来的软弱反衬出其他人的英勇无畏，尽管每个人心里都清楚，提前离场的他，不过是率先撕下了一张面纱，一场我们所有人极力掩饰的假象。望着空荡荡的门口，我的心上忽然像被压了一块石头，重得喘不过气来。幻想他会奇迹般回归，带着英雄的霸气，破碎的印象被重新黏合，时光倒流，我们回到故事发端的那一刻。

发端

一千七百年前，她险遭不测，幸得他机灵相救，牵绊的发端，恩比情更难偿还。一千七百年后，杭州西湖，烟雨朦胧，心甘情愿放弃修行千年的道行，她落入凡尘，只为与他相依相守，生儿育女，共度人间情爱，即使短暂不过区区数十载。

在所谓仙家的眼里，她是妖，美得绝代芳华，也是妖术使然。在他眼中，貌若天仙的娘子是世上绝无仅有的一块瑰宝，他敬她，爱她，笨拙地宠着她，却仍免不了夜深人静深情对视之时间起，我许仙何德何能，今生可以拥有你这般美丽、善良的娘子？

你当然不配。三伏天，屋外大樟树上的蝉都被炙烤得停止了喧嚣，冰棍的清凉解不了暑，我的胸口有团火在烧，甜腻的糖水滴在手指上，我一边舔，一边恶狠狠地想。

放弃位列仙班的资格，以身相许还你当年救命之恩，她帮你开办保安堂，成就你饱读诗书药理却无处施展的理想。你木讷，老实，不善言辞，且不知人心险恶，她为保你周全，护你安康，一力承担所有的人际纠缠。耳根软，心似无根浮萍，你宁愿轻信一个陌生和尚无凭无据的指控，也不肯静下心来回头想一想，她曾替你分担的诸事繁杂。怀疑和恐惧占据了你的大脑，你越想越毛骨悚然，娘子难道真的不是人，而是妖？

事实上，即使她是妖，又如何？劫富济贫，除暴安良，开店治病，救死扶伤，这样的妖，难道不胜过世上大多数的人？更何况，她对你，忠贞体贴，柔情绵长。

身边有不少男子的择偶标准，首推白娘子。容貌自不必说，更重要的是，她能力超群却恰到好处地放低身段，站在官人后边事无巨细地打理好一切，带出去有面子，回到家有里子。男人那点可怜的小心思，全被她温柔的芊芊玉手给照顾得妥帖安实，省下大把的精力，不就可以借着鸿雁之志的幌子大肆挥霍？试想，午夜梦回，枕边人了无踪影，轻手蹑脚追寻，恍惚中见她脱下人皮……真相如鲠在喉，你坚持初心，还是另觅良伴？

别急着给出答案，因为许仙的例子告诉我们，逃避才是男人真实的第一反应。她的从天而降过于完美，根基不实的爱让你无来由的害怕，感叹命运垂怜的同时，更多的疑问充斥脑海。承认吧，男人脆弱的尊严让你感到了自卑，渴望掌控万物的虚荣让你膨胀了自私，所以哪怕没有法海的挑拨，你也早就在心里埋下了猜忌的引信。我猜你的心里其实是有些感谢法海的，他的强力介入，使你能够把诽谤的责任全部推在他头上，随他进入金山寺，谁知是不是你出的主意？

为救你，她身怀六甲，却一阶一阶跪上金山，你自以为是的人间伦理牵扯出一场残酷的天人交战。水漫金山，触犯天条，雷峰塔下，她报的又岂止是一千七百年前的救命之恩，分明，她是想告诉你，天规何所惧，正邪善恶的标准不是那些断绝七情六欲的人说了就算，她倒要看看，坚守一生挚爱，到底还会遇上多少阻碍，忍受多少痛苦。人妖殊途，只是因了没有找到破解真爱的密钥。

当法海拉回她的手，她指尖的温度离你愈来愈远，雷峰塔门渐渐合拢，我才发现，其实一切早就注定。所谓生死轮回，天道有常，你救她一世的恩，这一辈子，她拿命来还。

结局已然不重要，她陪你走过完整的这一遭。

完整

人类的安全感是一种奇怪的体验，心里好像装有一个自动识别的容器，各等事物、情感、关联，放进去，无须输入指令，它很快会给你一个结果——合理的、完整的、符合认知习惯的，往往最容易被接纳，让人获得自我认同的满足。

统观妖怪的造型，仿佛多多少少与人脱不了干系，或者多出一只眼睛，或者省去健硕的四肢，至于故意夸张某个身体部分，更是家常事。是人的创造力有限，想象不出纯粹虚拟之物吗？抑或，妖本就脱胎于人，前世今生，都与人息息相关？

想当初《聊斋》之风盛行，我壮着胆子观看数集，具体内容如今早已记不清晰，唯有一个主题曲里的镜头，像烙印般鲜活地刻在我的回忆之船上：面朝观众，一具无头男尸手执利剑，摇晃着跳上方桌。等等，既然他没有头，那我怎么能肯定，这是正脸，还是背面？寒意又一次从脊柱上窜，令我惊恐的并非全然出于电视画面，自我增设的细节才最让人防不胜防。蒙太奇般在脑中疏忽闪过，滴血的牙齿咬住谁的耳朵，灰白的眼珠骨碌碌滚落桌面，尖利的指甲突然变长，刺入女人的脑门……摸摸腋下，汗湿一片。

老宅的木楼梯年久失修，走在上面，会发出吱呀吱呀的叫声。白天听来像是猫叫，万籁俱寂时，你会觉得是谁正推开柴门。楼梯陡，没有扶手，楼上光线也不好，两边的屋子白日里仍显得十分阴沉。每次从楼上下来，我都恨不得一步跨到地面，总觉得会有一只干枯的手，从身后哪个不知名的角落朝我倏忽伸来，掐住我的脖子，或者，只是轻轻地拍一拍我的肩膀。正视阴影并不令人胆寒，可怕的是，阳光灿烂，前程似锦，却怎么也摆脱不了，身后那片无边无际的阴暗。为什么人的眼睛位于脸庞正面，而不是像耳朵那样，长在两边？是不是，太过于重视直观经验，刚愎自用的人类，一意孤行地选择让"看见"而非"听见"或者"闻见"，来率先使审判的权力？还是，一往无前地朝向未来，就能让人罔顾所有来时的路，将前尘旧事尽抛洒？难道，大踏步地抛弃黑暗，就一定更靠近亮光？

如影随形，它在你的背后摇曳生姿；阴影，是你永远都不可能抛弃的，宿命。

对科学缺乏必要的了解，古时人们把日全食视为不祥之兆，素有"天狗食日"一说。试想千年前某日万里无云，烈日当空，一小股黑影忽如幽灵般降临，自角落开始吞噬，光明渐渐消失，巨大的恐慌席卷大地。固守的人与自然的平衡被倾覆，被尊为天神的太阳丧失了对其自身的控制权，完整性不复存在，人类代际建立的认知模式被轻易摧毁。残缺，不仅仅是一种缺憾，更是一种对视觉和情感的双重冲击。

时至今日，我们依然会倾向于那些符合认知习惯的事物，眼睛和心一样，首要的功能便是自动过滤。天桥底下坐着卖艺行乞的男子，歌声苍凉。他抱着吉他，双腿齐膝不知因何截去，伤口赤裸裸地露在外面，让人触目惊心。他面前豁了口的陶瓷盆里硬币纸币杂乱无章，但更多的人，行色匆匆，瞟一眼，或者不自觉地避而远之，或者视若无睹继续向前。城市的协奏曲中，他是不和谐的音符，却又如此微小，在激昂的乐声中几乎弱不可闻。会有人停下来，静静地听他弹完一首曲子吗？然后，再听他讲讲，生活的艰辛与快乐？身体的遗憾，让他的青春之花提早枯萎，人来人往的城市，他终于成了一个孤独的异类。

异类

或者鬼魅，或者怪异。无意中扫过那几张电影海报，我不寒而栗，害怕可怖的人像突然活动起来，空洞洞的眼窝，望着我……非我族类，他们全都长着异形的脸。

"看场恐怖电影怎么样？"男友说，"当作庆祝你的生日。"周末，室友出门扫街，简单到粗糙的小居室，成了我与他的秘密花园。年幼时《聊斋》留下的冰凉渗骨犹在，我坚决地摇了摇头。了解自己的心理承受程度，我依恋轻喜剧营造的舒适氛围。这是我安全地被圈养的不会触礁的生活。换言之，冒险固然新鲜刺激，但人各有命，我的血液因子中，基本与探险隔了N个太平洋。画地为牢，我在牢里安然地啃着香蕉，任他百般诱惑，我自岿然不动。

转折发生在什么时候？妥协，各退一步，我答应陪他一起看，前提是他关掉所有音效。莫名地变得兴奋，他向我保证，拍着胸脯信誓旦旦的样子让我好笑：感谢你把这个"第一次"献给我，定会让你终生难忘。

不幸被他言中，确是想忘也忘不了。密封的空间中，即使全无声音的渲染，我也能从不停地闪烁着黑白噪粒的画面中，感受到无处可逃的压抑、深不见底的绝望。《午夜凶铃》，从未想过，有一天我会以接受生日礼物的方式与之狭路相逢。并不是在影院，不用担心走动会干扰到其他人的观影，可整整100分钟，我却一点儿都没有拔腿跑开的欲望。仿佛有一股不知名的强大力量，把我牢牢摁在椅背上，压制了我全部的力气，使我寸步难行。镜头由远及近，推向园中突然出现的一口枯井，贞子慢慢地从电视里爬出来……爬出一个恐怖电影中的经典画面，也把那个六月的阳光爬得支离破碎。

连续一个月不敢合上眼睛睡觉，好像只要一闭眼，身边就会出现一些不可言说的奇怪的东西。及腰的黑色长发披满全头全脸，不见五官；白色的任意行走的影子；一双暗黑无底的眼洞，忽然出现眼前……浴室的下水口，弯下腰我从里面掏出一把黑色的长发，就是它们，阻碍了水流的自由游走。手里的头发滴着水，粘在一起，像是从谁身上硬生生扯下来的，透着丝丝诡秘与阴寒。有那么一个瞬间，我竟然感觉自己仿佛置身井底，水，正一点一点从身底溢上来；头发，大把大把的黑色长发，是水里盛开的罂粟花，妖娆地纠缠，舞动，突然一双白骨嶙嶙的手，尖哨着伸向我……

头皮发麻，每一天都似复刻了那一日的惊悚，挥散不去，苦苦煎熬。

不血腥，不暴力，摄人心魄的并非视觉撞击；它侵入五脏六腑的利器，竟是一种异样的感觉——冷酷、孤绝、被监视、逃不了——赤裸裸地暴露在探视镜下，你此刻尚能自由呼吸的唯一理由是，它暂且还瞧不上你。臆想中的恐惧模糊了现实和电影的界线。奇怪的是以前无论看过多少部喜剧片或者爱情片，都没有那么强烈的代入感，不会整天幻想着有朝一日我的盖世英雄踏着七彩祥云来接我。

为什么，声嘶力竭的搞笑，敌不过轻描淡写的恐怖？

"听到那声音，就会觉得似乎有什么东西在那里……你会按捺不住内心的冲动去幻想那东西是什么模样，虽然看不见，但你就是知道确实有什么在那里。来自个体遭受到监视或威胁的恐惧和直觉，妖怪就是这样诞生的。"日本的"妖怪博士"水木茂在《妖怪天国》中，是这样解释妖怪的起源的：70%的原型来自中国，20%由印度传入，只有10%才是本土特产。日本号称有八百万神，妖怪数量多到让人汗毛直竖。地域狭小，资源匮乏，火山、地震、海啸等自然杀手频频展露凶招，如此众多的妖怪，不知它们住在一起，会不会觉得拥挤。

作为恐怖片家族的一座丰碑，《午夜凶铃》率领着一众吓死人不偿命的影片，汪洋恣肆地从日本飘向全世界，人们一边捂着胸口惊声尖叫，一边在社交网络上忙不迭地点赞。如果说，妖怪是人异化的产物，人就是妖怪忠实的信徒。怕到骨子里，却欲罢不能，人类以自身的两重性创造了光怪陆离的妖怪王国。

两重性

一方面是传统观念教化下的谦逊、忍让、克己复礼，一方面是流行成功学宣扬的激进、冒险、胜者为王。飞速发展的时代，潜藏在体内的极端两重性，被无限度激发。不疯魔，不成活，说的又岂止是模糊了生存意义的程蝶衣；有多少人勉力支撑摇摇欲坠的世界观，惶惶不可终日。

当世界扯下温情的面纱，人类在风云变幻的大自然中发现越来越多无法用常识去解释的现象，异族诞生的温床就此孕育。既是宣泄的闸口，也是释密的通道，人类需要一种存在于想象之中（或者也存在于现实当中）的力量，去代替自己对抗看似不可能战胜的对手——远古时代的风雨雷电、山洪海啸，无一不是充满了原始神秘色彩的事物。恐惧，让人类低眉顺目暂时放下凌驾于万物之上的尊贵，让位于虚空中更加全能的帝王。傲视一切的神，自此成为人类精神依止的归宿，使之在面对未知时，凭空添了几分虚妄的自信。

日本另一位"妖怪学者"小松和彦说："人类这种生物，既会对自己无法理解的事物感到不安，又喜欢用自己的想象力去创造一个能说服自己的解释。'神'就是这样出现的，象征着超自然的统治力量，接受人们的祭祀。而妖怪也就诞生于神法普照的阴影之中。"光明、温暖、善意的另一面，是黑暗、恐怖、诡异的恶之源泉。妖怪，就是把眼前无形无相的空间用具象的状貌展现出来，以承担人类无处投放的另一种情感。

中国的上古时代，神话传说占据了半壁江山，其中有名有姓记录在案的妖怪，多到令人毛骨悚然。相较之下，现代人的想象力着实贫弱有限，描摹出的妖怪形象无非在先人创造完工的基础上涂涂改改。也难怪，有那么辽阔丰厚的宝藏，谁还乐意费尽心思去凭空制造一个可能远不及前辈的小妖怪？紧抱文化遗产的大腿，不过都是自鸣得意的啃老族。

国产动漫《大圣归来》在2015年的暑假火得一塌糊涂，大人们在小孩子前仰后合的欢乐中无比激动地检阅了一场童年的英雄梦想。剧中的正面人物设置中规中矩，倒是反派大Boss让人眼前一亮，据说是借鉴了《山海经》中"混沌"的形象。才疏学浅，立马上网百度了这个妖怪。混沌，上古四大凶兽之一，传说是三苗族首领驩兜（huān dōu）因作恶多端被贬至凡间后的怨气所化。《山海经·西次三经》中有如下描述："有神焉，其状如黄囊，赤如丹火，六足四翼，混沌无面目，是识歌舞，实惟帝江也。"残暴、不辨忠良、欺善喜恶，人们给妖怪"混沌"扣上的帽子，沿袭至今。经查，另三大凶兽分别为，饕餮（tāo tiè）、梼杌（táo wù）和穷奇，对应的前神明化身则是三苗、鲧（gǔn）与共工。流转到现代语境，每种妖怪也有了更为明确的指代和象征：贪婪不知餍足之人谓之"饕餮"，顽固不化态度凶恶之人称之"梼杌"，背信弃义之人叫之"穷奇"。足见恶性之源远流长，千年之后仍然人妖共通。只是有些奇怪，如果说远在文字记载出现以前就有了妖，那么谁又敢肯定，人与妖，不具备同根同宗的可能？就像曾经的地球霸主恐龙谜一样的绝迹，或许在那个无法确切考证的纪元，妖也曾风光无限，傲傲然行走于日光之下，他们在人间舞台上的黯然退场，谁知不是另一道无人能解的谜题？

用卑微和谦恭把神捧上了天，却纵容邪恶和阴险把妖踩在底下，轻盈的善，滞重的恶，究竟哪一个才更贴近人的本质？用小松和彦的观点来理解，人类因为恐惧创造了妖怪，却没想到妖渐渐地独立于人而自成一派，反过来变成了一股可以让人心惊胆寒的力量。多么复杂的情感，一边憎恨畏惧，一边同情伤感，妖既是异类，也是同类或友邻。

所拟之妖大多与人有着切不断理还乱的关系——存在于法理之外，不受人间的社会规则所约束，在很多情理上却与人类有着相通的经验——这似乎暗含了东方人对人生的独特理解。无论文学作品，还是影视动画，我们极力营造的魔幻感，脱落光鲜雄浑的外衣，内里仍是紧伏于大地之上，与凡尘俗世息息相关的谦卑——正是这样的息息相关，才使人恐惧至极。

魔幻

一根不起眼的木棒指来指去，嘴里叽里咕噜冒出几个单词，刹那金光喷射，火花四溅，黑云堆叠压阵，天地随之倏然变色。魔幻世界的终极大战，哈利波特与伏地魔撕扯多年的恩怨纠葛，就将在这个夏日的夜晚，以生死，定胜负。

结局不言而喻，尤其对于已经完整阅读过七部小说的我来讲，进入影院几乎毫无期待（相信电影肯定表现不出原著的宏大场面），不过是想跟陪伴了自己十年的霍格沃茨说声"再见"。这种感觉很奇妙，多年时光共同度过，他们早就像朋友一样存在于我的生活当中，仿佛只要故事不打出终了的信号，他们还会在我身边一直吵吵闹闹，即使一路凶险，仍旧一路欢笑。

3D眼镜加巨幕电影，呈现出现代科技所能达到的最好观影效果。硝烟弥漫，当满面伤痕的哈利波特面对阴冷残酷的伏地魔，我的脑海中突然闪过一个念头：会不会，他其实也充满了矛盾和纠结？毕竟此刻他眼前的这个敌人，与他曾有过那么密切的关联，甚至，从这个妖魔的身上，哈利波特见识过另一个自己。

一道闪电形的疤痕，让两人从死敌变成了可以心意共通的"伙伴"。利用这条微弱的通道，伏地魔潜入哈利波特的思想，驱使他游走在邪恶的边缘。除了天分，想要战胜罪恶，恐怕只有意志了。J.K.罗琳让哈利波特一只脚踏进危险的河流，却永远不可能推他入水。正义终将战胜邪恶，这是人类的共识，也是我们这个世界赖以生存的基石。倘若有人跳出来说："错，推动社会进步的原动力，应该是我们的自私、嫉妒、贪婪、欲望。"人们难道不会大惊失色，然后把他丢出去吗？从这个意义上说，不管伏地魔如何强大，也不过是J.K.罗琳用来证明哈利波特有多英勇无畏的垫脚石。

同样是英国人，托尔金拥有比罗琳更浩瀚的想象力。《魔戒》，托尔金创造的浩大史诗，发生在中土世界的战争传奇。有趣的是，书中（电影中）的主人公佛罗多，与哈利波特有着相似的人生经验：亦正亦邪，却永远邪不胜正。费尽千辛万苦来到了末日火山的边界，解脱和拯救就在眼前，佛罗多却抵挡不住魔戒的诱惑，温驯的双眼突然变得凶狠坚毅，他自称是戒指的主人并且决绝地戴上了魔戒。或许是魔戒的威力太过于强大，以至于单凭佛罗多一个人的意念已经无法战胜，托尔金在这里安排咕噜出场，让这个看似阴忍的小人在最紧要的关头，拉了佛罗多一把。在与佛罗多争夺魔戒的过程中，咕噜发狠力咬下了他的手指，却因此不慎掉入火山，同魔戒一同葬身火海。也算死得其所吧，临死咕噜终于跟他的宝贝永不分离。

伏地魔不能完全操纵哈利波特的意志，因此后者尚有反抗的勇气和毅力，可当佛罗多被魔戒的恶灵侵入身体，倘若没有外力连根斩断，恐怕只会坠入地狱万劫不复吧。这是不是意味着，恶，其实比善拥有着大得多的力量，只不过在人类自定义的世界里，它必须对善俯首称臣？

主角光芒耀眼，在阅读和观影中，视线轻易被那个自带闪电疤痕的男孩，以及越来越美的赫敏所吸引，伏地魔嘛，最多只是为了影片效果不得不存在的一个配角。直到因为好奇去翻查伏地魔的历史，才又一次为罗琳深藏不露的智慧所折服。天赋异禀，无奈家庭扭曲残破，偏执、暴虐、古怪的遗传因子让他在孤儿院里腹背受敌，清秀、帅气的男孩，成长的道路上遍地荆棘，他无从避让，只能依靠自己的力量去获得别人的认可、尊重和崇拜。一步一步踏上歧途，他执著的圆满，不过是预设的毁灭。天使或者恶魔，有时不是自己可以做主的，假设将来的一生循规蹈矩，不行差踏错半步，可出身呢，能自由选择吗？从这个角度看，人之初，性本善，或者性本恶，都显得片面了些。

单纯的恶只能让人畏惧和厌弃，唯有阴错阳差与善擦肩而过，才会让人在恨其可恶之外，叹其可怜可悲。聪慧、机敏、乐善好施，世界为他的健康成长开辟了绿色通道，汤姆·里德尔受教于邓布利多的细心栽培，在霍格沃茨找到了新生土壤，世上再无伏地魔——当然，那是另外一个故事了。

新生

对妖来说，转世投胎重新做人乃是最好的新生；对人而言，修炼得道一朝成仙不啻为理想中的涅槃。妖界、人间、神域，排序暗含的尊卑有别类似于我们熟悉的伦理纲常，也就是说，至善与至恶分处两极，人类既可以往上求索，也可以反方向堕落。有趣的命题，当三界混沌初创，人却早已为自身的合理进退画好了清晰的路线图。

然而，妖也不甘示弱：凭什么你们人类设定的邪恶就定是我们挣脱不了的魔咒？夜深树影幢幢，泪眼婆娑的聂小倩心痛欲裂，咫尺之外，宁采臣唯恐避之不及，他以为的人间正义，却被眼前美艳的女妖一语道破：事实上，有的时候，鬼比人更善良。利益、纷争、执念、名望，舍本逐末的追求，多少人到头来悔不当初。人心叵测，真爱难觅，可他是幸运的，哪怕所剩时间无多，郎情妾意，也足以谱出一曲绝世恋歌："十里平湖霜满天，寸寸青丝愁华年。对月形单望相护，只羡鸳鸯不羡仙。"人间遍寻不到的生死相依，那么，就让异界来替我们完成。

完成守护的使命，那是爱情最后的承诺。同样的天人永隔，同样的肝肠寸断，遥远的西方大陆，《人鬼情未了》成全了人类另一种意义上对永恒之爱的渴望。远离七情六欲，神界给予的爱，难免有一丝居高临下的傲慢和不近人情；妖怪则不然，因为与人间尚存藕断丝连的瓜葛，反倒增添了几分亲近与可爱。

"现在，相信幽灵存在的人很多，相信蛇精、狐妖存在的人却少之又少。毕竟在现代社会，人类最需要感到恐惧的，正是人类自身。"面对鬼魂幽灵片的大行其道，小松和彦这样解释。镜子的正反两面，仙魔异界，不过是人类逃避现世的自我投射。嘈杂和疯狂的忙碌异化了生活，有多久不曾静下来观望内心，是不敢，还是不想？

可还是要相信一些什么的。于是"善有善报，恶有恶报"，这个在凡间或许不那么准确的预断，进入妖怪的世界重新华彩毕现。多好，毕竟我们需要这样的希望，来应对瞬息万变的明天。

不禁想起罗曼·罗兰的话："认识的人多了，我就更喜欢狗。"《千与千寻》里的无脸男，一口一口吞下欲望与虚荣，原本空灵的体形变得臃肿不堪；沾染了人的某些习气，慢慢遗忘了纯净。不愧为暖心大师，即使洞悉世道艰难，宫崎骏也不会让黑暗乘虚而入，成为不可逆转的结局。

时光顺流而下，让那些暗示总是在颠沛的尘浪里与遥远的出发地相遇。道理其实早就摆在眼前，《聊斋》的隐喻如此明显：眼见未必为实，耳听也不一定为虚。是欲语还休的危险，还是深藏不露的挚情？虚实之间，要想找到问题的答案，谨记：不要看你能看到的，要看你看不到的。

如果有多一张船票，你会不会跟我一起走。

如果有多一张船票，你会不会带我一起走。

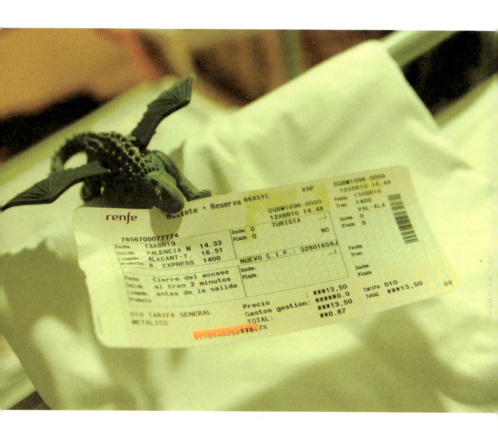

记忆有时『纯属虚构』

壹

有一个问题困扰了我整整十年，想起来会哑然失笑，更多的是莫名其妙。问过很多人，甚至数次在百度上搜索答案，全都无功而返。2005年浙江省语文高考的作文题目，我明明记得是以"守望"为主题，怎么就被所有人给否定了？退一万步讲，就算我记岔了，可是这么清晰深刻的印象，又从何而来？

清晰得就如同发生在昨日。2005年6月7日，阴天，空气湿润。照例在教室外候着，等待进入"刑场"的哨声响起。两位监考老师窸窸窣窣地在讲台上整理密封的试卷和待会儿要发给我们的草稿纸，其中那名女老师让我觉得有些眼熟，考前深呼吸竟想起她是初中教我们自然的"大妈"。在一种几近压抑的状态下突生偶遇故人的喜悦，可还来不及认个旧，尖利的哨声就划破天际。坐在靠近后门的角落里，想着如此非常时刻还能来个意外惊喜，或是个不错的预兆，汗津津的手里不知何时就多出来一大张薄薄的卷子。语文向来是高考开门炮，我说不上多么擅长，但至少模拟考试时回回能拿个比较稳的分数。所以这一个看似固若金汤的堡垒，我势必要强行攻下。

先看作文题目，我们那个从不把右手从裤兜里取出来的"假牙"老师是这么教的。传言他因为年轻时打篮球意外受伤而被截去了右手的中指和无名指，当初也是横行体坛叱咤风云的健将。不管真假，反正我们与他相处的两年时间里，从来无缘见识他右手的庐山真面目。他说，审题千万要仔细，否则离题万言，还不如不写。预料中的材料作文，具体讲了什么内容我忘了，但是要求我看得很清楚，请以"守望"为话题，自拟标题，结合材料写一篇不少于800字的作文，除诗歌外，文体不限。我甚至都还无比真切地记得看到那两个字瞬间的心情：什么叫"守望"？

拆文解字，"守"是守候，"望"是盼望，也就是待在原地眺望未来的意思吧。紧张关头我陷入一种莫名的白色焦虑之中。不管那么多，先写了再说，时间紧迫，刷刷刷，刷刷刷……昨晚从某本书里看到的一段排比句，倒饬倒饬好像能用，虚是虚了点，增加点字数也好。

可是，就这样把心攥在拳头里写完的800字长文，怎么就在熠熠生辉的岁月中，成了一桩悬案，被所有人给证伪了呢？我想破了脑袋也没想出来。而别人口里说的和网上查出来的2005年浙江省高考语文作文话题"一枝一叶一世界"，我却是真当一点印象也没有。

有没有哪位好心人能够告诉我，问题究竟出在哪里？难道，我的大脑在某个混沌时刻，被外星人入侵，然后给调换了芯片？

贰

关于记岔高考作文题这事，老毛总笑我，但一点都不惊讶。我以为是自己的神经大条早已让他见怪不怪，可他说不是。再问，他就不肯讲了，只是神秘兮兮地挑起左半边的眉毛，笑笑。不得不承认，像老毛这样一笑就让人心尖儿颤悠悠的男人，还真不多见。扪心自问，我跟老毛做了近二十年的朋友，有没有一丝贪恋他的美色？答案是，绝对有。

对于好看的人提出的要求，我们一般都不会立马拒绝，就算再不合心意，也会抱着欣赏的态度先听完。所以当老毛双眼放光说要一起去参加高中同学会，内心对此深恶痛绝的我仍然保持了一副良好的淑女模样，况且，他给出的理由是如此冠冕堂皇让人根本无心也无力反驳：难道你就不想看看，当年那个离你而去的前任如今混得有多惨？

正所谓，希望越大，失望越大。坐在一众结了婚开始发福的男人中间，许青木竟然还是鹤立鸡群的帅气。觥筹交错间，我强颜欢笑，心里已经把老毛踩在脚底下，踩躏了一遍又一遍。恍惚听闻许青木创办的一家互联网公司正准备上市，他的老婆，曾是北京一所名校的校花，为了他甘愿辞职在家相夫教子。男人们羡慕的口水都要把撒哈拉沙漠给浇出一片绿洲了。真是越想越心塞，我重重地搁下杯子，准备起身走人。

捏在手里的手机震了一下，我点开微信，是老毛这缺心眼发来的。"你要干什么？"他问。嘿，敢情这小子还有点良心，这么细小的动作都被他发现了。"回家。"我飞快地打出一条。他回得也很快，"别走，好戏即将开演。"疑惑地抬起眼，老毛却并未看向我这边，依然和左邻右舍谈笑风生。不过他的话倒是勾起了我几分好奇心，稍稍定了定神，我重新加入眼前热气腾腾的繁华世界。

谁知他竟然开始栩栩如生地"爆料"。高三的某个冬夜，月黑风高，一代名媛正悠然行走在晚自修下课回家的路上。行至江滨公园，突然，旁边不知从哪里冒出来一个人，张牙舞爪向她扑来。借着昏黄的灯光，名媛看见那人的脸上，都是血！名媛吓得拔腿就跑，什么风度也不要了，一不小心还遗落了蝴蝶结发夹一枚。气喘吁吁狂奔到桥头，惊魂未定，想着这里人来人往应该不会有事了，刚扯下围巾透透气，没想到，脖子这里忽然多出一样冰冰凉滑溜溜的东西，她"呀"地大叫一声，一条仿真小竹蛇跌落在地。恐惧像虱子爬满全身，名媛战战兢兢，一边奔跑，一边不时地停下来环顾四周。好不容易到了小区楼下，赶忙从包里掏出钥匙打开防盗门，"噼里啪啦"，火星四溅，名媛这回惊得连钥匙带包都不要了，花容失色地一口气跑上六楼。一串小爆竹，比过年还有气氛。

故事讲到这里，一桌的人早已笑得前仰后合。但是有几个人除外。一个是班主任顾老爷子。这件事当年震惊校园内外，名媛为此请了一周的假压惊。风声不胫而走，大家纷纷猜测名媛究竟是撞了邪还是遇了鬼，班里一度人心惶惶，适逢高考前夕，想必顾老爷子也是费了不少心思稳定军心。此事最后不了了之，现在老毛旧事重提，顾老爷子为了维护师尊，肯定不能笑嘛。我是第二个没有捧老毛场的人。原因很简单，我的心思压根儿不在这上面，抓不到笑点，当然笑不出来了。这第三个人，叫作何晶晶，她就是故事中的"名媛"。此刻别说她没笑，不给你揭桌子翻脸，已经是天大的面子了。当时她被称呼为"名媛"，也是几个顽劣成性的男生想出来的。何晶晶高三时长得有些胖，走路一摇一摆，又戴着副厚厚的眼镜，看起来好像很有文化的样子。青春期的男生别的不擅长，给人起外号那是你方唱罢我登场，热情就像那冬天里的一把火。可十年之后，如今的何晶晶瘦身成功，一根小蛮腰那也是一摇一摆的，男生的眼珠子也随她腰肢的摆动呈正相关的转动。此刻，她正襟危坐，我真担心下一秒她就会把杯中的红酒狠狠泼在老毛脸上，然后踩着十五公分的高跟鞋哐哐哐走人。当事人在场啊，老毛，你到底搞什么鬼？我心里愈发纳闷了。

"其实，除了故事中的……咳咳，我们都知道以外，"老毛故意咳嗽两声，带过主人公名字，"其他涉案人员今天也全部到齐。"老毛这话不啻为平地一声惊雷，大家立马双目圆睁，面面相觑。传说中的邪神原来就是朝夕相处的同窗！如果今天老毛说他其实喜欢的是男人，我想也不会比这条消息更劲爆了。

禁不住众人的起哄，又或者，这本来就是老毛安排好的一出戏，几个罪魁祸首陆续站了起来。当然，老毛肯定也逃不掉，最后那个小爆竹就是他扔的。他那时就住在何晶晶家楼下。估计何晶晶当时真的是吓坏了，要不然怎么也应该想到，老毛这个人精，问问他肯定会有线索。咕噜吞了一口椰子汁，我等着看老毛这场戏，还要怎么唱。

"哎，许青木，你怎么还在那傻乐呀，赶紧站起来啊，我们这帮弟兄今儿一定得好好感谢感谢你，当初要不是你把我们聚到一块，出了那么有创意的点子，还身先士卒去实施，我们怎么可能在同学们的口中，成为神一般的存在啊！"

老毛这一番话，别说许青木一分钟前还阳光灿烂的笑脸僵成了冬天里的茄子，就连我的面部神经，也快要抽搐了。难道说，看似童叟无欺正义感爆棚的许青木，才是整件事情的幕后黑手？

这怎么可能……我情不自禁地喃喃道。可接下来那几个"同犯"的交代，更加坐实了许青木的主谋身份。口径一致，有理有据，有声有色，让人不得不开始怀疑许青木的清白。众所周知，何晶晶当年疯狂地喜欢许青木，而他当时正跟隔壁的班花如胶似漆，对何晶晶的纠缠厌烦透顶。作为他的前任，虽然他选择了班花弃我而去，可他如果真的做出了这种事，我也是很难把他跟记忆中的那个人，给对上号的。可是，不对啊……

由红转绿，再由绿转白，许青木的脸跟暴晒在日光下的万花筒似的，一会儿一个色儿。起先，他还能努力稳定阵脚，拿出准上市公司CEO的霸气来组织语言进行反击和自我辩解；无奈势单力薄，在几个"共犯"的轮番举证轰炸下，尤其是当老毛问及案发当晚的不在场证明，他似乎出现了断篇的状态，支支吾吾讲不出一句完整的话。看得出来，他变得越来越不确定。坚毅的脸庞开始蒙上一层困惑的烟云，他逐渐陷入自我怀疑的泥淖。不安与疑问愈盛，我拼命朝老毛使眼色，可他却愣是装作看不见。

万万没想到，许青木居然承认了！仿佛逆流而上，在混沌的记忆长廊艰难地跋涉了一遭，额头渗出细细汗珠的许青木当着众人的面亲口承认他就是当年恐吓何晶晶一案的主谋。不仅如此，他还补充交代了一些连老毛他们也没说出口的细节，使整起恶作剧显得更为连贯和真实。回忆告一段落，他拿起桌上的消毒毛巾，揩去了脑门上的汗。

十年前的不在场证明，这种馊主意，恐怕也真的只有老毛能想得出来了。可是，许青木忘了，他的确是拥有不在场证明的，他的不在场证明，就是我。

那天晚上，晚自修下课，我约了许青木在学校对面弄堂里的一家奶茶店见面，那是我们第一次约会的地方。也是在这里，他跟我提了分手。我见他不是为了别的，只是想要一个理由。年少气盛的时候不明白，他不喜欢你，不想跟你在一起，就是全部的理由了，其他的，统统是自欺欺人的借口。具体许青木说了什么我记不得，让我彻底决定离开他的，是他最后留给我的那句话。他说："其实你跟何晶晶一样，都是我的好朋友。"

之所以会清楚地记得这件事，是因为第二天何晶晶就被老毛他们整得休了病假。两件事挨得这么近，使我一度怀疑自己会不会沾染何晶晶的厄运，引来不净之祸。

数十人面前，老毛使出这一招，让许青木在一片起哄声和何晶晶幽深的目光中尴尬离场。我知道老毛是为了给我出气，狠是狠了点，但许青木也并非无辜之人，因此我也不会有强烈的负疚感。我只是不明白，纯粹子虚乌有的事，许青木为何能被如此轻易地植入虚假的记忆呢？而且，还自带逼真指数爆表的细节？就像是一场传染力极强的瘟疫，错误的记忆病毒般疯狂传播，在这个充斥着浓重香烟和酒精味的社交场合。

叁

开心时手舞足蹈，望出去晴空碧洗，祥和瑞丰；伤心难过时，天是灰的，地是塌陷的，擦肩而过的眼神，可能都隐露嘲讽，暗含敌意。每日匆匆行走于这个千头万绪的世界当中，飘忽不定的情绪仿佛内心的一面镜子，映照出你投射于万事万物上的偏见、欲望、愚痴和贪婪。遥不可及却近在咫尺，情绪既是组成记忆堡垒的一块重要壁石，又是影响记忆叙述的一个显性基因。

悲惨的往事难免不讲得凄风寒雨，听者痛心的眼泪是它标榜的胜利；骄傲的曾经又怎会素颜示人，添油加醋之后它必须要让对方献上崇敬的目光。当记忆被叙述，很可能就与真实的内核相距甚远——更不用说日后在不同的情境中对不同的人的呈现，又怎会千篇一律分毫不差？你自以为是的真实，或许是另一场蓄谋已久的虚构。

深信"记忆不准确，也绝不完美"的莱昂纳多，坚持把至关重要的线索文在手臂、大腿和胸口，或者写在宝丽来相机拍出的照片上，用以提醒自己记得，他为什么要复仇，他的仇人又是谁。这是一部烧脑的影片——《记忆碎片》。一次意外撞击导致患上"短期记忆丧失症"的莱昂纳多拼命寻找杀妻凶手，过去和现在不停地重叠交叉，观众被导演的拍摄和剪辑手法兜得团团转，直到最后，依然有不少谜题并未彻底解开。但这些都不重要。重要的是，莱昂纳多为自己创造了一个活下去的依据，一个看似无比正义的理由。主动选择，而非被动告知，莱昂纳多的大脑数据库，留下来的只能是他愿意相信和记住的东西，因为他需要强有力的支撑来相信这个世界不是他的想象，相信他所做的一切仍然有意义，尽管十分钟后他将记不得做过的一切。需要记忆去确定自己的身份，需要意义来界定存在的价值，这就是人类存活至今的秘密，至于它们跟事实的真相究竟有几分相似，又有谁真的在乎？

常常会梦到如许场景：被人莫名追杀，无休止地奔逃；狠命地掐自己的脸颊或者胳膊，痛感明显，梦中的自己穷途末路，相信这肯定不是在做梦；旧宅五楼的门口，一个男人步步紧逼，却始终看不清正脸……与现实世界藕断丝连，所有这些梦都会造成心理或者生理的真实不适：奔跑带来的心口压抑，四肢累乏；醒来要缓好一会儿神，才能确定那阵痛是梦魇使然；渗入骨髓的惊悚和恐惧，无脸男让我喉咙发干，想叫却怎么也出不了声——虚化了边界，我们有时会很难分清，亲身经历与梦境周游，到底哪一个来得更为可靠。

《金刚经》里说："一切有为法，如梦幻泡影。"《心经》作如是观："是诸法空相，不生不灭，不垢不净，不增不减。"凭自我的意愿构造出无数个颠倒离奇的世界，置身其中以为这就是实相的全部，会不会，其实我们是活在一个更大的异度空间里却不自知？兜兜转转，不过是《盗梦空间》里最后的那个陀螺，一切依然在梦里？

肆

近日看到一篇报道，心理学家朱莉娅·肖与加拿大英属哥伦比亚大学的团队做了一个实验：邀请30名身世清白、神志清明的社会人士参与，研究人员对他们进行了不间断的"循循善诱"，结果发现，30名受试者中有21名相信自己曾经犯过盗窃或持枪袭击等罪行。试验还表明，在整个过程中，他们的记忆始终处于一种活跃状态，对被灌输的虚假记忆并没有坚持该有的抵抗和排斥。多么奇怪，幻象侵入现实的肌理，只需要在耳旁吹一吹风。那么设想一下，警察在侦探一桩案件时，如果对嫌疑人加以一定程度的引导，假以时日，是不是就能得到推论中的案情还原？

著名心理学家菲利普·津巴多告诉我们，在你回忆的时候，真实发生的情况是，你所读取的只是记忆的碎片，就像一副浩阔拼图的无数碎块一样。然后，你会利用这些碎片重建曾经经历过的事件、想法、情感或图像，在此过程中你会根据你认为合理的方式填补碎片间的空白，而不是以事实真实发生的情况来做依据。在大多数情况下，重建工作完成得天衣无缝，以至于你无法分清记忆中到底有哪些内容是重建的。

就像我对于高考作文题目的混淆，青木被老毛带入想象的案发现场，莱昂纳多自建的十分钟记忆宫殿，人为添枝加叶的阐释让故事看上去如此确凿可信。闭上眼睛，黑暗和虚无一并袭来，我们必须给自己一个理由，相信这个世界依然存在。这个世界，真的存在吗？

分手以后，有时会在路上刹那失神，在一起时的点滴快乐涌入脑海，脚下寸步难移。当时看来那么平淡、不起眼，甚至一不小心就会忽略的关心、体贴的细节，而今在时间的放大镜下毫厘毕现。就连吵架时的暴跳如雷、怒目而视，都可以当作生活的调味料一笑而过。隔着时空回望过去，一切都被涂上一层淡淡的玫瑰色油彩，显得如此娇媚可爱，诱惑人再次踏入那条没有方向的河流。如果再给你一次机会，这张船票，你接，还是不接？

练习写作以来，回溯过去，从往昔的生活经验和情感经历中寻找素材，成为非常重要的一项功课。可往往寻不真切。刻骨铭心的事件，记住的也只是断篇残章，前因后果、事态的连贯和顺序会随着每一次的抽丝剥茧而略有不同。说到底，记忆不是一劳永逸的保险柜，它天然地免除了对储存其中的物品的真实完整性的任何责任。记忆筛下什么、滤去什么、强调什么、忽略什么，受到不同年龄段的阅历的影响，而且会随着世界观、价值观的变化而变化。因此，当我选择用文字的形式进行讲述，故事的真实性就不复存在，它是我的感官、思想、情绪、意志的产物，就如同一颗果实，经由风雨成长孕育是一回事，季节适宜瓜熟蒂落是另外一回事。自它离开枝头，它的成熟或酸涩，可口或难以下咽，都与发生的本体再无联系。

但是我们需要这样的似是而非，只有通过创造、屏蔽、歪曲、重塑某些特定的记忆，才会让苍茫辽远的人生，看起来没那么无趣吧。诚如弗洛伊德所谓的记忆有下意识的保护机制，它会自动替人做出取舍。所取的，都是有利于人心理健康、精神快乐的记忆；舍去的，自然是创伤性的、不堪回想的记忆。而这中间的连接与贯通，就给所有潜在的篡改者，提供了可乘之机。

"多少美妙故事的产生，是由于我们记忆的不可靠性。"严歌苓在一篇创作谈中这样说道。我想，这大概就是不完美的记忆带来的完美副作用吧。

谁还会浪费大把的时光，坐在夜凉如水的台阶上，什么都不做，只是听听歌。

也许很多很多年以后，我们还会再见面，淡淡地点头、微笑，然后擦肩而过，各自平静地消逝在人海中。若真有那么一天，是不是证明，我们真的失去了彼此。

PART 2
About Leave

在旅馆的内部穿行

陌生人

到达这家旅馆的时间，是午夜11点。

子夜时分的街道，行人稀少，仅有的几个人也是低着头夹紧胳膊匆匆奔走，竖起衣领仍挡不住寒气的长驱直入。冷风夹着雨水扑面而来，把这个南方的冬夜吹得更阴冷了一些。从机场到旅馆的40分钟里，与出租车司机一路无话，只在后车镜中瞥见他的上半部脸：宽额头，眼睛细长，右眉尾一条长约2寸的伤疤，似一条半死不活的蜈蚣贴在脸上。我不由自主地扭转头，皱了皱眉。车内的气氛顿时有些异样，我能感觉到，他在无声地笑。是的，他一定在笑，笑得眼睛变成两道薄薄的刀片，冷冷的，锋利。

车停在旅馆门口，我几乎是夺门而逃。从汽车后备厢里取出行李，重重地关上车门，在锈蚀的铁皮微微震颤的同时，我如释重负地深吸一口气，湿冷的空气自鼻腔入，经喉管直达肺部，凉意一冲而下，洗劫了沿途每个细胞。不，还没有完，我的胸腔猛然一紧。他还没走。他直视着我，眼神里有一种隐晦的戏谑。是否，他把这一个深夜投宿乡村旅馆的陌生女人，视为另一个在爱情的战役中失去全部阵地的可怜虫？逃离一切熟悉的日常风景，避开熙熙攘攘的人群，无非是多余的怯懦作祟，躲得过世界，可何曾逃得开自己？他的眼神里有一种自以为洞察一切的自信，这样的自信犹如一股滔天巨浪急遽向我压来，令我刹那间喘息困难。

绝尘而去，它的离去与它的到来一样，是深不见底的沉默，同时又万分喧嚣。我拖着拉杆箱走进旅馆，室内暖气充足，薄薄的一扇玻璃门隔出迥异的两个世界。前台的服务员打着哈欠，用力过猛眼角险些挤出泪来，他抬起手背机械地擦了擦。神情麻木而委顿，因夜深人倦而把职业性笑容也给省略了，或许他在日间上班时，也是一个笑容灿烂的男子，可黑夜来袭，轻易勾出潜藏在他心底的那些死角：嫉妒、怨恨、贪婪、自卑、迷惘……他的心里盘踞着无数小蛇，它们等待夜的笛声召唤，缓缓爬出心的竹笼，扭动媚惑的纤细腰肢，吐露不可告人的秘密。

有一对情侣模样的人在登记入住，看上去均不过20岁出头的样子。我把箱子靠在一边，看那个女人写字。她的笔速飞快，似乎被某种看不见的力量驱使，又像是急于甩开黏附在身上的一块橡胶糖。同在天涯为异客，相逢何必曾相识，突然我很有一种上前与他们搭讪的冲动。女人在这时候抬起头，望向我的眼神满含戒备与冷漠，对她来说，我只是今天晚上偶然遇到的一个路人，也许不巧还充当了他们秘密的旁观者。我之于他们，如果不是敌人，至少也是陌生人，他们是万万不想与我产生任何联结的。

社会学界有个著名的六度空间理论，说的是你和任何一个陌生人之间所间隔的人不会超过五个，也就是说，最多通过五个中间人你就能够认识任何一个陌生人。可事实上是，有些人明明就在眼前，却连一个微笑也不愿交换，连一个词都不肯互通，连一个眼神也不情愿相触。你们是彻头彻尾的陌生人。

房间是用钥匙开门的。一柄锈迹斑斑的铜锁，恰如其分地迎合了一把上了年纪的铜匙，"咔嗒"一声，连声音都是生了锈的。房里有一股淡淡的霉味，地毯翻出了毛边，床和柜子是木制的，但手感粗糙，造型丑陋，像是用路边随意捡到的几块木板拼凑而成。烧水壶底部一层浅灰色水垢，隐约能见到有一些黄渍残留在床单上，洗手间的镜子缺了个口，抽水马桶的按钮坏了，一个圆环系着一条黑绳连接着冲水阀。这里的一切显得是那么陈旧、衰败、不合时宜，时间在这里仿佛陷入了泥潭，黏滞、污浊，散发出一种即将腐朽的味道。

从箱子里取出洗漱用具放在水池边，我拧开花洒调试热水。水流并不恣肆，但还算顺畅。蒸腾的水汽四溢，很快氤氲了整个淋浴间。我知道，今晚这里是属于我的。这样一意孤行地占有让我觉得很自由，同时又感到一阵伴随着无边自由而来的莫名失落。

洗完澡躺在床上，我感觉累极、乏极，却竟然一点睡意都没有。异陌的环境，使感官始料未及地变得异常敏锐。我听到风在窗外呼啸而过，拍打着玻璃低声怒吼；瞥见大滴大滴的雨珠仿佛悲苦者的眼泪，重重地砸在地上，破碎、溅开无数的水花；无家可归的麻雀在屋檐上来回跳跃，翅膀湿答答的，举步维艰；树上仅留的一片叶子在风雨中飘摇颤抖，倔强地绝望地贪恋着枝干，泪眼婆娑凝望人间……

故事的循环往复中，这个房间里住过多少人？深重的烟瘾患者、愈戒愈凶的酗酒人、黄色光盘推销员、两鬓霜白的伐木工、晚期肝癌病人、离家出走的未成年少女。他们每一个人的离开都不是故事的终结，这个房间也借由他们得到了另一种意义上的生长，就像一棵历经沧桑的树，不停地生发新的枝丫。今晚，我住在这里，我就是这棵树上新增的一根枝条，与其他的枝丫彼此纠缠，纵横交错。几乎是一个全新的时刻，我与那些素未谋面的陌生人，拥有了某种不足为外人道的默契。但那些早已远离的人啊，谁还会记得自己曾在这间房内暂时安顿过困乏的肉体？可当我离开，我和房间的关系，和旅馆的距离，并不会比他们中的任何一个人，多过一分，长过一厘。

我睡在旅馆内部，同时旅馆又独立存在于我的意识之外，我对它，它对我，都是陌生而疏离的。

陌生是绝对的。

万分之一的真实（一）

她的手心里，垒着一堆白色的小药片，跟一座小金字塔似的。陶瓷杯里盛着刚刚煮沸的热水，水气慵懒地变换着形状，有一张看不清五官的脸时隐时现。电视里有个女人拿着话筒，好像在采访一个准备过年回家的男人，他左手拎着两盒保健品，右手拖着一个硕大无比的深棕色行李箱。也许，他把他媳妇打包装箱子里了。这样的想法让她觉得既新鲜又有趣，她咧开嘴无声地笑了笑。她拿起遥控器，把电视机的音量开到最大，耳膜嗡然，声音却像是一下子被扯出老远，变得虚无且空洞。

她估量了一下自己的吞咽能力，一次10颗估计够呛，喉咙里噎着不舒服，一次5颗应该可以。从金字塔顶部数了1、2、3、4、5，放在桌头柜上，又拿了5颗，放在距离第一堆1厘米远的地方。再5颗。又是5颗。很快30颗药片被她细心地分成6小份，每一份都像是5只充满了期待的眼睛。她轻声对它们说，等会儿，我马上就来。端起杯子试了试水温，不那么烫了，正好可以喝。她小心翼翼地用手指撮起中间的5颗，放进嘴里，仰头喝下一大口水，药片在喉咙口稍微打了个滚，接二连三地掉进了食管。

本来想留几个字的，作为存活于世最后的证明，可转念一想，又有谁会在乎呢？而且，在一个偏僻的异乡的小旅店，孑然一人，只字未留，好像才比较适合被大家津津乐道。她想象着别人在阅读这条新闻时脸上露出的或讶异或同情或不屑或鄙夷的神情，莫名地竟有些兴奋。终于被注意到了呢。

最左边的5颗。没有人证和物证，她想，她死了，她的死因就成了一个谜。没有人知道。人们大概会有各种猜测。从小是一个乖孩子的她，这次却像做了个成功的恶作剧般有些得意。警察也许会立案，也许不会，把它当作一件简单的自杀案件了结。他们太忙了，哪有工夫来管这样的小事件呢？谁会担心她呢？爸爸？妈妈？可能都不会吧。她感到彻底的蚀骨的悲凉。他们有各自的家庭，有自己的孩子。她死了，他们顶多难过一阵，然后该怎样还怎样，继续原来的生活。她的生和死，无论对谁来说，都只不过是一个不起眼的符号而已。她不明白自己既然注定多余，上天为什么还要让她这样来世间走一遭？她认定自己的存在是一个错误，可难过的是竟然没有人愿意为这个错误负责。人生这道作业题，她从一开始就被打上了红叉叉，并且毫无被更正的可能。

她很快吃完了剩下的20颗。

万分之一的真实（二）

浴缸里的水已经漫过了沿，龙头仍开着，热水哗哗地溢出来，瓷砖地面迅速铺上了一层水毯。躺在浴缸中，她觉得此刻的自己像极了一条躺在砧板上的鲫鱼，一丝不挂，正在被一只动作娴熟的手开膛破肚。她觉得很疼，想大叫，张开嘴，却只能大口地喘气，出不了声。眼泪不争气地掉下来，胸口似刺入一柄电钻，生生地剜进肉里去。

她想起了那些个他们红着脸争吵的日子。两个人嘶哑着嗓子对吼，就像两只非要拼个你死我活的山间野兽。语言能力在此时得到了最大程度的提升，语速飞快，且用词精准狠。耳鬓厮磨的亲密变成了攻击对方的利器，那些悲哀，那些遗憾，那些流血的新伤未愈的旧伤，统统都被改头换面添油加醋地抛至对方眼前，引线一扯，即是星火燎原的燃爆。火愈烧愈旺，她操起身边的一个花瓶，重重地摔在了地上。"砰"的一声巨响，她一愣，他也一愣。前一天买来的白玫瑰还没有完全舒展朵瓣，蜷曲着，躲在一地的玻璃碎屑中，瑟瑟发抖。

她觉得心底那只恶魔又跑出来了。她没有能力去管束它，只能看着它横冲直撞，充满破坏欲地，把一缎织锦撕成满目残条。世界仿佛一下子陷入安静。他的沉默令她心寒，也让她心虚。说话啊，你给我说话啊！似一个走投无路的孩子，用尽招数却仍得不到想要的糖果，她紧紧盯着他，逼着他开口。寒意渐渐积甚，他的眼神里，再也寻不到她仰视的点点星光。他擦着她的身子经过，走向门口，背影僵硬得像一具缺少机油的机械人。

有时候，一转身，就是一辈子。

分手之后，她依然踩着点上班，跟闺蜜嘻嘻哈哈，窝在家里看肥皂剧，一把眼泪一把鼻涕。她以为自己可以一直这样下去，不好不坏不痛不痒地生活。直到有一天被告知，他的身边，多了另一个女孩。

她这才领悟，原来知道和接受，是两码事。

陪你走到最后的，往往不是你最爱的那个人。因为一份幸福的婚姻，通常意味着包容、忍让、牺牲和奉献，而这些，却偏偏是年轻的我们不想懂，也不会懂的。没有输给时间，亦没有输给对手，我们只是，输给了那时自以为是的爱情。

她独自一人走过曾经他和她最爱的梧桐街道，在港式茶餐厅点一碗他赞不绝口的云吞面，在同样的景点拍下剪刀手的照片，模仿他的签名他的皱眉他走路微微的外八字他拿筷子的方式……这家岛屿上的家庭旅馆，她曾笑它土里土气，他却中意得要紧。而今当她躺在旅馆的内部，却感受不到一丝温暖的气息，凉意由心渗出，遍至周身。拾起那些散落一地的记忆碎片，到头来却发现不过是一场一厢情愿的戏码。物仍是，人已非。

如果他们现在还在一起会是怎样？她会不会，比较懂得体贴，不再乱发脾气？而他会不会，即使气得鼻孔冒烟，却还是会温柔地揽她入怀，在她耳边轻唤一声"宝贝"？说到底，他们都太没有耐心了。他等不到她长大，她亦陪不到他成熟。困兽般缠斗的结果，只能是一个走，两个散。

缓缓地下沉，水一点一点漫过她的脖子，接着是嘴巴，然后是鼻子。空气被水隔离，她感觉缺氧的眩晕。猛然钻出水面，她控制不住地大口呼吸，犹如一个死里逃生的囚徒。

原来，再痛苦，还是要活下去啊。

她用手撑住浴缸边沿，努力想站起来，却因为脚下一滑差点摔倒。

情欲

声音是从房门底下传来的，窸窸窣窣，轻而短促，仿佛一只深夜时分出来觅食的老鼠，误打误撞扣响了这扇残旧的木门。会是谁？一阵风，还是一场见不得天日的密会？睡眠浅，极易被细微的声响揪出梦的秘境，我怀疑内心住了一个惊恐的少女，因为极度缺乏安全感而可以保持在黑夜中，十分警醒。

轻手轻脚地起床，借着窗帘缝里漏进的一线亮光，我看到一张薄薄的彩色卡片，似一只奄奄一息的蝴蝶静静地躺在距门边大约5厘米的地上。它在等待，等我用拇指和食指把它拾起，然后，它便像注入了新的活力，妖娆多姿重获新生。

打开灯，卡片上的图案清晰地展现眼前。一个衣着暴露的少女，歪斜着身子坐在床上，旁边一列竖排蓝色文字：东方明珠娱乐会所。下面是加了底纹的一行黄色字体：特推出午夜激情。以及，一串红色的手机号码。翻过来，是三个同样清凉的女孩，无辜的表情、洁白的肌肤、欲言又止的眼神。

想不到这么偏的旅馆也会有这样的服务，我捏着卡片来到沙发上坐下，突然一个念头冒了出来：如果拨通这个电话，会发生什么事呢？好奇心若只是单纯的无知，便似一杯清透的白开水，能解渴却淡而无味，而一旦夹杂了为一般社会伦理世俗人情所不接受的欲望，就如一束击穿天空的闪电，令人在妙不可言的刺激中快乐地战栗。我承认，这个念头有些恶毒，因为自身生活过于平淡，所以对他者违逆常理的生存状态充满窥探欲，可对她们来说，这样的生活却可能是出于一种难以启齿的无奈之举。他人的不光彩或者苦难，竟成了我探寻生活另一种可能性的舞台。或许刻意地无视他们的感受，会让我觉得不那么愧疚，可扪心自问，难道我对她们的好奇中没有一丝故作清高的怜悯和欲盖弥彰的鄙薄？那是一个与我的生活空间平行的世界，里面人来人往，却都像戴了一副面具，样貌不明。

最可怕的犯罪不是明晃晃的刺刀，血腥与暴力亦不足为惧，而是，明明知晓前面是万丈深渊，却依然心甘情愿列队站好，一个接一个地纵身跃下。心有恐惧才会懂得反抗，温顺如绵羊，只能等待被宰割被屠杀的命运。披着文艺的外衣进行全民洗脑，标榜的知识与前卫反而成了病入膏肓的愚昧。痛，积重难返。

如巨兽伏于天际，黑夜默然无语，一种形式主义的虚无无边无际。白日当头，出于对光的天然畏惧，那些色彩杂乱的念头委顿颓靡，如孤魂野鬼游走于神经内壁。而一旦傍晚来临，天边火红的晚霞从一幅巨轴油画变成一条亮丝，最后完全消失不见，身体感觉像是被一双无形的手由内而外地置换，心蠢蠢欲动，嘴唇也变得不安分起来，它在期待，另一张嘴将其封堵，在几欲窒息中获得攀升的快乐。于是散发出强烈暧昧气息的肉身暗自谋划一场腥风血雨的暴动，越狂乱，才越刺激。

感觉到了吗？胸腔内似有面小鼓砰砰砰地敲，血管里万马奔腾，头脑发胀，太阳穴突突地跳，喉咙发紧，吞咽困难，脚有些站立无力，黏湿的汗渗出手心。躁动不安，热痒难忍。你以为作祟的是心？错了，导致你体内翻江倒海的，是情欲。既是欲，就本能地寻求被满足的各种可能，类似食欲、贪欲、未知欲、窥探欲。只不过有些欲望因为顶着冠冕堂皇的名字，便可以衣冠楚楚招摇过市，而另外一些，不仅令人羞于启齿，甚至受人嘲讽遭人唾弃。同样是本能，待遇却截然不同，所以说人是多么复杂的一种动物啊，需要发掘这个欲望，又要抵制那个念想，可现实偏偏就是，你越想遮掩的，就越欲盖弥彰。涉及情欲，更是如此。

寻求群体的温暖是人的一种天性，从远古开始，人类就一直过着群居生活。婴儿时期，母亲的乳房是触手可及的护佑，见过多少哭闹的孩子，任何甜言蜜语威逼利诱都哄不好的，只消一颗小小的奶珠塞进嘴里，他们便似饿虎扑食，而后心满意足沉沉睡去。及至年长，亚当开始寻找他的肋骨，男人的试探，女人的摸索，阴与阳第一次完美融合。恍兮惚兮。原来那些大人不曾言说的秘密，竟藏有这般难以形容的快乐。于是，乐此不疲。食欲、贪欲、表现欲、求生欲，属于个体攀缘向上的动力，而情欲，却是上帝的馈赠，是美丽爱情的根基，是人类不断繁衍保持欣欣向荣的终极密码。

门外早就没了声息，复陷入安静的旅店更显得讳莫如深。我把卡片搁在床头，伸手关了灯。黑暗中，我闻到空中飘来荡去的气息，带着甜蜜的一丝腥味。

北京一夜

飞机晚点，降落首都机场的时候，已是凌晨2点。空旷的停机坪上，远远的，灯光一闪一闪，似几处鬼火摇曳。拉开安全带的铁扣，我振作精神，拖过横放在前面座位底下的背包抱在怀里，等待飞机缓慢滑行后停下笨重的身躯。机舱里有乘客打开了手机，此起彼伏一片开机铃声，还有人打起了电话，语气略显疲惫却掩不住欢喜："是啊，我到了，飞机还在滑行，稍等啊，我马上出来。"旅途虽波折，前头却有期盼的眼神，心情就在一寸寸距离的缩短中变得雀跃起来。过程难免有些忐忑，乘坐飞机不啻一次预演的诀别，暂时失却所有联系方式，唯有当机身安全着陆，脚下实实在在地感觉到地面的坚实之后，心才会安定下来。上面的人悬着一条命，底下的人吊着一颗心，生与死忽然模糊了界限，并且主动权完全不掌握在自己手里。直到，铃声响起，屏幕上跳出那几个亲切的字，心情瞬间无与伦比的美丽。

给母亲发消息，简单的一句话：已抵京，都好。不出一分钟，手机在掌心振动起来。拿起一看，也是寥寥数字：好，我睡了。心头一暖，又一酸。母亲不擅言语，她把最深的爱，都留在了我们回到家时的一盏灯和出门在外的一场等。

无须等候托运的箱子，也没有亲朋好友前来接机，潇洒地背上双肩包，我走出出站大厅，直奔机场大巴候车站。黑黢黢的夜，睡眠的花开满了京城的大街小巷，我叼着清醒这根野草，心间澎湃万分，呵，首都，我来啦！

经过一天的紧张忙碌，马路昏昏欲睡，偶有驶过的车辆呼啸着来来去去。我知道当夜色过去，天空渐现曙光，这条举世闻名的城市主干道，将迎来又一场水泄不通的狂欢，而现在，它需要一场酣畅淋漓的沉睡，像海鱼下潜至海沟深处，回归最初的安宁。十字路口，交通信号灯仍不知疲倦地变换三色，像是尽忠职守的卫士，瞪圆警惕的眼睛。

畅通无阻，载着满满一车的人和行李，大巴车在街上开得飞快，窗外景物迅疾地向后退去。市郊的荒凉寂寥很快被城区的空旷大气所取代。2月初的京城，空气中还残留着冬日的苍凉，我却丝毫感觉不到寒冷，车子驶入长安街道，就等于是奔跑在全中国的心脏。终点站到了。我下车，凝望着眼前这幢身披黄金铠衣的建筑物，久久挪不动步子。见过沐浴在灿烂阳光之中的天安门，金水桥上人头攒动，喧嚣异常，而在夜幕笼罩时分这样近距离地接触它，还是第一回。万籁俱寂，天与地合二为一，象征至高威严的城楼此时少了些许霸气，却多了几分深不可测的神秘。仿佛一个坐拥天下的帝王正在敛神休息，不必四目相接，你俨然感到一股强大的气场进逼全身。脑海中自动浮现出这样的歌词："咖啡馆与广场有三个街区，就像霓虹灯到月亮的距离；人们在挣扎中相互告慰和拥抱，寻找着追逐着奄奄一息的碎梦……我在这里欢笑，我在这里哭泣，我在这里活着，也在这儿死去。我在这里祈祷，也在这里迷惘；我在这里寻找，也在这儿失去。北京，北京……"不知不觉鼻腔酸胀。

照着手机地图显示，我拐过一个弯，进到一条胡同里。旅馆是出发前就在网上订好的，最大的优点：离机场大巴依靠站近，仅有10分钟的步行距离。可事实证明，这也是它仅有的一个优点了。

一张木制台子，后头一把躺椅上睡着一个男人，脚跷得老高，嘴巴半张，鼾声均匀而响亮。我略有些不好意思地叫醒他：大哥，我订了房。下意识地擦了擦口水，他不情愿地起身，动作是带有职业习惯的机械和麻利。简单地查验身份证后，他从抽屉里拎出一串钥匙，丁零咣当地带着我走过千疮百孔的地毯，来到走廊尽头的一个房间。

深更半夜，一个人远离家乡，好容易寻着了落脚点，紧绷的心弦顿时松弛下来，眼皮重重的，脑袋混沌如一坨糨糊。真想好好睡一觉啊！"嘀"的一声，空调开启运行模式，我把遥控器往床上一扔，提起烧水壶去洗手间的龙头下接水。揭开壶盖，一股异味飘出，照着灯光往里一瞅，瞌睡虫瞬间被赶走大半，大片的水垢像糊在墙上久久未干的烂泥巴，有些甚至都已经由淡转浓，像一块刺目的灰色胎记。慌不迭地把水壶放回底座。经不起我稍一大力的掰动，水龙头的把手竟然整个掉了下来，像一个小小的孩子的尸体躺在水槽中央，水流细小，无力地冲洗这具冰凉的身躯。

"啊啾"，我打了个喷嚏，顿觉凉意袭身。缩回手搓了搓胳膊，才发现罪魁祸首是那只老旧的空调，它早已不知何时丧失了制热功能，仿佛一个半身不遂的老人，艰难地喘着粗气，呼哧呼哧，浑浊的，时断时续的。耐心差不多耗尽，我脱下外衣，只想钻进被窝睡他个昏天暗地。床竟然陷了下去……整张床垫几乎是塌软的，睡在上面能很明显地感觉到脊柱弯曲，呼吸受阻，我猜我的样子一定像极了一只丧失水分的对虾。只能蜷缩在床沿，窄窄的一溜边，还得提防不被紧邻的漩涡给吸下去。被子发出一股难闻的霉味，盖得我浑身发痒，似有无数只小虫子在身上欢天喜地唱大戏。又困又累，尝试仰睡、左躺、右躺，背却怎么都不舒服。迷糊着睡去，很快又醒来，再睡，再醒，翻来覆去地折腾，天终于亮了。

实在忍受不下去了。义无反顾地收拾好东西，退房。虽然才睡了3个多小时，不过寻觅新一处干净整洁的旅馆使我睡意尽消，心情激昂澎湃，脚步像街道两旁光秃秃的枝头上早起的鸟儿鸣叫一样轻快。长安街上已然奏响一天的序曲。慢跑者，清扫大街的环卫工人，穿着制服的中年协警，避开交通堵塞的私家车主……朝阳慷慨地铺洒下来，给万事万物镀上一层薄薄的金边，勃勃生机，蓄势待发。

根据协警友善的提示，我穿过人行地道，在另一条巷子里找到位于拐角处的一家快捷酒店。以前嫌统一的标准配置缺乏惊喜和个性化，此刻它却像一把强有力的钢铁大手把我从深井之处捞了上来。仿若老夫老妻间沉淀数十年的默契，模式化的脸庞让我们省去猜疑和揣度，直接揭晓需要。

春暖花开，只在一瞬间。

纪念品

旅馆，私密又公开，你居住在它内部，却又与它格格不入。它看似绝对封闭，让你可以在某种程度上完全地交出自己；但它同时又是一个公共空间，使你置身其中却并不拥有绝对的安全。你知道这只是一个暂时居留的地方，一旦离别就几乎不可能再与它有任何瓜葛，所以疏离淡漠，冷眼旁观。你们像是亲人，又像是敌人。把自己毫无保留地交付给它，却在十几个小时之后与它毅然决然地告别，有生之年再难有相聚之日。与它肌肤相亲，却无任何誓言或盟约。你们就像是两个明知道天亮之后会分道扬镳天各一方的情人，却依然克制不了地欢娱。你和它之间，隔着最近也是最远的距离，并且毫无调和的可能。

分别时，有人喜欢带走旅馆的一些东西，就像从恋人身上拿走一样留有温度的纪念品，梳子、牙膏、牙刷或者简易拖鞋。或许也不是为了带走而带走，而是出于一种对远逝时空的证明，证明曾经一丝回味悠长余音绕梁的存在。没有什么，比得不到的情人更令人魂牵梦萦；也没有什么，比远在异乡的旅馆更能映射出真实的自己。

离开住店，我偷偷地藏下房间的钥匙，退房时跟前台人员谎称不慎遗失。略带怀疑的眼神，交头接耳的小声嘀咕，我耸耸肩，不在乎。在他们眼里，它不过是一把价值50元的金属制品，可对我来说，这是一个忠诚然而已经失效的保密者，它用歇斯底里的沉默，为我保守了属于那个夜晚的秘密。钥匙细小的齿纹，精密设计的凹槽，精准无误的匙尖弧度，凝聚成一句阿里巴巴打开无穷宝藏的咒语。嘘，安静地，你听。

想起很多久远的事，包括一些对自己的承诺。什么时候开始遗忘的？我已经记不得了……

不过，又有什么关系呢，所有的承诺只不过用来给自己亲手打破。

谁
的
城

I

我抬头望着这幢熟悉的老旧公寓楼，雪白的外墙已不复存在，污渍和泥斑就像树的年轮，每过一年就增长一圈，肆无忌惮地扩张地盘。5层楼的高度也不是印象中的高耸入云，反而犹如一位垂暮的老人，佝偻着腰臣服于岁月无情的马鞭。搬进这间人民南路5号3单元505室房的时候，我刚6岁，最后一次锁上防盗门时，我还差半个月就满16岁。现在，当我站在它面前，时光的车轮又哗啦跑过10年，我在外面的世界绕了一大圈，有时会忘了，童年的记忆还在这里。

以此作为回溯的起点，我走上小城尘土飞扬的街道，稀薄的日光斜斜地投射下来，影子忽左忽右地和我玩起了捉迷藏。与其他许多城市一样，人民路、红旗路、胜利饭店、人民电影院……这些具有某种内在精神建构的标签，骨架般支撑起小城的轮廓。浦阳江穿城而过，多像一条脐带日夜不停地输送着营养和依赖。

回忆零碎地跳跃在路与路之间，桥与桥之上，皮球似的一不留心就滚出好远。我多么希望可以这么一直走下去，一直走到小城的内里，小城的过去，或许只要一个转角，我就能遇见我的童年。和小伙伴们一起，踏着节奏越来越快的鼓点，在天真烂漫的嬉笑中无谓地争吵，积极地和好，勾勾手指头，就幻想瞬间抵达天之涯海之角。那时候的我们，瘦弱、胆小，懵懂中混杂妄诞，怯懦中交错狂暴，一事无成却自以为无所不能。

只可惜筵席不管多么盛大，终将烟消云散，我们在十字路口壮烈地挥手告别，义无反顾地奔赴各自未知的前程。我一直以为不管我们走到哪里，哪怕真的穷尽天涯海角，我和你们、他们都不可能真的离散，仿佛这世上不同的河流，其实都拥有同一个隐秘的源头。无论何时，只要我们回到小城，随便走在哪里，都可以指手画脚眉飞色舞，顺手拈来一堆和这些低矮的楼房、狭窄的街道、清澈的江水有关的故事。

而现实的辜负往往无情又彻底，在旧城改造的指挥棒下，道路被翻修、被扩建，大量民居被拆除或在等待消失，更有数不清的高楼在尘土弥漫中拔地而起。江水斑斓，塑料袋、白色泡沫、藻类泛滥。这些曾经让彼此的人生紧紧相连的东西，好似全部消失于一夜之间，而我们，却犹疑着把生命的某一部分，落在了挥洒汗水浪掷青春的篮球场上，落在了卷起裤管摸鱼抓虾的浦阳江里，惶惑且不安。

走在小城新旧交替的边缘，一辆又一辆的掘土机轰鸣着开过我的身边，辗碎我的童年。这个面目模糊的小城，我已经快认不出来了。

II

少年时众多小伙伴中，陈天跟我的关系是最为密切的。他不仅拥有一副英俊的相貌，且文笔过人才情横溢，与陈天的革命友谊曾让我在高中阶段成为无数女生的假想敌。高考时差一分没上北大，陈天气愤抑郁之余去了一所北京二本的学校。分处一南一北两个城市，我们之间见面少了，话却有增无减，抱着电话常常能聊上一两个小时，直到很多次寝室断灯，黑咕隆咚的走廊上，我们为争论某个作家的作品好坏急得面红耳赤，也会为同时发现一本好书惺惺相惜。毕业之后，陈天坚持留在北京，他说，他不能回来，因为他的根，已经扎进了北京城。

上个月陈天来杭州出差，因着时间紧张，我们在他入住的酒店楼下的咖啡厅匆匆见了一面。他胖了，特别是那个肚子，凸得好似女子怀胎六月；发际线开始后移，皮肤也显出松弛的状态。最让我感到意外的是陈天的眼神，它们竟然变得如许温和，甚至温驯。这让我不由自主地想起了羊——陈天的属相——他以前最不屑的动物。陈天的改变之所以令我觉得惊讶，是因为曾经的他桀骜得像一匹野性十足的狼，他批判起社会、人性、制度、民族劣根性时痛心疾首的样子，俨然一副随时准备大干一场的架势。

聊天的话题从北京糟糕的天气扯开去，我说杭州也好不到哪里去，不知从何时起，抬头仰望蓝天白云竟成了一件奢侈的事，灰黄的雾霾天，像一张密不透风的网，笼罩住城市，把我们困在中央动弹不得。陈天频频点头，然而目光涣散，拿起咖啡杯的手指微微颤动，我知他的神经正在被意识中的一柄利斧来回撕扯——有些话如鲠在喉，哽得陈天欲言又止。

即使北京陷入雾霾的包围圈，上下班堵在路上的时间每天超过三小时，房价的涨幅远远超过工资爬升的速度，陈天也没有动过一丝一毫离城的心。他只是不甘心。背井离乡，日夜操劳，把终生的信仰交付给这座城市，但北京，却从来都不曾真正属于过他。这种漂泊无依的不安定感，无时无刻不在啃啮陈天早已千疮百孔的神经。金黄色的梦想渐渐消隐，风吹雨淋日复一日地磨损着它的厚度与韧劲，它越来越轻，轻到最后，就变成了那一纸薄薄的户籍。低头看着锃亮可鉴的大理石桌面，陈天用手抠着某处实际并不存在的污垢，我要很努力才能勉强听清他越来越低的声音：前两年还会和理想拔河，自我纠结，但随着时间流逝，我也习惯了。

陈天说完，狭小的空间重新回归沉默。悲凉如水，裹挟残叶漫过我的心头。为了在那个大得无边的城市生存下去，陈天忘了当初坚持着存在的理由。

入冬的杭州，湿冷的寒风像一条条水蛇钻进人们的衣领、袖口。落地窗外走过几个打扮入时的年轻人，穿着单薄，似乎全然不顾现实的天寒地冻。毫无来由地，陈天突然提起了因罹患咽喉癌而去世的父亲，然后似鼓足了全部气力那样紧紧地盯着我的眼睛，说："凌涵你知道吗，其实一切都是空的，但是人总要抓住一些什么才安心，比如一个溺水的人，也会死命抓住一根稻草。"

路边的香樟树因为道路拓宽所需正在被使劲挖出。工人们拿铲子用力地一下一下铲断四面生长的树根，碎木片飞撒。绑成一小捆放在旁边，散发清香的香樟树根成了工人们赚取外快的财富。我们能看见的，是香樟树春夏秋冬按季的轮回；深埋地下不被人注意的根段，却分分秒秒都在延伸、拓展，汲取新的水分和营养以供给枝叶。原本以为稳固如磐石的命运，很快就将被彻底改写——香樟树费尽心力生长的根如今成了它迁移的累赘——从来没有所谓真正的根，有的无非是你对一座城市一厢情愿的迷恋。

有时我想，城市才是一只真正的狼，没有规则，没有章法，我们都是羊圈中待宰的羔羊，不管是陈天，还是我，都将在这场力量悬殊的斗争中继续挣扎。

III

上海于我有着特殊的意义，它浓缩了我关于一座城市的全部想象，并且以它特有的节奏和步调持续地冲击着我的感官神经。我对它既留恋，又充满敌意，就像一对关系紧张的恋人，恩爱甜蜜的表面下剑拔弩张。

我在上海度过了四年的大学时光，这四年中，其他地方我不清楚，但光看我们学校周边的发展，就能窥一斑而知全豹。邯郸路地道在百年校庆前顺利完工；

五角场改建，大型购物商场诱惑着人们的钱包，传闻这里要打造成上海第二个"徐家汇"；江湾新校区在我们大四时投入使用，环境优美，视野开阔……人们目光炯炯，似乎已经看到不久以后，他们的满腔抱负在这片土地上生根开花。

毕业后去了伦敦，为一睹那些看得见的历史沉淀。整夜城市就是一个巨大的博物馆，并且，允许触摸，欢迎品鉴。维多利亚时期的唯美和繁复犹在眼前，场景倏然一变，牛津街上无数灰白色的石块建筑仍旧残留几百年前的烟息缭绕。走在路上我常常有种错觉，会不会一不留神，就撞到了艾米莉·勃朗特？或者，透过咖啡馆的落地玻璃窗，狄更斯正奋笔疾书，写下他的、你的、我们的远大前程。古典而魔幻，伦敦以一种令人惊异的力量，让历史永远停驻在当下。

既然提到城，我认为我们必须说说一座特殊的城：故宫，也就是紫禁城。去年冬天2月的某个早晨，我独自一人徘徊在如迷宫般的皇城围墙中，日光高远，城中人烟稀寥。我想象曾在这里短暂居留过的无数帝王，他们是怎样雄心勃发地登基，而后又苍凉似海地老去。这中间的过程，外人眼里风光无限，然而如人饮水，冷暖自知。

比如光绪，这个终其一生也没能掌握实权的皇帝，从被抱入这座城的第一刻开始，就注定悲剧收场。江山和美人，他一个也管不了，一个也留不住。紫禁城于光绪而言，与其说是俯瞰天下的宫殿，不如说是被囚一世的牢笼。百年之后，就算被人记得他曾是这座城空有虚名的王，又有什么意义？

时间飞光走石，当我走在城市街头，不管是北京、上海，还是伦敦、香港，今天的它们，概不是千百年来自身的残余和重塑。对于城市而言，我只是一个匆匆过客，甚至在它打上一个小盹的时间，我的存在就已经从现在时变成了过去时。说城市是我的，未免显得狂妄不自量力。事实上任何一样属于我的东西，都有可能是一种幻象。会不会，所有的城都只是一座虚无缥缈的海市蜃楼，而我也只不过是这海市蜃楼的一部分？

是不是每一个人，都有一个关于城市的梦？有人在梦里平步青云，飞黄腾达；有人一头扎入商海，赚得个盆满钵满；有的渴望著作等身，名利双收；也有的希望钓得金龟婿，从此衣食无忧……如果幽幽然沉入虚境，你会看见什么？或者，你想看见什么？

我站在十字路口，感觉光从四面八方射过来，世界瞬间幻化为一片白茫茫的荒漠。可是等我闭上眼，再睁开眼，发现灼眼的不是阳光，而是从各种摩天高楼的巨型玻璃幕墙上反射出来的强光。它们汇聚在一起，形成光的磁场，我感到一阵晕眩，一阵失神。

朦胧中，时光飞针走线，场景轮叠变换，旧照片泛黄的底色延展开来，男人们穿上布衣长衫，剪裁合身的旗袍包裹女人优美的身段。沿着青石板铺成的小路，我穿行于窄窄的长弄堂，曲曲折折的一眼望不到头。

层层进进的石库门里，我以偷窥者的姿态倚门而望，曼桢一刹那松开世钧的手，悲愤而绝望，再也回不去的哀叹，像一首催人泪下的绝曲。凉薄的月光慢慢地爬过王琦瑶日益衰败的身躯，滤去情感和时间，就像抚熨一块石头。苏州河上人声鼎沸，多少亲人泪眼相对，多少爱人执手相牵无语凝噎，船起分别，从此天涯各一边。他们见证过大上海的繁华和苍凉，绚烂和落寞，然后毫不留情地被抛弃，被忘记，好像大时代的浪潮中一只只微不足道的蚂蚁，抓不住哪怕一片腐烂的树叶。

红绿灯闪烁跳跃，无数男人女人步履匆匆从我身边一闪而过，他们穿着得体，妆容精致。源自各个方向，我们在这个十字路口短暂相汇，然后又像水滴一样融进不同的支流。巨型购物商场犹如一个个巨大的肠胃，伸缩蠕动着，贪婪地吸入这些无比忠诚的消费的信徒。用商品标明身份，随潮流彰显个性，我们似乎已经习惯以大众的标准定义自身，尤其在这个瞬息万变的城市，我们绞尽脑汁以各种标签充实自己，穷尽一切心力，却只是那只不停追逐尾巴的猫，兜兜转转，永远和幸福隔了一个转身的距离。

鲍德里亚在《消费社会》一书中这样剖析消费的实质："一旦人们进行消费，那就绝不是孤立的行动（这种'孤立'只是消费者的幻觉，而幻觉受到所有关于消费的意识形态话语的精心维护），人们就进入了一个全面的编码价格生产交换系统中。在那里，所有的消费者不自主地相牵连。"英国诗人约翰·多恩从另一角度为这一现象标注释义：谁都不是一座孤岛，自成一体……所以别去打听丧钟为谁而鸣，它为你敲响。

我们似一颗颗胚胎落眠于城市这只硕大的子宫，吸吮它的汁液，盲目而不知疲倦。养分抑或毒素，转换在一念之间。谁微笑着享受辜负，谁是谁的今生救赎？我们又在等待，一个奇迹，还是，一个怪物。

IV

父亲与这座城市的关系常常让我感到困惑，一方面他需要小城提供的工作机会以养家糊口，另一方面他又像青春期的孩子反степ约束多多的母亲，长久地与这座小城进行着一场马拉松式的拔河。我知道，父亲习惯性紧蹙的双眉中间一定盛载着许多故事，抑或还有不可名状的忧伤。

在那个笃信知识改变命运的年代里，还是少年的父亲在放学后割猪草、喂羊、放牛的同时，心里暗暗发了一个愿。天资聪颖再加上勤奋好学，几年后父亲以村里第一的成绩考上了县城的一所师范学校。如果我把视线稍稍调转方向，就能看到一个黑瘦朴实的农家孩子挥舞着一纸薄薄的录取通知书，欣喜若狂地在田埂地头间如鸟儿般飞翔。从此，他的命运看似就和这赖以为生的土地，生生割断了。

记忆中，父亲是一个很怕闲着的人。他若得空，一定要卷起袖子去鼓捣那几盆从各处搜罗来的花花草草。悠扬却不着调的口哨在阳台上飘来荡去，父亲的快乐常常穿越玻璃窗和白墙传递给正在做作业的我，面前的几何题虽然仍旧做不出，但至少看起来顺眼多了。后来搬家，屋后有了一个小小的院子，父亲亲手把盆栽移植，另外又弄来了几棵橘子树和梨树种在地里。父亲操起大剪子修剪枝条的样子岂止专业，简直帅气。

对于大葱、小葱、蒜苗、韭菜等植物，我一直都存在认识偏差，这一点常常遭到父亲无情的嘲笑，我却屡教不辨。再一次，当我把青蒜与小葱相混淆的时候，父亲无奈地叹了口气，说："平时看你小聪明挺多的，怎么就这件事始终没弄清楚呢？真该让你去农村住几年啊！"虽说初中以前的寒暑假都是随爷爷奶奶在乡下度过的，但那毕竟是以玩耍为主，不曾真正深入过村庄的肌里。我一脸的不在乎："不知道就不知道呗，有什么大不了的。"他却较起真来，说："你父亲，我，可是地地道道农民的儿子啊！"言下之意仿佛是，如果我连这么基础的农业知识都掌握不了，可真是太对不起他了。

很久以后，当我再回想起父亲说这个话时的神情，才体会到，他那时与其说是责怪，不如说是伤感。

即使在小城里生活了大半辈子，在父亲的情感核心，仍然深藏着土地厚实的清香。或许当初铆着劲儿离开，确实是为了摆脱农村对他前途的束缚，可是一种与生俱来的基因碎片，让父亲在离开故乡之后的几十年里，一直都与土地保持着某种秘而不宣的亲近。扎实厚重的泥土，从来都是父亲认知自我和与世界发生联系的唯一方式。对城市来说，父亲始终是一个身份模糊的异乡客。

这让我想起另外的一群人。他们千辛万苦地离开生养其的梁庄，以期在城市中谋得一份好差事，获取新生。他们不怕苦，却受尽白眼，不怕累，却遍遭欺凌；他们所追求的，不过是一份平等的工作，对等的尊严，公平的工作机会，完善的保障制度；他们的生活现实是当下中国部分群体的一个真实缩影；他们向世人掀开社会孱弱的另一面。作者梁鸿在《出梁庄记》这本书里写下的一段话深深地刺痛了我："这哀愁溢出眼眶，和外面的世界——机器的坚硬和无所不在的孤独——形成对视。那坚硬的源泉正来自对这哀愁的主体毫不留情而又贪婪的摄取。"用血和汗浇灌出城市这座巨大的钢铁之花，然后像一阵青烟似的消弭在城市的夜空之中，他们的名字淹没在遮天蔽日的尘埃里，无声无息。如果城市有耳朵，它愿意听一听吗？

V

深冬的城市街道，夜幕四合，璀璨的霓虹灯好像一张张情人变幻莫测的脸，对着冷冽的空气发出暧昧不清的邀请。零落的梧桐叶徒劳地紧抓干瘪的树枝，瑟瑟发抖地静候凋零的倒计时。我喜欢如许苍茫的冬天，看路上擦肩而过的夜行者穿着厚厚的冬衣，缩头紧脖，仿佛怀揣无数不可告人的秘密四散奔突。

现在，请掉转身，走向那些被亮光遮挡的背面吧。你会看见有一个流浪汉披裹破烂的棉衣，棉絮像鼻涕一样拖在外面。他躬着背在垃圾桶里翻捡的样子，认真得好似在挖掘一座金山。往前走上一段，黑漆漆的街角，一个老人满身尘垢，蜷缩起本已佝偻的身躯，侧躺在并不宽阔的屋檐下，双手紧紧地交叉抱在胸前，抱住这个世界上他唯一能够依靠的肉体。惧怕的啜泣声从巷子的另一头传来，你惊讶于黑暗中一把匕首竟也能如此晃亮，女人被一只纹满刺青的胳臂给挡在阒静的巷弄中，眼泪落在刀片上反射出水晶般的质地……

犹如一双孪生花，日间繁花似锦的城市此刻借着黑暗的幌子，一闪身从幕后请出同胞兄弟，它青面獠牙，散发着腐臭之气，倏忽张开血盆大口，吞入一切浮华表面之下的丑陋。

我发现感觉像突然被谁拔了电，心里空旷得仿佛天地之间的无边无际。站在17楼的阳台上，俯瞰绵延不绝一路向北的车流，任风呼啸而入，却丝毫不觉得寒冷。这个城市的夜景似一只孤独的野兽发出辽远而愤怒的低吼，稍远处，警笛或救护车的哀鸣尖锐刺耳，深远而完整的寂静依旧蛰伏不肯出现。

一天24小时1440分钟，一些人不停地逃逸，另外一些人则拼了命地追逐。城市彻底翻出黑暗的底衬，有人沉入长夜，有人还在深渊中苦苦挣扎；成为植物人，被楼上莫名掉落的花盆砸伤，在车轮之下血肉模糊，在脚手架旁支离破碎。被抢，被打，被欺骗，被勒索，被强暴，被刺死。饥寒交迫，病痛缠身，孤苦无依，万念俱灰，悔不当初，悲愤交加，抑郁成疾，狂躁不安，冷若冰霜，提心吊胆。

一个不比其他城市更糟糕的城市，一个富足的、机会丰裕的、充满希望的城市，一个暴力的、危险四伏的、不受控制的城市。一个我想看清楚却永远也不可能了解透彻的城市。

我躺在这座城跳动的脉搏上，感受它的气息透过我的背、我的神经传至我的周身。想起很多久远的事，包括一些对自己的承诺。什么时候开始遗忘的？我已经记不得了……不过，又有什么关系呢，所有的承诺只不过用来给自己亲手打破。那些曾经所谓的梦想，如果忘了，那就忘了吧。

万水千山走遍，所有脚下的土地连成一个曲折的箭头。

你所有为人称道的美丽，不及我第一次看见你。

如果有机会，我们再见面，我会笑着问问你，嗨，

还记得那年，我们的伦敦吗？

随
性
而
至

在纸上相遇

是什么让你忆起过去的事？很长的一段时间内，我以为这样的引导来自于触摸。相较于眼的精明、鼻的细微、耳的温婉，触觉更能让我产生一种骨节硬朗的饱满，因为肉体上留下的记忆，总是太过私人化，因而显得尤其隆重且盛大。

可是，渐渐地我发现，时光的流逝并不能固定触摸的形状，相反，它愈是想要保持初见的心跳，就愈是快地模糊、变形，直至彻底异化。直到有一天，我从书柜底下翻出那一沓边角泛黄的信，才知道，原来早就有一些东西，留在了卷边的纸页上，也嵌进了我无边的思绪里。

竟是那深深浅浅的字迹呵。

几百封信，用一根红绳捆着，拎起来，敦敦实实的重。轻轻拂去表面的尘灰，小心翼翼地解开绳结，哗啦一下，信散了开来。全部都是过去十几年里从四面八方飞来的信件。童年的笔画短促稚嫩，那是年幼的我们趁着刚刚兴起的圣诞节传递的祝福；高中同城的牵挂与问候，弥补因学业繁重不能相见的缺憾；上大学以后，寄信人的地址开始呈放射状向世界地图扩展，旖旎的异国情调在笔端恣意蔓延；还有各种报纸杂志上的有奖竞猜、趣味问答的回函……

好似一个忙碌的拾荒者，我在众多的信件中捡拾过往的碎片，试图拼凑出一条来时的路。这条路蜿蜒曲折，路边开满了不知名的小花，一阵风吹过，它们就款了款身子，又款了款身子。

其中一封是《童话报》的编辑回信，她说我写的《小猫钓鱼（续）》语言通顺，想象力丰富，她还说，希望我能继续好好写作。落款柳老师。我就想，柳老师一定是个好看的姑娘，大概和我现在差不多大，有着一头齐肩长发，写字的时候有一缕头发从额前滑落。这样想的时候，我似乎就看到，年轻的她伸出手，把顽皮的头发在手指上绕了一个美丽的圈。

信函或者便笺，自脱离缔造者兀自踏上征途以后，便是一道板上钉钉的牵连，思念抑或誓言，都变得如水底鹅卵石般明亮坚硬起来。下笔深情，落子无悔。所以我选择伤感，例如多年后面对一堆折页发黄的旧日信件，伤感像一波一波的浪涌来，轻易打湿我的衣衫。

睹物思人，而人，今在何方？奔腾不息的时光冲散了曾经相看两不厌的目光，只留下这些或粗糙或精致的笔画，成为日后彼此怀念的缠绕，而我就在这般如水的静谧中，听到了号角从远处传来的嘶哑吼叫。

秋阳高照，战事进行得如火如荼。无数将士浴血奋战，陷阵前方，刀和枪，矛和盾，烈日下闪烁铁器冰冷的光芒。热烈的心却在不停呼喊，回家，回家。是的，飞溅的鲜血，残酷的战场，让他疯狂地思念起江南小镇那一方不大的庭院，院里母亲老眼昏花，庭内娇妻泪雨飘洒。活着回去，这是此刻盘踞他脑海中唯一的念头。家信紧贴胸口，不知是自己保护着它，还是它温暖着自己。

昨夜与战友围坐驻地，石块微凉，火光跳跃，妻子的字迹忽明忽暗，湿淋淋的墨迹早已干涸，却有几处晕染让他心焦。那是泪，浸湿笔走纸上的横竖撇捺。

月光扑闪着跌落营房，他暗自起誓，回去，去完成为儿未尽的责任，去实现为夫亏欠的诺言。

胸口忽然传来一阵温热，且低头刹那，另一支枪又洞穿身体，枪尖上鲜红的血滴，断蚀回家的渴望。南方的家，只能无限期地存在于到不了的远方。合上双眼之前，他看到一只孤雁，歪歪斜斜地飞过苍茫的天际，凄凉的雁鸣落入沙土。从此不再孤独。

想起曾祖父和曾祖母的故事。青梅竹马的一双小儿女，十六七岁时喜结姻缘，本以为未来的日子里，你耕田来我织布，日子平淡如水却欢喜安乐。抗日战争号角吹响，他应召入伍，她右手牵着两岁的女儿，高高隆起的腹中，七个月大的幼子呼之欲出。即使有千般纠结，万般不舍，也只能送到村口，再往后，便是远隔千山万水，各自珍重。写信啊，记得写信回来。她把双手拢成喇叭状，放在嘴边大声地喊。泪眼婆娑中，她看见丈夫转过身，用力地点了点头。

然后，便是长长久久的等待。夜凉似水，身边缺一人，再怎么捂，被头都透出沁心的冷。不如点起一盏油灯吧，灯烛摇曳如蚕豆，衬着夜更加的晦暗不明，内心却是干净明快的，知道即将落于纸上的一字一句，都将被他反复阅读，妥帖收纳。

谁也无法想象一封家信，到底经历了怎样的长途跋涉风霜雨雪才抵达战士们的手中。任何一个路途上的疏忽，也许邮递员装错了信袋，也许分拆时遗落边角，都可能导致事实上这封信只是一场单行道上的自我倾诉。连年征战没有固定驻扎地，常常换了地方还没来得及告知家人，便又随军出征。怀乡时，曾祖父掏出贴身衣兜里的蝇头小楷，已是最大的慰藉。没有人能保证，山头的那一抹血红夕阳，是不是今生停留视线中最后的巨大伤痕。人和信，信和人，这是一次又一次历经生死的相遇。

守在家中等信的曾祖母更是如此。日夜悬着的心只有在等来曾祖父只言片语的回音时，才会短暂地得到喘息。然后看一眼邮戳，已经是半个月前，于是心又被一根看不见的细线吊了起来，那在这半个月里呢，他有没有挨饿受冻？有没有身负重伤？最重要的是，是不是还活着？

日盼夜盼，某日前方来信，带来的却是他战死沙场的噩耗。内心零落成泥，她愿为他守寡，余生只念着他一个人的好，可脚边尚存年幼的一双小儿女，她的痴情难道要成为他们成长的羁绊？半年之后，她远走，带着孩子改嫁他人。

故事在这里本该有了了结，命运却偏偏开了个阴差阳错的玩笑。当年前方战事混乱，失踪伤亡误报频频。待他死里逃生回到家乡，看到的却是人去楼空的悲凉。院里桃花空寂，屋檐下还放着她用过的机杼，吱吱呀呀。于是，他头也不回地离家。

直到多年后有了彼此的消息，却已是各有依绊，相望却不能相守。唯有那一封封曾在风雨中飘摇的残页，见证了炮火纷飞中浓烈绽放的爱情之花。

这样的下午适合怀念，窗外清风，房内一杯清茶。怀念一些淡去的人、淡去的事、淡去的字迹，躺在手心里的一些旧东西也便"旧"出了味道。那样的时代多么美好，一切都不那么匆忙，节奏悠缓，身心荡漾。却因为不那么轻易，而显得深情。

之后也新认识过很多朋友，君子之交淡如水的，慌张出现又匆忙消失的。总觉得哪里不对，原来是从未见过他写的字，因为没有见过他写的字，便也觉得这段关系似没有根系的浮萍，随时热闹，但也随时飘散不见。日长夜长，执拗地相信，落在纸上的一笔一画，才是对这个世界最郑重，也最深情的告白。

那么，就让我们约定，下一次相遇，在纸面上发生。

飘来荡去的青春

一通电话像一颗流弹，轻而易举击穿薄如蝉翼的现实。手机那头朋友说，他已经正式向公司递交了辞职信，下周开始就将全面实现穷游天下的计划。他的兴奋显而易见，穿过电波不断震动着我的耳鼓膜。

挂了电话，我的耳边尚留有他的余音，他说青春就是用来折腾的，不想等以后老得胡须一大把了，才来后悔今天的自己没有勇气放下这一切，活出心中想要的样子。西北的风不知从哪个方向呼啸而来，黄沙纷纷扬扬遮天蔽地，仿佛一只看不清脸的怪物张开大口吞食人间。我拿着手机站在这块被联合国称为最不适宜人类居住的土地上，突然很想跟朋友说一句，我在这里挺好的。

想起出发前一晚的相聚，典雅的茶座里茶客寥寥无几，我却喜欢这样的清淡，恰好衬得上我与他之间随意散漫的清谈。新鲜泡好的茶叶在热水中间上下翻滚，蜷缩的身子舒展开来，继而缓缓下沉，似乎有质量的人生就应该重心向下，妥妥的，定定的。他的手指修长，一开一合是那种让女人都羡慕的优雅。

他说，"你去宁夏支教，你想从宁夏得到什么？"心里汩汩冒出几个词，我来回掂量：经历，奉献，追寻，沉淀……好像都有，又好像都不准确。我把这些词放回词格里，摇了摇头。他咀嚼茶叶的样子像一只温柔的小兽。任何一个自发的行为都有它的目的，你没有想过，并不代表它不存在。

这句话及至我结束支教返回小城之后，依然回音袅袅数日不绝于耳。我坐在必胜客里怀念三合中学的土豆面，想起位于食堂旁边全校唯一的水龙头前，月黑风高三个女生一只手电端着脸盆蹲在地上刷牙洗脸。

离别那天，孩子们坚持守候在路边目送我们的车开出学校，烈日下他们干净的青春无遮无拦，仿佛山谷间大片大片盛开的向日葵，只要阳光足够明媚，青春就必须闪光。只是大山深处的光芒，需要多久、需要多闪耀才能融入主流的光束，引起世人的关注？

我想，对于朋友的问话，我大概已经有了答案。我希望可以在孩子们的心中，种下一颗小小的种子，而要拥有破土而出的勇气，需要他们自己的领悟和坚持。孤独是我们与生俱来的属性，而成长，是一个多么漫长的过程啊！

总以为青春还很长，可转眼间就到了青春的尾巴上，而且它正以胜似神舟十号的速度，突突突地加速把我甩掉。惶恐像一丛疯长的水草，在心里肆意飘摇。大街上随处可见跨在自行车上呼啸着穿梭的年轻的身影，他们多么富有，手中握有看似挥霍不尽的大把时光。

无所事事的下午，我选择一个人站在窗边发呆，看路上人来人往，蝉音如马达般轰鸣。据说作为幼虫的蝉，可以在地下待上数年，但蜕皮后回返光明的成年蝉，却往往活不过两个星期。如果说蝉的青春都被用来给蜕变积蓄能量，那它会不会觉得无聊？会不会因为不堪忍受寂寞而自我放逐？

过去的10年中，我把很多时间都用在奔走上。从小城到上海，到伦敦，再到杭州，现在又回到小城，仿佛一条命中注定的路线，兜兜转转还是回到了原点。我曾一度存疑，懵懂的青春究竟该如何安放，于是磕磕碰碰，于是跌跌撞撞，于是伤了痛了累了流泪了却咬紧牙关告诉自己不能后悔。活得太用力，伤人伤己。

不如换一个角度，安静地，用心察看生命像水一样自然流动，不着急，不刻意，等待那些早有约定的人和事物，终将穿越千山万水朝我走来。所谓成熟，无非是在"追"的石子路上，学会了"等"。不管今天还是明天，有希望就好，不管青春是不是一条没有方向的河流，能够自在地流淌，就很好。

朋友说，折腾是一种能力。我就想，是不是我已经老了，要不然怎么会连折腾都懒得折腾，只想在闲来无事的下午，看一本搁置了很久的书，听一场高质量的音乐会，看一场期待许久的话剧，逛一场别开生面的展览。这些都是安静的活动，属于个体的生命体验。我知道我终究不是一个善于表露自己的人，就像一只蜗牛，缓慢地爬行，缓慢地消化一些只有自己才能承受的硬伤。

我在一个炽热的夏日午后选择坐公交车横穿小城，从最东面跑到最西面去拜访一位朋友。车门打开，嘻嘻哈哈上来几个初中生模样的少年，他们背的书包造型夸张，其中一个上面布满了长长的塑料尖角，这让那个书包的主人看起来有些像刺猬，或者也有点忍者神龟的味道。车上尚有空位，他们却旁若无人地站在车厢中央，叽叽喳喳地说话。在他们身旁的椅子上坐着一个长头发的女孩，她戴着大红色的罩式耳机，这使她可以沉浸在一个过滤了嘈杂的世界里。她正在阅读一本书，书的封面是我熟悉的颜色，《追风筝的人》。我相信她会被书中阿米尔在年轻时所犯下的错误而感到震动或者愤懑，但她最终仍会朝他伸出原谅的手，或许还会因为理解和同情而掉落美丽的泪水。

难过是因为青春时做过太多的荒唐事，但幸好，我们还能够用余生来审视它，听从自己内心的声音，找回丢失已久的存在的意义，终于完成自我救赎。

或许从严格的意义上来说，我的青春已经进入暮年，但是只要一直在路上，就不怕道路阻且长。即便有一天白发苍苍，青春也不会散场。

伦敦有雾有雨也有风

试着去发"London"这个音，舌尖以轻柔的姿态两次抚触齿背，如秘语开启般，一个美丽的词在空气中倏然张开触角。它轻轻地碰了碰你，你就像中了蛊似的，迷了，醉了。思绪似乎被一只看不见的手紧紧拽着，不停地下坠，下坠，直到这座城，牵扯出一段又一段故事。你在故事堆积的云朵里看到了自己，于是，刹那惊醒。

醒来看到的小白屋，仍是当初朴素的样子，一如邻家不施粉黛的姑娘，俯首低眉皆是脉脉深情。它是我在伦敦的短暂住所，一年的时光亲历了多少眼泪和欢笑。小白屋有三层，外加一个地下室，屋后有个小花园，不知名的花和草兀自生长，圆桌和烤架已锈迹斑斑，看来大概是半个荒废地带。房东在别处另有可观房产，于丁零咣当一串钥匙中漫不经心抽出一把，打开二楼的门。一个仅供放一张四方桌的客厅，南北共三间卧室，洗手间因装了洗衣机而稍显紧凑，厨房倒算宽敞。

从咯吱咯吱的木楼梯上晃荡而下，心内淡淡的欣喜，是那种一见钟情的契合之感。从女友Y和I的眼里，我看见类似的情投意合。所以，就是它了。

房间临街，是那种一抹光的素色，白的墙、白的桌、白的椅和床。感觉似进入一家似曾相识的旅店，肉身暂存于此，心却惶惶然不知所往，新鲜、恐惑、期待、迷离，短短的一年在当时只觉得漫长，未来笼罩在一团灰白色的霜雾中，看起来遥遥无期。深夜有车自窗外呼啸而过，车身与地面的强烈摩擦让小白屋恍若经历了一场威力不小的地震。躺在床上被生生震醒，睁开眼，橘黄色的路灯射进百叶窗，不彻底的黑暗容易让人忘记睡眠。又是一辆轰鸣的车自远向近驰骋而来，屋子应声激动战栗，幅度之大让我几乎怀疑天花板即将倾颓，而床必然向地底坠落，光线似乎都被锋利地切割。难道是塑料打的地基，泡沫板做的四壁？

嗒嗒，嗒嗒嗒，嗒嗒，楼上传来女子穿着高跟鞋走路的声音，想象她从房间的这一头，晃动柔媚的腰肢走到那一头，再走回来，反反复复，寂寞的月夜孤芳自赏。接着是洗衣机开足马力奋劲工作的喧嚣。拥有如此作息，究竟是怎样的一个女人？虽住楼上楼下，却从未得以遇见，也没想过去敲开那扇门，想一切终有因缘际合，不打扰，只默默领来承受，于数个黑夜半梦半醒间静观流变。

大地从沉睡中恢复意识，但这回有些许的不同，得得得，步伐整齐有序，节奏明快清爽。起身撩起百叶窗一角，晨雾中惊见一列马队渐渐清晰。领头的是位女警，深棕色坐骑，挺括的制服，眼角眉梢平添几许刚毅和果敢。

向来中意略带中性色彩的女人——温润如水的女儿身若渗透英气飒爽的男子气概，所产生的化学反应足以使人意乱情迷，分不清倾心的，是她，还是他。就如《东邪西毒》里林青霞饰演的慕容嫣，幻化出来另一个慕容燕，可谁能断言后者不是前者在性别退隐之后的真正归属？

马蹄声渐远，人行道上，是一个乐于把清晨踩碎的慢跑姑娘。清凉的背心短裤，淡金色的马尾高高扎起，耳机为之阻挡杂音，似乎这就是晨跑的标配。不管什么运动，即使简易如跑步，长年累月坚持下来也极为不易。风霜雨雪，其实并非阻碍，难的是克服因外界变化而起的内心波动，偷懒比坚守容易，或许只因为放弃的成本尚未超出我们的接受范围。

和轻易认输的自己说没关系，挥不去的却是盘绕在心头的遗憾。修行，是持续一生的功课。

多想无易。起床去敲Y的房门，走，一起去吃早餐。

Y是我迄今为止见过最冷静最聪慧的女子。判断事物精准，不动声色。有极好的方向感，到过一次的地方立马就能分辨出南北西东，被公认为Brian小分队的"活地图"。幼时练过芭蕾，偶尔举手投足仍能见其典雅范。Y不算第一眼美女，但与她相处越久，越能发觉她身上冰与火融合的特质，便愈发地喜欢起她来。

初遇时她是矜持的，甚至有种拒人于千里之外的距离感，但随着交往的加深，一个内心丰盈情意充沛的Y会让人不自觉地想去走近，去了解。男友在国内读博，或许等她一年之后学成归国，她会随他移居美国，他继续攻读，而她，不管做什么，都将是完满富足的。拥有如此强大内心的女子，懂得如何把生活打造得秩序分明且不失浪漫。

现在远远地看她，依然觉得沁心的凉，好似伦敦不知何时会突然落下的雨水，
总带有一丝莫名的锋利。

与Y大不同，I是典型的双鱼座，感情丰满到似乎随时都有可能溢出来。打越洋
电话，听到挚友在北京过得并不十分如意，工作、生活、感情，烦心事接连不
断，I的心疼和难过无法用言语表达。往往结束一个漫长的通话，她红着眼睛
从外面走进，我们也不知如何安慰，大概内心的担忧和无力感只能自己一点点
消化吧。

I写得一手好文章，心思细腻，文笔老到，字里行间完全看不出情绪的激荡。
切入口小而深，像施行极为精细的内科手术，是那种点到即止的痛，当下无明
显反应，回想起来却有一丝渗入肌理的伤感。对人也是掏心掏肺的好，咳嗽时
会给你买梨煲冰糖雪梨，熬夜自习时轻轻地给你披上一件外衣，持续不断的体
贴关怀足以把人融化。和I在一起，能体会到漫步云端，雾里看花的朦胧和美
好。一种暖暖的力量。

还有L。不与我们同住，因为申请学校时即分到了宿舍。幸运的孩子。暑期语
言班时结下的友谊，不曾因空间的隔离而疏淡毫厘。不时过来家里一起做饭，
各人出一个拿手菜，便宜的是前来蹭饭的几个男生。

L喜欢美食，曾怀揣热切愿望回国之后开个小饭馆或者咖啡厅，整日研究食物
的色泽搭配和各式配方，既可满足自身味蕾的偏好，又可作为大伙儿腐败的大
本营，还能结识各路来客听取奇闻逸事，一举几得之创造。

不知今日的她在忙些什么，是否已实现当初共同约定的计划。

坐168路公交车去GD（学生宿舍）找L玩，红色的双层巴士，最喜坐二层的第
一排，天气晴好的下午，感受无边无际的光穿透一整面玻璃，将周身笼罩。风
景在眼前次第展开，若开着窗，树枝偶尔调皮地探头，在你的脸上若有似无地

印下一个吻。远远地，总能看见L熟悉的身影。London Bridge Station，车未抵达，已心生暖意。被等待，被需要，多么具体的幸福。

论年纪，L是我们当中最小的，但她自有洒脱的气质，不拘泥于一时的对错，内心有一种坚稳而强韧的定力，似一缕暗香浮动的清风，拂面之后春暖花开。

说不清楚一年的伦敦生活给我留下了什么，回忆中尽是支离破碎的琐事，快乐的、伤心的、火热的、冰凉的、顺流而下的、逆流而上的，千滋百味萦绕心头，至今不曾淡去。

"每当我为世界的现状感到沮丧时，我就会想到伦敦希思罗机场的接机大厅。很多人都开始觉得，我们生活在一个充满贪婪与憎恨的世界里，但我却不这么认为。对我来说，真爱无处不在。它可能并不起眼，也上不了报纸头条，但它的的确确存在着。它存在于父子、母女、夫妻、男朋友、女朋友，还有老朋友之间。飞机撞向双子楼的那一刻，据我所知，没有一通来自航班上的通话传递的是仇恨或复仇，它们全部是爱的留言。如果你用心去看，我确信你会发现，真爱其实无处不在。"

电影《真爱至上》开场的一段独白，无论何时重温，心中都会涌起深深浅浅的悸动，或许，仅仅是因为一个身后的地方，或者，一个亏欠的拥抱。

如果有机会，我们再见面，我会笑着问问你，嗨，还记得那年，我们的伦敦吗？

当我们老了，就让我们变成一个个文艺的小老头和小老太太，你说，好不好？

不如换一个角度，安静地，用心察看生命像水一样自然流动，不着急，

不刻意，等待那些早有约定的人和事物，终将穿越千山万水朝我走来。

PART 3
About Love

空
房
子

壹 八里庄南里27号

从北京机场2号航站楼出来，意料之外的一轮骄阳倏地蒸发掉黏滞在身的水汽，3个月以来杭州连绵不绝的潮湿与阴暗在遥远的北国失去了呼吸的土壤。人群被机舱反胃般吐出，继而主动消散于各个方向，像流食被纠结蠕动的肠道吸收。我拖着一个大箱子，陈年辘轳在看似光滑的地砖上摩擦出令人心悸的回音，我试图将听觉功能暂时关闭，却徒劳无功地继续忍受吱呀吱呀的折磨。

出口处密密麻麻地站满了接站的人们，翘首期盼，贪婪与渴求的眼神像机场安检人员手中的金属探测器，急不可耐地扫视着每一个通过关口的人。数不清的牌子上，陌生人的名字纵横交错，也许是一位远道而来的商客，亿万生意迫在眉睫；或是远行的归人，一别经年，岁月驰骋，应是相逢却不识；又或许是网络上不曾谋面的情人，千里迢迢只为一夜床笫之欢。因为看多了世间的聚散离合，这里早已变成一片麻木的荒地，剩下的，只有几堵冰冷而坚硬的墙。我从来都厌恶机场。

匆匆离去，穿过特地为排队而设置的迂回的栏杆，拦住最近的一辆的士。

上了车，我向司机报出此行目的地：朝阳区八里庄南里27号，鲁迅文学院。

啥，鲁迅文学院？没听过。

没听过啊，那怎么办？

没事儿，我手机上导航，咱走走看呗！

车子在机场二高速一路狂奔，阳光长了刺，在我身上戳出一个个针眼般的小窟窿，又扎又痒。我脱下外套搭在手臂，眯眼望着这个既熟悉又陌生的地方，窗外的事物跳跃着一闪而过，短暂得在视网膜上留不下任何印象。北京，即将成为我生命中待过时间最长的第5个城市，除却诸暨、上海、伦敦和杭州。

路过北里，却怎么也找不到南里27号。司机绕着八里庄团团转了两圈，鲁院的牌子才不动声色地突然出现在我们眼前，柳暗花明。下车，提行李，在门卫大哥那儿凭录取通知书换来进入的资格。一纸一证，顿觉自己已是被鲁院承认了的，心中那份窃窃的欢喜，便是再也藏不住了。脚步倏然轻快起来，箱子咯噔咯噔的轱辘声都似雀跃的马蹄。为什么，它就在这里，遗世而独立，我却接连错过了它两次？目光所极之处，即为鲁院全貌，一条笔直的道，两旁一眼望尽方圆的小花园，两幢默然相对而立红褐色的房子，这就是全部了。一座大门，开合了多少千丝万缕的纠缠——欲语还休的迎来送往中，鲁院保持着自身独特的悠然自得。鲁院的幽，就在于它的不显山不露水，也在于它的闹中取静隐然入市，人一入其中，便沉沉然卸下了所有不堪重负的力道，心澈思净，脑海中翻腾不息的文字亦将于此获得卓绝的表现力。

辰光尚早，签到表上零星分布着几个不熟悉的名字，我匆匆扫了一眼，领过钥匙，走进电梯。这幢5层的楼应有些年份了，电梯也老态毕现，暗淡无光，反应迟钝，沧桑的味道，悠悠卧然扑面而来，不发一语，却凿凿实实。房门上粘贴的粉红色纸条宣告了主人的身份，昭示着我对它未来半个月的使用权——名字之于人的意义，即在于把一切有形无形的物体打上某个特有的烙印，从而张扬人凌驾于万物之上的占有欲和控制力。

在我走入鲁院的课堂之前，网络作家于我是一个模糊而泛泛的概念，听说他们保持日更千字，听说他们晨昏颠倒，听说他们赚得很多，因此有人辞掉了工作，专心致志从事网络写作。口沫四溅，颇具盛名的老师在讲台上铺陈写作的各项精巧的技艺，台下，噼里啪啦的键盘声此起彼伏——传统文学与网络文学，狭路相逢于这方密集的时空。你听，那落键而起的声音像不像被一一引爆的小地雷？手指尖倾泻出的舞蹈，不只文字，还有无言的抵抗。

传统文学又被称为精英文学，既为精英，金字塔顶层的漫步者，与数量庞大的基座隔着天然的距离，他们追求普世的文化价值，一朵花中看到天堂。经年轮辗转，依然字字句句灿烂灼人。日日更新，字数动辄上百万；粉丝追捧、付费阅读；手机、无线、网游、影视、动漫，全面开发——网络文学自诞生之日起，便是市场经济的产物，快速产生，又快速被消费。字数是作者赖以为生的支撑，码字、拼字成了他们日常生活中不可或缺的一环。由此，传统作家对网络作家质疑最多的一点便是：这样赶出来的文字，会有价值吗？

价值，因何而判？历史的沿袭，公众的承认，还是金钱的价码？判断标准人各迥异，衡量结果却要求殊途同归——正如我们从小被统一灌输的处世理念：只有好好学习，有朝一日才能出人头地。相同或相似的人生规划让我们安全而平庸地成长，冒险的激情在木然的类同中消失殆尽。是不是，一旦另辟蹊径即被认定为反叛或忤逆，我们就将永远地绝缘于创新与革命？嫉妒，只不过是害怕被边缘化。

人类离不开文学。在对现世的无奈与绝望之外，我们需要一个自构的空间来实现精神世界的依赖与救赎，一千个人心中有一千个哈姆雷特，文学历久弥新的价值恰恰就在于它的不可定论。不管是传统文学，还是网络文学，只要依然有人爱看爱读，便是作者和读者不期而遇的缘分了。至于社会效益与经济效益能否兼而有之的问题，实在是文各有命，大可不必心存芥蒂。

从这个角度来说，我和大野的相遇，大概也是命中注定。

贰 国家博物馆

始于一场无恶意的玩笑。房内的电话铃声响起的时候，我正披着浴巾擦拭着湿漉漉的头发。

你好，请到210房间来拿一下我们班的同学通讯录。陌生的男中音，似乎透露出丝丝笑意。

我快速穿好衣服，踢着拖鞋走下楼，啪啪的回音，指引着一条前途未卜的路。在我礼貌地叩响210的房门之前，我看到粉红纸牌上印刷的名字：大野。门开了。一个高瘦的男子，挺括的鼻梁，线条分明的嘴唇，笑容在脸上，分外清朗。莫名地，我分明是受邀前来的拜访者，却紧张得像个预谋行窃的小偷。我一时有些恍神。

你好，我来拿一下通讯录。我记起此番前来的目的。

毫无预料地，房内突然爆发出一阵大笑，男人和女人的脑袋，从墙的弯折处纷纷探出。我倏然明白，这不过是一次娱乐的游戏，而我极为配合地充当了配角和道具。

小诺是吗？一起来玩吧！有人热情邀请。被动地成为游戏中的一员，继而参与寻找下一位目标，不知这是不是就是屋内众人聚集的方式。我冲他们微微一笑，解释说正在看一部精彩绝伦的电影，正放映至高潮，心痒难耐，不得不回。
没办法，我为自己的不合群觉得遗憾。

"对不起"。他把音量控制得很好，声波仅在我和他之间来回振荡。
抬头与他的眼神对视，我诧异于他对我感觉到自身被伤害的敏感。不过有一件事我没有骗你，他又说，修长白皙的手指指向门牌，我叫大野，住在210。

到国家博物馆参观是鲁院课程安排中的一次观摩学习。大厅正对天安门广场的七扇铜门，采用传统的青铜镂空，取自古代青铜器物的纹饰复苏着原始感。厅内宽敞明亮，凉爽宜人，将过早而至的暑气拒之门外。坐电动扶梯至地下一层，古人的生活图卷随着各种考古文物的纷至沓来缓缓展开。170万年前云南元谋人的两枚上内侧门齿是国博最早的藏品和展品，一左一右，齿冠保存完整，齿根末梢残缺，表面有碎小裂纹，裂纹中填有褐色黏土。我知道，那时的人类还处于茹毛饮血的时代，野蛮粗暴使他们的味蕾得以直接接触最原生态的食物。一想到这两枚牙齿尖厉地撕咬咀嚼血淋淋的肉块，我就为这荒蛮的野性美所震撼。人类进化至今，接二连三地在"现代文明"的旗帜遮掩下肆无忌惮地破坏着这种美，并且在食物链的各个环节，人为地掺入了太多的利欲熏心。这样的进化，想来必为我们的祖先所不齿。

探访博物馆是一次追寻历史的旅程，时间在这里被永久固定下来，几百万年以前，几千万年以后，如斯的面目乏善可陈。在这里，谈论生，或者死，都显得如此微不足道。我在明净的展柜前放慢步速，滴答滴答，听历史默语前世今生的轮回，如残破的断章，需要在逻辑和想象的基础上进行复原。作为一名资深的历史爱好者，大野很快凭他的渊博知识和沉稳叙述赢得了同学们的钦佩。似被下了蛊，我亦步亦趋地尾随着他——摄人心魂的巫师，吸去我全部思考的力量。

对于化石，我始终抱有一种崇敬而怀疑的矛盾感情，历经亿万年时光摧残，谁能保证依据书本考据的历史即为真正的现实？在这些重见天日的踪迹身上，到底凝聚了多少其实是由猜测累积而成的谬误？正如鉴宝栏目中专家推细敲后的一锤定音，那些喜上眉梢乐不自禁的宝主，捧回家的会不会只是现代以假乱真的仿品？而那些被否定被嘲笑的器物，又怎知不是遗落的东海明珠，错过的稀世珍品？真真假假，凭借的是一双慧眼，还是一张利嘴？

奋力打制的石器、四下采集的树籽、狩猎捕食后的禽兽残骸，远古居民在向自然索取的同时，也开始了主动创造的革新。看看那些保存完好、刮磨光滑的骨针吧，它们缝缀了早期人类最原始的遮羞衣物，也让混沌的性别意识，从此勃勃萌生。我从人群的外围来到大野的身侧——被动地挤搡或者主动地靠拢，话题在此时陡然偏转，他的声音飘浮于耳畔："你知道伊甸园吗？"

只因委身于魔鬼的诱惑，亚当和夏娃偷吃禁果，犯下原罪，被终生驱逐出幸福的伊甸园。灾难不止于此，女人被罚增加怀胎十月的无穷苦楚，及至生产，亦备受疼痛；男人则受诅，从此需终身劳苦才能从地里得到食物，而地会长出荆棘和蒺藜；没有四肢，没有声带，蛇将用柔软的肚子做底，匍匐于上帝脚下，并终日与尘土为伍。真相的揭示需要超人的勇气和意志，两厢情愿的改变带来了惨痛的结局——毁灭的种子包裹在饱满的汁肉中，鸟语花香的丛林深处，常常是致命的深渊。

都是人类的进化史，西方与中国，在不同的敏感神经上触摸到相似的疼痛。纤弱无助的身体内部，我听到细胞交替死亡的哀歌。

叁　乒乓球

鲁院一楼的大厅近来新添了一张乒乓球台，听说是为了丰富学员的课余生活所特别购置。那一天之前，我不曾想过这张球台，这只球拍，这颗洁白的小球，会和我牵扯出什么枝藤叶蔓的关系。人不知道哪一个时刻会将一生改变，如同不知道随风飘洒的种子，哪一颗能绽放饱满的花蕾。最完美的计划，便是毫无准备地等待命运的宠幸。

大野开口叫住我的前一秒，我正像往常一样，低着头匆匆走过大厅，眼角的余光瞄到球台前他矫健的身姿，呼吸陡然变得急促。电梯在前方等着我，我急欲冲进空无一人的密闭空间释放内心的不安和焦灼。但他到底是叫了我的名字。电梯门洞开着，正对面陈迹斑斑的镜子里，一张脸因诧异和惊喜呈现出失态的空白。往前一步即是解脱。心跳在胸腔中震耳欲聋，我回头，微微一笑，"大野。"电梯合上了门。

这是危险的信号，我却任性地置若罔闻。我坚信大野的呼唤是上帝隐秘的旨意，接受会比拒绝更让他老人家满意。接过球拍，和大野搭档双打的时候，外面开始下雨了。扭过头，我看见屋外的雨，像留声机上年岁悠长的黑胶唱片，流淌出不真实的媚惑声息。漫天飞舞的柳絮暂时消停，雨很快大了起来，星星点点的白色飞絮被压入地面，横亘在天地间的幕布，隔绝一切。小球在我濡湿的手中坐立不安，我向大野坦白："我不曾打过乒乓。"

"没关系。随便打。"他与生俱来的宽容，轻巧地赦免了我的无知，公开的社交场合，我却与他结成了暗夜妖娆的联盟。不过是课前饭后的消遣，看客寥寥，我似模似样地把球抛起，挥拍，成功过网，我轻吁口气。和输赢毫无关系，我在乎的，是大野宽容背后埋藏的伏笔：邀我搭档，究竟是一时兴起，还是蓄谋而为？犹如八音盒里不停旋转起舞的少女，快乐的支点，仅仅来自一个和弦。

大野比我大许多，来自成熟男子的稳重与包容让我觉得妥帖安全，清明的眼神和慵懒的气质，他拥有成人和孩子混合的天真气息。我沉陷其中，无法自拔。假若世界末日在此刻来临，只要拉着他的手，我也不会颤抖。乒乓球轮换时指尖的轻妙接触，闪身接球时力度相宜的身体撞击，配合无误时惺惺相惜的眼神交流，我醉心于若有若无似是而非的暧昧。不经意间偏转视线，大师们铜铸的脸上露出的微笑，甚于蒙娜丽莎的神秘莫测。他们的注视让我刹那间面红耳赤。文学的至高殿堂中，我掩耳盗铃地隐藏着自己难于启齿的秘密——属于私人性质的爱恋，虽然发生于个体之中，却有着众多的旁观者。

渐渐放开了，仿佛从来没有这么轻松过，大野的魔力又一次发出炫目的光辉，将我层层笼罩。是庇护，还是默契？我们越战越勇，在对手的惊呼声中，反败为胜。生性紧张，尤其害怕面对选择，我不是一个容易快乐的人，却在这个并不明亮的大厅，由衷地开怀大笑。数不清的责任，永无止境的义务，无法左右逢源的人际关系，混混沌沌得过且过的日子，都被这份来之不易的快乐，摧毁，无声遁形。谢谢你。

我由此感知幸福——幸福，一个多么微妙的词，愉悦的升级，至高无上的心灵共鸣，在言说的当下即失去了解释的全部意义。围城里的人拼命想逃出去，围城外的人死命要挤进来——幸福的坐标，永远都不在"获得"的中轴线上。等到体内这种愉悦感达到高潮，人往往希望时间能在此刻停止，空间亦不复转换。之所以要时空永驻，是不相信幸福会有延续的可能，害怕脆弱的情感经不起现实的蛊惑，怕你不知何日移情别恋，怕我痴痴绵绵一日白头。不要前进，还意味着抛弃所有过往，断了前世因缘际会，只想与你此生长相厮守。静止，一定比运动更经得住岁月的侵蚀，就像兔子活不过乌龟，今人敌不过回忆。易逝的幸福，好比节日的焰火，短暂的灿烂过后，是永久的静寂，和更长久的怅惘。

我并非不知大野有贤妻幼女，而我的左手中指，钻石在戒指的中央，像一只窥探的眼睛，无时无刻不在讽刺着我呼之欲出的偏差。小巧的乒乓球在桌台上弹跳着一来一回，球拍掌握在我的手心，我控制着球的方向，但是那无声无息滋生猛长的爱情啊，像大朵盛开的罂粟花，明知有毒，我却义无反顾。

肆 山东

自此有了谁也夺不去的清清欢喜。网络与传统无言对峙的课堂里，我将后背挺得笔直，凸立的蝴蝶骨向后传达的讯息，积聚了延展的力量。视线往前，心的目光却背道而驰，隔着三排，左后方45度，端坐着我不可思议的天使。只消想象他皱眉时眉毛弯曲的弧度、他握笔时突出有力的骨节、他激昂时根根向上的发丝，我就如行将就刑前的犯人，绳索绑架了我的头颅，苍白而灼热的嘴唇，完成与上帝最近又最远的亲吻。

一半的爱来自于天赋，另一半则源于想象力——爱上大野之后，我虚弱的肉体，因为充满了想象的激素，快速膨胀。擦身而过时的四目相望，流转的眼波里，渴求潜伏在彼此黑褐色的瞳仁之后。所谓众里寻他千百度，也不过是在一个最最适宜的场合，遇到一个合适的人——一场唯美的文艺爱情，我们善于用写作者惯常堆砌的幻觉制造真实。

开往淄博的高铁定于早上7点10分。北京时间凌晨4点半，尖锐的铃声如利剑刺破睡眠的幛帏，我在惊醒后短暂的清醒中洗漱完毕，下楼吃了早餐。像刚刚上过一层釉，天空渐渐泛起光滑的瓷白，朝阳代替月色把我们送上轰鸣的列车。远行，实践，这也是鲁院的一项教学特色，只是不知道，长途跋涉会不会比正襟危坐更让人心安理得？

导游在出口处等着我们，手中褪了色的小红旗就是未来三天的指向标，休眠主动的意识，我们只需被动地跟随。我没有完整地看过蒲松龄的《聊斋志异》，但童年时残存的关于电视剧《聊斋》的记忆仍然让我一想起伴随着片头音乐而起的无头人就恐惧不已。与顶级的恐怖片相比，也许《聊斋》拍得不仅粗糙，而且过时，但这丝毫不妨碍它曾给我幼小的心灵带来的强烈刺激，它使黑夜变成了一把锋利的刀，即使我闭上眼，依然可以感觉到刀刃在肉体上吐着信子蜿蜒，不眠的夜。

但此刻，阳光明媚，众人熙熙，"聊斋园"的入口，四根粗壮的方形石柱顶上，四只小狐狸蹲坐着昂首前方，憨态可掬。晓风和畅，吹散幼时散递开的恐惧的阴影，直到，被日光完全包围。我们在园中穿梭漫步。艺术陈列馆内，不同朝代不同版本的《聊斋志异》铺满了数个玻璃展柜，蒲公的生平被雕刻成一幅幅彩色塑像，坎坷的命运，浓缩在十八组浮沉中。"狐仙园"门口与人齐高的两只小狐狸，鼻子嘴巴连带胸前的铃铛，都已被不计其数的游客的手给摸得光亮可鉴。凡此种种，必为求福求财所致。以零成本博取大回报，真是经济划算的投资，况且，还不用背负任何道德压力。

青山、碧湖、喷泉、曲桥、亭阁、花树、假山、怪石，旖旎的万千风光中，大家三五成群留影纪念。旅游景观若不是具有特殊意义，此生便很难再有机会重览故地，兴之所至刻下的"到此一游"，既是起笔，也是绝笔。我忍不住想，如果可以，大野，你是否愿意，与我一同镌刻横竖撇捺的姓名，于这方不大的天地，留下我们独一无二的烙印？倘若哪一天我们在行走中遗忘了彼此，那么至少还有这里，留下过蛛丝马迹的证明。而当我这样想的时候，一声清脆的快门，轻易打断我无益的联想。

"我喜欢看你笑。"大野说，"你笑起来很像婴宁。"
婴宁，蒲公笔下笑得最美的女子——去净了狐狸精身上的狡诈诡谲，她憨痴可爱的笑掳获了世人欣赏的目光。

我轻轻摇头，"都说婴宁爱笑，却不知笑容只是为了掩盖狐女内心的狡黠。知道吗？就像一面镜子，看起来不偏不倚地映射现实，事实上却颠倒了左右——嘴角上扬的弧度也不过是一副简单易用的面具。"

不置可否，大野与我并行，相机在他手中开了又关，关了又开，镜头伸伸缩缩，好像一个玩具……或者，它本身就是个玩具。相较于聒噪的耳鬓厮磨，我更热衷于此般默然静寂的精神交流——实质性的东西是无法言说的，只能用心去体会。炫目的阳光下，我隐约看见：一只尖牙利嘴的小狐狸从墙角探出半个脑袋，转而回身，迭迭消失于柳泉背后。

"对我来说，你还只是一个小男孩，就像其他千万个小男孩一样。我不需要你。你也同样用不着我。对你来说，我也不过是一只狐狸，和其他千万只狐狸一样。但是，如果你驯服了我，我们就互相不可缺少了。对我来说，你就是世界上唯一的了；我对你来说，也是世界上唯一的了。"

如果真有来世，我愿意做圣埃克苏佩里笔下的那只小狐狸，求求你，将我驯服，我会从人群里认出你音乐般的脚步声，我也会从下午3点钟就开始等待，

幸福的不安在我体内回旋，麦子金黄的颜色在我眼前翻滚，只盼你来，不再
离开。

从淄博到青岛，那个倾听海浪的夜晚，你来了，避过众人的耳目，与我进行相
谋中的第一次约会。房卡只有一张，所以我不必担心室友会突然开门闯入，虽
然这种担心，本身就沾染了某种欲念。黑暗覆上了大海幽静的面颊，使它变得
如恶魔般咆哮不止，与白天的沉静判若两人。我坐在床上，你在沙发上微躬身
躯，目光向下，状若思考。我知道应该自然而然地等你把话说出，然后继续纯
真而得体的对话。可我抑制不住内心的好奇。带着莫名的兴奋，我问："你在
想什么？"

伍 电影《廊桥遗梦》

不早一天，也没有晚一天，浪漫不羁的摄影师，驾驶着盛装器材的汽车，穿
越美洲大陆，游邪的质子洇洇漫漫，她单调的生活从此碎痕涟涟。弗朗西斯
卡——牙齿和舌头微妙点触后引发的缠绵——站在自家屋檐下，为远道而来的
罗伯特介绍通往罗斯曼桥的路途。也许，指引困难的路，本就暗喻了她游移不
定的初衷。

坐在他身边，她闻到了空气中魅惑的味道，属于他的，陌生又刺激。深绵悠长
的呼吸，一带而过的婚姻，她用缺乏连续性的笑声掩盖蠢蠢欲动的紧张。当他
的手无意掠过她光洁裸露的小腿，少女时对于未来生活的梦想，现实中无法满
足的欲求，追求自我完整与精神重塑的渴望，从一开始就被他撩撩勾起。身子
微倾凑在一起吸烟，打火机上蹿的火种点燃的难道仅仅是烟吗？

她在桥上，偷瞄他摆放相机的身姿，擦拭汗水的动作，与众不同的他，让原本
熟悉顽固的一切重现新鲜又生动的娇媚。他在桥下，为她采撷夏日的一束鲜
花。桥，不再只是一座桥，就连花，也抽象了蓝色的外表。

邀他入屋共饮冰茶、害怕改变的弗朗西斯卡，其实已经对生活勾描了一个破折号——即使之后的转折，导向伦理和情感的博弈。优雅的蓝调音乐、沁人心脾的济慈的诗歌，精神伴侣们所追往的，大多不是具有实体的东西，而正是这些无形的纽带，才让他们欣欣然相信，对方的出现，无疑是生命中等候多时的奇迹。

他们一起做饭，一起喝酒，一起跳舞，也一起步入卧室……罗伯特懂她所有的感觉、思想，与他在一起，她觉得自己变成了另外一个女人，不仅改变了对自我的认知，也变得前所未有的完整与自信。就像另一部影片《原罪》里描述的一样，古巴热情的阳光炙烤大地，庄园里枝叶繁茂的树荫下，安东尼奥·班德拉斯对安吉丽娜·朱莉深情告白："和你在一起，我变成了另外一个人。"

我毫不怀疑真正生死守望的爱情会让一个人迸发脱胎换骨的质变，你出生之后所有的知识体系、思维方式、行为逻辑都在他的抚摸呵护中剧烈振荡，假以时日，你会发现，你似乎变得已不像过去那个自己。于是，你开始弄不清楚，你爱的究竟是他，还是和他在一起的时候的自己？

在爱中迷失自我是一桩胜负难料的下注，类似至狂的赌徒心理，就像美丽的小人鱼为了王子甘愿放弃整片海洋，用终身残疾换来的只是化为泡沫的悲惨结局——并且，王子毫不知情。我的念头跳脱，不合常理，濒于危险。乔治·奥威尔在《1984》中写道："大脑应该在危险思想冒头之际产生一个盲点，这个过程应该是自动的，本能的，在新话里，被称为'止罪'。"大概，我学习"止罪"的方式就是在涛声轰鸣的夜晚，轻轻地问一句面前的人："你在想什么？"

大野，你的回答让我刚刚的好奇瞬间上升为琴瑟合鸣的晕眩，这个自从我敲击键盘始就萦绕脑际的问题，想不到今日会从你的口中生生听闻。

你说，写作，究竟是为了纪念，还是为了忘却？我没有打断你，听凭你的声音如一段质地纯净品性优良的白锦流泻而下。不可依赖，人脑可随意改变过去，同一段历史，在不同的教科书里，在迥异的讲述者口中，竟像两个彻头彻尾独立的个体。立场被篡改，思想被偷袭，任何字据的历史，其实都是无字天书，读了，比没读更让人觉得匪夷所思。但人又是多么善忘的动物啊，除了白纸黑字的记录，还有什么能够被长久地记住，世代流传？笔耕不辍，写作者整日埋首于造字的渊潭，争分夺秒，力图创作出万古流芳的巨著——就像茫然失措的仓鼠，拼命填充记忆的粮库。

但是，谁说写作不是因了忘却而生呢？我在你休息的间隙提出异议。存储量有限，人脑必须排挤掉一些老旧的、不合时宜的片断，才能空出余地注入鲜活的动力。新陈代谢，说的不仅是细胞，还有回忆。而写作，无疑为不擅长用言语发泄的人们开启了一扇隐秘的窗户——属于自我的秘密花园，谢绝他人参观。很多情绪和内心冲撞，其实在具象为文字以后，假设中天崩地裂的震动就自觉消失了一大半。静水流深，我们追求的，无非惊涛骇浪之后的风平浪静，纠结矛盾之后的海阔天空。因此，抑郁症患者可以通过写日记的方式来排遣苦闷，通过对自身的倾诉，倒出郁积的垃圾。

村上春树在其处女作《且听风吟》中借虚拟的美国作家哈特费尔德之口这样说道："从事写文章这一作业，首先要确认自己同周遭事物之间的距离，所需要的不是感性，而是尺度。"随后又提起一次："我们要认识的对象和实际对象之间，总是横陈着一道深渊，无论用怎样的尺都无法完全测出其深度。"不管是从纪念出发，还是止步于忘却，写作最终的目的，都是想认识这个世界，并且，想让它变得与我们的想象一样好，甚至更好。

纪念与忘却，硬币一正一反的两面。漫无边际的人生旅途中，被记住的，是不是只有快乐？被忘却的，难道只有痛苦和惆怅？这个无人打扰的夜晚，我们从最擅长的角度切入，探讨世界的终极密码。最甜的蜜产自荆棘丛生的雨林，最具价值的秘密，埋藏在万丈深海之下。寻找它们，需要异乎寻常的勇气，和，誓死的决心。

就跟罗伯特用摄影表达怀念一样，我们借文字放大局部，以获得特写的美感。

陆　早餐

鲁院的早餐，依旧是花生、包菜胡萝卜丝、切片西红柿、一个煮鸡蛋、两块蛋糕、稀饭和菜汤任挑，榨菜和腐乳自取。结束三天的山东之行，重返鲁院干净素朴的食堂，看见身着统一粉色制服打饭的小姑娘，分外亲切。原来感情，早已在浑然不觉中潜滋暗长，戏幕才刚拉启，怎知又要拢闭，我还来不及，将这里的一草一木，一人一物，细无巨漏地收纳整理。餐厅里只来了五六个人，早起对于熬夜码字的网络作家而言，一直都是件异常痛苦的事。我和大野，分坐一张餐桌的两端，视线的余光偶尔相接，然后带着心照不宣的默契辗转分开。三天的时光太短，却又长得，像是一辈子。

我们没能在短暂的时间里交付彼此的过往，想说的话太多，或许缄口不语才能最大限度地拓展言语的界限，直到心灵的无垠。唯有相思不能忘的目光，刻于心头，灿若晨星，将永世照亮我因迷惘而忧伤的眼睛。

由此，想起昨日深夜社会实践返程的班车上，有人像是开玩笑，又带着伤感的那一句——"我们之中的很多人，也许在两天之后，就再也见不到了。"

瞬间泪涌。

半昏半暗的灯光，半梦半醒的歌声，淅淅沥沥的雨滴，夜色，在王家卫的镜头里，晕染了夸饰的忧郁。张曼玉饰演的苏丽珍不停地换着旗袍，在拥挤的楼道里，在逼仄的弄堂口，在破旧的栏杆下，凹凸有致的身材与明艳的旗袍相得益彰，晃迷了我的眼，也摇乱了周慕云的心。梁朝伟沉稳地走着熟男路线，恰到好处地说着一些恰如其分的话，或者，干脆什么都不说。

步履动荡，音乐响起，镜头慢下来，他从转角缓缓而至，与她不动声色地擦肩而过，暧昧最是那一低头一抚首的温柔。各自配偶的不忠，似一出荒唐的玩笑，逼得两人不得不共同来面对这个现实。那是一种难堪的相对，连微笑都变得小心翼翼，什么都没做，却怕别人看到后闲话连篇，戴上道德的刑具，他们做什么都不自由。有时她的小女儿情态近似于倚赖，有时又突然贤淑端庄与他形如路人；他想要占据，但缺乏勇气，想要忤逆，又不知如何开口。

《花样年华》，等待了谁的花样，又苍老了谁的年华？纠纠缠缠，兜兜转转，两颗寻觅的心，找不到停泊的彼岸。倚靠在栏杆边，周慕云语气低沉，"我一直想知道他们是怎么开始的。现在我知道了，原来很多事情都是不知不觉发生的。"像病毒潜伏于身体，等发现的时候，已积重难返。

在心上，不在话下，想着想不到的人——醒不过来了。

如果有多一张船票，你会不会跟我一起走？
如果有多一张船票，你会不会带我一起走？

如果2012真的来临，诺亚方舟揭开华丽的面纱，大野，能不能，将拨出最后一通电话的特权，留给我，让我在世界末日前听到你的声音，这样，未来不管天堂还是地狱，我都将置身光明之中，把你给我的爱与勇气，伴着余生点点耗尽。

柒 第十六日

悲莫悲兮生别离，乐莫乐兮新相知。

我在凉薄的暮春的早晨，低吟这两句。溪水般明亮的阳光，从上至下，汩汩淌过我冰凉的身躯。鲁院不大的花园中草木葱茏，半个月前稚嫩的绿芽，已逐步挺进青壮的盛年。生命的调色盘混合了太多来历不明晦暗难辨的色块，铺展画板，我再也调不出最初的虚白清透，天真烂漫。

谁的转身，留下模糊的背影？谁的轻掩房门，尘封半个月甜美的梦境？谁的泪水，被幸福和知足反哺？谁的呼吸，荡漾空气的涟漪？谁的名字，被另一个人催眠般呓语？谁的我，逃不出命运的枷锁？用优美的嗓音歌唱，用飘逸的文学书写，踮起赤裸的足，我们将神赐予的智慧，慷慨地双手奉送，那比天堂还要遥远的圣地，我将终生如信徒般痴痴仰望。

没有搭乘电梯，我走上楼梯绵延预设的曲折。掌心抚上暗红色的扶手，上面深深浅浅的瘢痕，不知是哪位顽皮的学员用小刀刻下的不舍与留恋。走了，总该留下点什么。我趿着拖鞋，一步步走近，踢踏踢踏的声音空空荡荡，无依无靠。

我知道，一切都已悄然结束，像贝壳暗含着沙砾，隐忍地沉入海底。慢慢地，将找不到任何大野与我曾经相爱过的痕迹——像初春的第一缕花开，夏末的最后一声蝉鸣，这些即使存在也没有重量的东西，到底有多重要呢？

他们说，爱情只是多巴胺、加压素和醋酸催产素交互作用的产物，那有没有一种配方，可以将这些无理可循的化学元素统统中和，让躁动的心不再起波澜，静默着，在今日复昨日的生活中迎接死亡的甜蜜犒赏？如果我的眼睛再也捕捉不到他灵犀的眼神，失明算不算一次彻底的奖励？没有昼与夜的交替，没有清醒与臆想的隔阂，他将长眠于我的回忆，与我的灵魂融为一体。

"我是天空里的一片云，偶尔投映在你的波心——你不必讶异，更无须欢喜——在转瞬间消灭了踪影。你我相逢在黑夜的海上，你有你的，我有我的，方向；你记得也好，最好你忘掉，在这交会时互放的光亮！"

多情如徐志摩，瞬间迸发欲罢不能的热情成就了这一首《偶然》，婉约的凄凉，无人能解的情衷。任时光老去，记住比忘记更需要勇气，长满了倒刺的过去，一旦想起，就会一直扎，一直扎个不停。

我终于来到他的门外。210。我静静地望着门上写有他名字的纸牌，一角已经有些脱胶，褶皱，像他额上由岁月赏赐的轻微纹路。不用敲了，不会再有人听见，出来应门。我小心翼翼地揭下他的名牌，右手食指一笔一画地描摹他的名字，想象他的眉眼，如何在虚空中对我微笑。风，从窗外吹来，微凉、干清。树上鸟儿叽叽喳喳，它们唱出的音符，是欢快的晨曲，还是郁郁的骊歌？汽车呼啸而过，小贩为了生计吆喝，幼儿园里孩子们童真无邪地嬉闹，唯这个门外门里，这条昏暗的走廊，这幢寂寂的房子，它空了，就像来时一样，静得没有一丝声音……静得，就像寂寞本身。

朝外看去，旁边的工地上正无休无止地盖着房子。很久以后，这里会有人住进来，又会有人搬出去。人来人往，这就是人生。

年少时的爱，如风铃悬挂，微风一吹，就丁零当啷乱响。

凤
凰
山

冬至的前一天，我们遵循旧例上山扫墓。手托一盆黄色菊花，我一级级踏上青灰色石阶。阶梯两旁的松柏碧翠如昨，似乎毗邻死亡使它们安于清冷和孤寂。这里是凤凰山公墓，相似的墓碑依次向前后左右延展。迥异的人生化作一块块坚硬冰冷的石碑，我们终于在死后让彼此的共同大过区别。

从出生时离散，却又在离世后聚集，如果连起每个人从生到死的路线，或许每一张地图都是一部精彩绝伦的长篇小说。此刻，不知道哪一块石头下面睡着一个聒噪的灵魂，喋喋不休地在另一个世界讲述前世今生的离乱；也不知道哪个灵魂默默无闻，在绵长的忏悔中祈祷遥远的来生。老实说，我来这里更多是出自于义务，一种叫"血缘"的东西让祭扫变成了一个象征怀念的符号。

到了。

放下花盆，抬起头，一张黑白相片，抛弃了岁月流转被定格。身着戎装，英挺的轮廓，道不出的气宇轩昂。他望着我，目光如炬，隐含咄咄逼人的气势，一反离世前的混沌黯淡，迷茫无助。唇角微微上扬，似乎随时都会开口，告诉我那些来不及托付的秘密。一张熟悉而陌生的脸，牵扯出少许一闪而过的片断。这是年轻时候的他，那时候的他，距离死神的邀约还有很多年，他当然想象不出，接过这张有去无回的单程票，该有多艰难。

他是我的外公。

15岁入伍参加解放战争，新中国成立后成为一名铁路公安民警，因工作需要，年轻的外公意气风发，带着妻儿一路南下，在不同的城市中侦破案件，屡建战功。也因此，他的四个儿女拥有四个不同的出生地：姨娘生在老家山东潍坊，母亲生于江西南昌，大舅舅出生于衢州，随着外公最后定居诸暨，小舅舅呱呱坠地。

姨娘后来随夫嫁去金华，表姐和我们的距离于是有了100公里的遥远，只在逢年过节时会提着大包小包的东西回来省亲。对于表姐一家，我并没有感觉到血浓于水的亲近，反而由于疏离带上了一丝好奇。与诸暨相比，金华是一个大得多的城市，我没有去过，但我想得到，那里有更蓝的天，流动更快的白云，还有街上走的人，不像小城的人行动迟缓，他们步履匆匆昂首挺胸，衣服商标上绣着我看不懂的歪歪扭扭的字母。我之所以这样认为，是因为表姐在给我展示她靓丽的新棉袄时，翻出的领口那没有一个我认得的中国字。"这是外国产的，名牌。"表姐说。

"这是外国货，国内还没有呢。"姨娘也这么说。在亲戚们的啧啧声中，姨娘展开呢子大衣，任由一只只手扯着衣服上下摩挲。小圈子中央，姨娘的笑声响亮而尖利。这让我想起在动物园里看到过的孔雀，抖展色彩斑斓的羽毛只为博取一阵空洞的欢笑。女儿嫁得好自然令人心情舒畅，但外公并不常流露出这种喜悦，偶尔笑笑，更多时候，他只是坐在老旧的沙发上，不急不缓地转动着手里的两颗健身球。两颗泛着银灰色光泽的铁球，因长久的肌肤摩擦而变得看起来温润了不少，可是当我把它们握在手心的时候，却怎么都不能灵活地让它们一个围着另一个打圈。凝滞、呆板，它们似乎变成了两棵因于我手里的草本植物，呼吸困难。外公笑着接过它们，说："看好了。"然后铁球就像长出了腿脚似的，在他并不算宽厚的手掌中腾挪转转。我看得出了神。外公说："转这个球是有技巧的，你得气定神闲，急不得，也硬来不得。"半懂不懂，我宁愿相信外公的手是有魔法的，他像押解犯人那样控制着这两颗铁球，他是它们命运的操纵者。

外公家有一个天台，他在上面搭起了一个简易的鸽子棚。棕色木板隔出几十处不大的单独空间，铺上层层稻草，每一个窝都成了这些温婉的鸟儿的归宿。外公喂养这些鸽子，不卖不送不杀不吃，他似乎只是单纯地为了喜欢而喜欢，为了养而养。不是每一只鸽子都能准确地记得回家的路，有时候早上飞出去了，到了晚上，甚至第二天、第三天，那个窝还是空着，这说明这只小家伙可能迷路了，可能被射杀，可能误入其他鸽群，也有可能是因为发现了更舒适的去处。对于他们的离开，外公从不深究，似乎也不见他难过，他只是默默地，在窝里换上新鲜干净的稻草，在食罐里倒入小米，把水碗装满，然后等待下一只鸽子搬入新家。

一个燠热的夏日黄昏，我和表妹相约踩着梯子走上鸽棚。迎面而来一股闷热的粪骚味儿，我不自觉地皱了皱眉，一个跨步迈入小屋。陌生人的造访显然惊扰了鸽子们的休息，原本井然有序的窝棚刹那响起一片扑啦啦的拍动翅膀声，数只大鸽子夺命般冲出窝去。细小的羽毛纷纷扬扬，数不清的尘垢漫天漫地，搅得空气更加秽浊灰暗。我左手捂鼻，右手在眼前连连挥动，试图给视线快速清理出一条通道。说实话，鸽子一点都不具有娱乐的功能。你摸它，要小心被它的利喙所伤，不能抱，也不能带在手边玩耍。可惜它们不是信鸽，要不然我倒可以试一下飞鸽传书。

表妹也觉得这里无趣，拉着我的衣袖，催促我快下去。我说好，可就在转身的刹那，看见了——靠墙中间一格稻草窝上，躺着两颗小小的鸽子蛋，鸽子妈妈不在，或许是出去放风了。轻轻地把它们取出来，还带着些许温度，我把一颗放在表妹摊开的双手中央，一颗捧于手心仔细端详。白里透粉，壳薄得似乎吹弹可破；轻晃两下，能感觉到包裹在尚未完全坚硬的蛋壳里面的能量的流动。一瞬间，我忘记了置身于低矮潮闷的鸽棚，发现新生命的喜悦使我通体磊落清爽。刚准备把它放回稻草窝，灾难发生了。妹妹不知轻重地一捏，蛋壳碎裂，嫩黄色的液体立马溢出掌心，她"哇"的大叫一声，我手一抖，另一个生命直直坠落。

挨骂是跑不了了。可我郁闷的不是外公的严厉斥责，而是他区别对待的态度。难道仅仅因为我是姐姐，就该扛下所有责任？即使过有大小，错有主次，难道表妹就不应该和我并肩，共同领受外公义正词严的教育？低着头满腔怨愤，眼角瞥见妹妹喝着糖水幸灾乐祸。外公历来偏爱表妹，就连一同上街买糖葫芦，他都要精挑细选一串山楂更饱满的给她。嫉妒的火苗在胸腔中熊熊燃烧。是因为表妹更乖巧，还是因为我的愚钝？哦不，我知道不是这样的，原因其实很简单，是因为我叫他"外公"，而表妹称呼他"爷爷"。

我们从携带的竹篮里一样一样地取出祭品摆在外公的墓前。鲤鱼、红烧肉、米饭、水果，还有一小瓶白酒。拧开瓶盖，姨娘熟练地把酒洒在干燥的地上。五年的祭拜，早已让她熟悉了这套流程。姨娘一边倒，一边说："爸，这是妈给你准备的，都是你爱吃的东西。你在下面不要饿肚子，想吃啥就买啥，我们还给你带了很多钱。"

"是啊，很多钱。"大舅舅接过话说。他从一只黑色的塑料袋里拿出数叠金纸和姨娘连夜赶制的金元宝，还有一幢同样颜色的纸房子。"爸，你生前没住过大房子，我们现在给你烧一栋，你可以叫人来聊天啊。"大舅舅说得真挚，可我却听得头皮发麻。想象在那个不可名状的世界里，依然延续着这一世的生活，我结结实实打了个寒噤。

冷风凛冽，母亲只好一手挡风，一手拨动打火机点燃我手中的三炷香。努力了好几次，一缕细细的清烟总算徐徐升起。快点，跟外公说两句，母亲说着，又成功燃起了自己手里的香，双手合十，深深地朝着外公的黑白相片拜了下去。她念叨的话被寒风裹挟而逝，可我仍能猜个八九不离十。母亲的心愿里有我，有父亲，有全家人的平安健康，吉祥如意。

握着香鞠了三个躬，我喃喃地叫了一声"外公"，便再无其他。说实话，我并无什么非说不可的愿望与外公分享。他活着的时候我没有成功地与他结成情感上的联盟，他死之后我更不可能与他产生任何精神上的互通。多么无奈。

一只朴素的铜锅，中通空心，边上一圈用来盛放水和食物，锅壁外沿因为长期的火烧炭熏已经失去光泽。铜锅底下有个可移动的小门，塞进点燃的黑炭，热气很快冒了上来，笑意盈盈的每一张脸都在混杂着烟尘的白色水汽里虚化到失真。这是外公家的火锅，他走南闯北几十年必须带在身边的家什，他说，用它来煮东西吃，能吃出家乡的味道。

来了南方以后，外公不曾回去过山东，家乡对于他来说，成了地图上一个可望而不可即的地理名词。只是从骨子里渗透出来的北方气息，外公一直保持到了离世。馒头、花卷、包子、烧卖、大饼卷大葱，花样繁多的面点是桌上必不可少的主食。一双和外公一样上了年纪的银筷，在外公手里指点江山，风生水起。这些带着明显身份表征的食物在外公看来，就是他和故乡最后的根系相连了吧。

油锅吱吱作响，翻炒的香气溢出厨房。我循味而至。锅内物已被炸至金黄色，相互碰撞噼啪作响，但仍能清晰地看出它们的构造：触须、薄翅、强劲的后腿显示出良好的跳跃能力，暗黑色的腹节清晰可见——蚂蚱，这些草丛间的弹跳高手，几分钟后将成为众人筷子底下被分割被啃啮的食物。晚饭时它被当作特色菜肴摆在我面前，距离之近可以使我清楚地感觉到那一对对突出的复眼的瞪视。它们忧伤，因为生来的力量微弱；它们仇恨，被食物链末端的人类捕捉，油锅的烹饪让它们的死充满戾气。

外婆一直说："快吃快吃，新鲜的蚂蚱，蛋白质相当丰富，今天吃了，过几天咱们再吃炸知了、炸蚕蛹……"大人们坦然挥舞筷子，咀嚼起来面无惧色。看看外公，他端起酒杯吃了一口酒，眉心微蹙嘴角舒张表明享受的美意，然后筷子就无遮无拦地伸了过去，一条幽暗的食道，正在期待一双复眼破碎之后的润滑。无法越过那道心理障碍，面对那一盘凶神恶煞的蚂蚱，我始终没有下手。

与生俱来的严谨脾性，再加上几十年作风凌厉的公安生涯，即使面对家人，外公也不忘制定条目繁多的规矩。进门要换拖鞋，吃饭时不能大声说话，夹菜不许挑挑拣拣，否则不管人再多，他都会像政教主任那样拉下脸，训斥你，好像你犯的错堪比在道德上沾染了污点一样严重。小舅舅是家里唯一不受条规约束的一个人。更准确地说，他是外公精心写的乐谱中唯一跑了调的一个音符。

音乐错位的悲剧性一开始就深埋于起调的偏差。作为最小的儿子，小舅舅自出娘胎起就受到了外公的格外疼爱。犯了错会有哥哥姐姐作替罪羊，打架逃学不用怕学校责罚还会有外公出来护着他。带领一帮小混混去街头群挑，打输了只消说一句"我爸是铁路派出所所长"，便没有人敢拿他怎么样。放到今天，他的目中无人简直可以跟那个大叫一声"我爸是李刚"的小子有得一拼。言行日益放肆的小舅舅很快就连外公也不放在眼里了，而直到外公终于意识到他的谆谆教导只能换来小舅舅唇边那一抹略带不屑的笑容时，他想要再把儿子打造成他希冀的那个模样，已经太迟了。为此，外公深深自责，人前背后提到小舅舅总是止不住地一声叹息。

勉强混了个初中文凭，小舅舅义无反顾地步入了社会，起初也确实和朋友一起开店赚得一些钱，可是会赚也会花，几年下来没得什么积蓄，还得动不动就跟外公外婆伸手要钱。虽已被伤了心，可又有哪个父母能眼睁睁看着孩子受苦呢？于是，骂归骂，气归气，钱还是照给。后来小舅舅要娶媳妇了，外公高兴之余还拿出一大笔钱给他们置办了新房，又买了车。这下有家庭了，外公欣慰地想，应该可以成熟了吧。

可不曾想，结婚才一年，小舅舅竟然迷上了赌博。工作不要了，家里不管了，输多赢少，钱不够就借，再不然就典当东西。小舅妈跟他吵也吵过，哭也哭过，眼泪都要流干了，他却依然丝毫没有回头的心。伤心、怨怒、悲愤、绝望，某日清晨，小舅妈收拾好东西毅然决然地离开了这个曾经盛载过短暂欢愉的家，只留下一张轻飘飘的离婚协议书放在床头。

妻子的无言告别总算像一根尖针扎在小舅舅麻木的血管上，他飞奔去她家，跪在她的房门口，一跪就是一整夜。丈母娘看得心疼了，去敲女儿的门，也不过无功而返。原来最深的痛，不是泪水和哭喊，而是彻彻底底的心死，沙漠中从此没有绿洲。

离了婚的小舅舅比以前沉默了许多，托外公的关系，他得到了一份在铁路上跑运输的工作，工资不算高，但足够养活自己。这些年给他说媒的人不少，可小舅舅却没有再结婚。

对于小舅舅的生活现状，外公没有过多地予以置评。经历过起伏跌宕，不如一起祈祷现世安稳，岁月静好。

2008年，小城开始实施旧城改造工程，位于火车站脚下的民居被划入了第一批拆迁范围。依照赔款细则，外公从政府那拿到了一笔可观的拆迁费用。那时候外公已经是一位中过风的老人了，病痛似乎一下子从他体内抽掉了一种叫作"精神"的东西。那双炯炯有神令人不敢直视的双眼黯淡了，整个白天，外公只喜欢倚在沙发上，半闭着眼睛，电视机开着，频道不换，永远是中央一台，新闻、广告、天气预报、广告、电视剧、广告……然后天黑下来，他用双手撑住沙发垫，努力支起滞重的身躯，颤颤巍巍地拖着迟慢的步子回房，早早地上床睡觉。

这天一大早，外公见到了数月没见的小舅舅，他破天荒地提了一篮水果和几盒老年保健品。装饰精美的物品透露出距离上的疏远。多么意图明显的一次探望啊，可是精明了一生的外公却宁愿装聋作哑来延长这虚假的温情时刻。他陷在沙发里，微闭着眼，享受自我编织的天伦之乐。小舅舅长时间的诉说接近于自言自语，偶尔得到一个虚弱的"哦"或微不可闻的几下点头。竭力蓄积的耐心眼看就要到达极限，他终于控制不住，道出此行的目的。出乎意料，外公摆摆手打住他，说自己累了，需要休息。"噌"地一下站起来，小舅舅不甘心此次造访落空，他倏地提高嗓门，态度来了个180度大转变，措辞激烈，好似坐在面前的不是生养他的父亲，而是一个害他家破人亡的始作俑者。我能想象得出外公此时心中翻腾不息的悲哀，虚幻的网被蛮力撕破，裂痕像沟壑一般填满心间，他一定在悔恨自己一世英勇却培养出这么一个不肖子孙。苦涩随着血液的流动，从左心室渗出，涌向全身，像一条毒蛇吐着鲜红的信子，嗞嗞作响。

贪婪的火苗一丝一丝，把金纸、金元宝大口吞噬，接着是那栋象征舒适的黄房子，统统在火光里化作了一堆黑灰色的碎末。一阵风吹来，火焰剧烈颤动，黑色的铁锅也被吹得原地滚动了两圈。姨娘用一旁捡来的树枝用力顶住铁锅的底部，停止它无谓的逃离。母亲拿另一根更粗一点的枝干缓慢地翻搅着锅内残存的纸片，好让他们燃烧得更充分一些。祭拜这种形式，与其说是告慰祖宗，不如说是一种自我安慰，一年中抽出几小时来继续他们在世时我们没有完成的孝道，完了之后，该干吗还是干吗。

风向不定，热浪夹杂着尘灰扑头盖脸地打过来，我躲闪不及，连连捂着嘴咳嗽。突然间"嘭"的一声巨响，很快又是一声，山下面有人放起了炮仗，祭祖的另一种方式。选择今天来扫墓的人不少，大家都想避开明天冬至前来的大部队。背靠凤凰山，面临一片碧湖，这片公墓安静，清美，挑选墓址时，大舅舅他们一眼看中。外公生前喜静，想必这里定会为他所中意。

从我家到外公家，慢悠悠晃过去也不过10分钟光景。可是对于那间位于小山坡半腰的一楼民居，我并未留下深刻印象，只不过每年正月里的一次登门是逃也逃不掉的。红纸包里装着几张压岁钱，为讨个吉利，历年都是188元。从外婆手里接过，说声"谢谢"，我便完成了此行的任务。坐在凳子上听母亲跟他们唠家常，猴子屁股就红了起来，我给母亲使眼色，凑过去说"我们走吧"。"再坐一会儿。"母亲用温柔的威严压制我的任性。"想走就走吧。"外公淡淡地说，就像拂去一滴不小心落在身上的水珠。他轻描淡写地送客，顺利解救我如坐针毡的煎熬。

退休以后，中风以前，外公最大的爱好是江边垂钓。每天一大早，清风徐来，外公背着他整套钓鱼设备，拎着一把小折叠凳，轻轻地阖上门，走过短短几百米，就到了浦阳江边。钓饵蚯蚓是从自家小院的泥土里翻找出来的，并且昨天已经装在了一个小铝罐里。仔细地用钓钩穿过蚯蚓柔软的腹部，鱼线划出一个漂亮的抛物线，稳稳地落在了水里。绿色的浮飘是忠诚的信使，鱼儿咬钩它第一时间告诉主人。我偶尔在江边和同学玩耍时会遇见外公。只得他一人，没有同钓的伙伴。他会寂寞吗？可从外公的脸上，似乎看到的只有从容和闲适。

有时虎旦也会陪着外公来江边度一个晴好的上午。虎旦是条土狗，小时候被外公从铁路边捡回来的。它很黏人，常常我们还未靠近家门，它就已经在门内放声大叫，你刚推开门，他立马扑上来，摇头摆尾，一定要你摸摸他的头，才肯松开搭在你腿上的前肢。后来它死了，是邻居跑来告诉外公的。当时我也在，听到有人喘着粗气跑进来，然后外公扔下手里浇花的水壶，撒开腿就冲了出去。

这是怎么样的一种惨状啊！毫无生气的头垂挂着，舌头耷拉下来，仿佛一条废弃的抹布。周身几乎没有一处干净的地方，碎石、泥土、煤屑，经过血的搅拌，全部嵌在皮肉里。一条后腿被生生碾断，伤口处暗红色的血块把毛和肉紧紧地粘在一起，触目惊心。不过才分开短短几分钟，热情洋溢的虎旦竟变成了一堆残损的血肉。它躺在院子的空地上接受我们最后的目光安抚，看着它，我仿若感受到了火车呼啸着向它飞驶过来时，它如坠暗黑地狱般的无措和绝望。对弱者的天然同情让我的心重重地坠了下去，随之"哇"的一声哭了出来。

抽泣中，隐约听到外公说，虎旦被火车轧死的地方，距他当年捡回它的时候只差了不到100米。他还说，这大概就是它的宿命吧，一只与铁路有关的狗。

当母亲打来电话，我正和几个朋友一起在KTV里嘶吼。出得包厢门，走到一个相对僻静的角落，我才勉强听清母亲因为啜泣而变得沙哑的嗓音。肝癌晚期。在我极其有限的医学知识里，癌症即意味着死神发出的邀请函，而晚期更是一只拨快了节奏的钟，并且，指针呈逆时针转圈，直到回到空白无一物的零点。

我答应母亲，这周末回家。

该怎么形容这样一张灰白的脸？双眼微微张开，露出晦暗的眼白，灰蒙蒙的，好像雾霾天，间或会有一两滴眼泪从眼角缓缓渗出，仿佛预示一场大旱即将来临，破败的水库面临干涸的灾难。血色似退潮的浪，干瘪的嘴唇偶尔艰难地一张一翕，我把耳朵凑上去，听见几个陌生的字眼。告诉外婆，她长叹一口气，说："这都是以前你外公在战场上牺牲的战友啊！"青葱时代，共同戎马，鲜血少年，如今迟暮。在生命之火一点点黯淡的时候，骨髓深处的记忆却一点点复苏。我猜想同忍受病痛的折磨相比，外公也许更愿意抛开一切，紧紧拥抱阔别经年的战友。

作为一名高级离休干部，外公拥有一间单人病房，这使得我们在照顾和陪夜的时候，自然方便了不少。从不事先告知，不时地，小舅舅会一个人来到病房，苍白的脸上看不出什么表情，一言不发地站在床尾。对于我们的招呼和说话，他总是置若罔闻，好像周围的一切人事物对他来说，只是无声无色无味的透明体。就这么一动不动地，盯上两个小时病床上瘦小的躯体，然后又像来时一样无言离开。来过几次以后，我们也习惯了他这样的表达方式，不再试图与他寒暄。几十年坎坷父子情，像一部漫长的黑白故事片，不知道如果小舅舅摁下回播键，最想看到的会是其中哪一个画面。

让我们回到外公去世前的最后六小时。母亲被主治医生叫出去谈话，静谧的病房中，我坐在板凳上翻着单词书，下周就要考雅思了，我得抓紧时间冲刺一下。背书的间隙抬起头，听到墙上的挂钟滴答、滴答，声音并不清脆，好似背负了千斤重担，脚步拖沓而沉重。就让时间再快一点吧，最好一下飞到明年，明年这个时候，我可能就已置身华丽高贵的英伦帝国，看特拉法加广场前的鸽群闲庭信步、泰晤士河奔腾不息、大本钟敲响几个世纪的繁华。多么美好的未来啊，多么充满希望的明天啊！

母亲离开有好一会儿了，是不是有什么事？放下书，我有些心焦地望向门口，却没想到撞上了外公的眼睛。直勾勾地，一反数月的恍惚和虚弱，似乎用尽力气要把我望住，眼神中透露出来的分量重得好像他将要把一世的秘密托付于我。他这样看着我有多久了？突然间一阵没来由的紧张，我如此害怕这样意味深长的盯视，慌忙低下头，用厚厚的书挡住发烫的脸。

如果我知道这是外公在最后时刻想要向我传达某种秘密讯息，我还会不会由于胆怯而拒绝他孤注一掷的愿求？

外公没能撑过这晚午夜12点。狭窄的走道上，推车的声音清晰刺耳，医护人员动作麻利，频繁的死亡早就让他们习以为常，麻木是另一种意义上的自我保全。小舅舅是最后一个来到医院的。姨娘和母亲轮番给他打了许多个电话，可是从不关机的他那天偏偏手机没电了。等他赶到，外公已经被送进了太平间。没有人能解释为什么，小舅舅仿佛被一只巨大的手挡在了太平间门口，一跨进去就止不住地大口呕吐，逼得他不得不退出来。一次，又一次，再一次……后来小舅舅只好在外面等着，目光呆滞，像一株在雪地里冻僵的胡杨木，形影相吊，茕茕孑立。

外公的遗体被火化那天，我们早早赶到了殡仪馆。阴天，浓厚的乌云重得像一块硕大无比的铅块，压得人心里发慌。一间阴冷潮湿的屋子，工作人员从几大排一模一样的冷冻柜里像拉抽屉一样拉出其中一格，表情淡漠，说："看看，对不对？"白气四下逃逸，外公静静地躺在那里，紧闭双眼沉入永恒的睡眠。给遗容化妆的时候，姨娘对我们几个小辈说："赶紧跟外公说两句吧……"语未毕，泪先流。"外公（爷爷）……"表姐和表妹齐齐地叫了出来，声音控制不住地颤抖。表妹握着他的手，大颗大颗的眼泪落下来，砸在他灰白的手背上，瞬间碎裂。我张了张嘴，声音却卡在喉咙里。像一个患了失语症的智障儿童，除了一动不动地站着，我似乎什么都不会做了。粉饼，胭脂，外公瘦削的面庞渐渐脱离死的灰暗，却因为颜色失真反而增加了几丝诡异。

追悼会开得十分隆重，来了许多外公生前的好友和同事。大舅舅在台上致告别辞，几次泣不成声。抽泣声从各个角落响起，悲伤逆流成河。突然，小舅舅猛地跪倒在地，整张脸似被痛苦扯得变了形，全身不停地抖擞。站在他身边的我想去扶起他，却因为他重心向下的拉扯也跪在了地上。心像被谁紧紧地揪着，喘息困难，嗡鸣声在耳内此起彼伏，眼睛干得发痛，可是就像流泪这个功能突然失效了一般，我怎么也哭不出来。努力想象外公对我的好，想来想去却只有几个画面与我有关：

一、进门换鞋，吃饭不许说话，夹菜不能挑挑拣拣。

二、每年给完压岁钱淡然送客。

三、我打碎了鸽子蛋挨骂。

四、江边垂钓的偶遇。

五、临终前疑似隐秘的嘱托。

……

这具看似熟悉的肉体，这个我叫了二十几年外公的人，如果撤掉这个称谓，我又能认识他多少？既是坚韧的纽带，也是无形的束缚，血缘，它让我自存活于世起，就与外公建立起了割不断的牵连，可同时也让我在这个理应泫然泣下的场合，变成一个面无表情的异类。亲，有几分，情，也只有几分。

哀乐低奏，人群依次上前和逝者作最后的告别。身着生前最爱也最令自己骄傲的军装，肩章和缀满胸前的奖章啊，这些外公毕生的荣耀，在他死后亦将与之不离不弃。火化室外，遥望一缕青烟冉冉直上，所有的伤痛，所有的牵挂，所有的执着，所有的落寞，融入寂寂的风中，烟消云散。大滴的雨水，终于像断了线的眼泪，倾盆而下。

那个铜火锅，外公去世以后，我们就再也没用过。现在家家都用起了电磁炉，也没人再提起了。

表姐嫁到了国外，生了个乖巧的女儿。

听说，小舅舅隔三岔五还会去找外婆要钱。

……

外公走了，我们还要继续生活。

纸灰差不多燃尽，我们回过身，跟外公轻声告别。"爸，明年，我们还会来看你的啊。"母亲微笑着说。碧波荡漾，凤凰旖旎，有青山绿水做伴，大概，外公是不会寂寞的。

出生一个多月时，父母因为工作繁忙，把我交到了你的手里。看我在床上拳打脚踢、手舞足蹈，你乐不可支，说："这娃是个多动症啊！"只是你肯定想不到，幼时好动的我如今成了一个安静的写字的人。

八年来，我从没有梦见过外公。我想，他大概在天上忙着捉贼不亦乐乎，忘了想我吧。

不停地追问人生的意义是什么，是不是本身就是一种无意义的行为？

亲
爱
的
外
婆

外婆：

当我敲出第一个字的时候，眼泪就止不住了。从来没有在你面前哭过，也没想过会在得知你离开的消息时，那么难过。原以为，你的不告而别会和几年前外公的离世一样，对我仅是一种形式上的分别。可是，我错了。

外婆，此刻我坐在书桌前，你的样子悠悠然就浮现眼前。你爱抽烟，哪怕得了支气管炎，咳嗽不止，你的子女在医生的明令禁止下收起了所有的烟，你也有办法偷偷地躲在厕所里吸上一口两口。直到被妈妈、舅舅或者姨娘闻到气味发现异常，你像做错了事的小孩那样，慌慌张张地把烟扔进抽水马桶冲掉，出来后面对儿女的怀疑，一脸真诚的茫然。

你知道他们是因为担心，才会对你抽烟一事那么严苛，可你放不下相伴多年的老朋友，却又不知如何与子女开口。是不是好像往昔岁月的翻版？只不过这次管事的主角换了对象——你养育长大的孩子们，如今倒过来成为你日常生活的料理者。

也爱喝酒，尤其中意白的，这或许与你骨子里的山东血统有关。即使跟随外公南下50多年，你依然改不掉家乡口音，浓重的山东腔，我听了快30年依然会偶尔碰到听不懂的字和词。可是阿伟却能。那天在你家，阿伟坐在你身边，陪你说了好久的话，有好多事我都从未听你说起过，你嵌满皱纹的脸笑得那般灿烂，也是我不曾见过的愉悦与满足。那一刻你知道吗，我竟然想哭，是一种莫名的巨大的幸福，为我爱的人可以得到家人的认可。后来你说，阿伟是个好孩子，那么多孙辈里（外孙女、外孙女婿及其他），他是唯一一个能坐下来跟你说上半天话的人。

惭愧，却有安慰的喜悦，想着说以后定要跟他一起，多抽点时间陪陪你，听你讲讲隐藏在时光背后的故事。但无奈，命运常摆翻云覆雨手，我与阿伟的线断了，而你也在我们毫无防备的时候，驾鹤西去。一个月里，我尝到了两次彻底的失去。一样的肝肠寸断，一样的绝望凄离。

有时我想，这会不会是端坐云层的上帝抛下的一种隐喻？他试图告诉我，没有什么是理所当然的，爱情不是，亲情也不是，缘起性空，空才是生命的本质。从虚空中独身来到这个世上的我们，无非是各自从命运的掌心领了伤口，默默承受。

这个道理，你是不是早就明白了？所以外婆，不管生活对待你是否公平，你爽朗的笑一如既往，甚至，还有些狡黠的单纯。妈妈常说，你心宽，别人对你不好，你也很可能转过头就忘掉。可她或许不知道，在这艰辛的世道上，你是在用故意的忽略，来成全自己简单的快乐。既然长长短短都是一生，何必凡事斤斤计较执著不放？

外公待你不好，新婚之夜留你独守空房。身为派出所所长，在外挥斥方遒，回到家，寂寂无言。相处的几十年，你们两个人的收入也是明晰地各顾各分开打理。上万的退休工资，外公甚少拿出来与你共享。这些都是妈妈告诉我的，她还说，你年轻时极聪明，市里小学升初中，1000个人考数学，你遥遥领先地拿了第1名。难以想象，新婚之夜弃你于不顾的男人，你要用多大的耐心和勇气，来忘却那一次漫漫长夜他给你带去的伤害？

表面雷厉风行，内心阴郁深沉，外公不是一个随便与儿孙言笑的长辈，每每去你们那儿，我总要先经历一番激烈的思想斗争。但想起你，心中便觉得欢喜，想吃你做的菜，还有用异乡口音呼唤我的名字。你叫我的时候，那两个普通的字，仿佛穿山越岭进入我的耳朵，抑扬曲折的音调，现在化为一道尖利的钩子，剜得心口刺刺地疼。

外公喜欢静的事物，常扛着钓鱼工具搬着小凳子，在浦阳边一坐就是一整个半天。中风后更是郁郁寡欢，稍不顺心就对你怒言相向。年轻时，你也与他起过争执，为了柴米油盐或者其他的事。这些映射在年幼的妈妈眼里，便成了她坚决抵制的家庭模式。都说父母是孩子最好的老师，妈妈自你那习得的最重要一课，就是无论发生什么问题，宁愿冷战，绝不吵架。可我却相信爱情是一场势均力敌的对赌，一味地退让，或者一味地包容，都是注定溃败的一方。不知这样的偏执，遗传自哪里。

北方菜大概都容易做成杂烩的模样，经你手的家常菜，大多显得稠糊糊，色相难辨，却出乎意料地好吃。食物的香味彼此渗透，往往令我欲罢不能。浸淫南方水土多年的妈妈一直都做不出那种味道。而且，做过厨师开过饭店的你手上功夫了得，妈妈却几乎没有一样学得真传。和面、擀皮、弄馅儿、包饺子，一气呵成。还有各种花卷、馒头、面饼、刀切，尤其是你做月饼的手艺，更是无人能及——芝麻馅儿甜而不腻，外面的起酥香脆可口。嫌制作麻烦，除你以外，家中再无人可将这一系列流程信手拈来。我劝过妈妈让她学，可自以为是的我们总以为还有许多时间，等着慢慢来。孰知，一次转身离别，就可能是永远不见。

这样的遗憾，终究还是太多了一些。

你的离开太过匆忙，像一场进行时中的电影戛然落幕，留我们在漆黑一片中手足无措，面面相觑。谁能想到呢，只是三天前一次轻微的肠胃炎，医生却在报告中发现了你生命的死角——心脏血管堵塞，随时可能面临死亡。好像天气预报里的"有时局部有阵雨"，很多时候却根本不会看到一丝雨滴，所以对于医学用语中的"随时"，我们根本没有放在心上，最多只当作一种善意的提醒，让我们多点时间关心你，照顾你的身体。

担心县城的医疗水平有限，妈妈拿了你的X光片，准备先来杭州，去浙一医院让专家们看看。她跟你说，等她回来，带你到杭州看病。你把头摇得跟个拨浪鼓似的，坚决不肯去，说没啥大事，何苦受这个罪。没辙，妈妈只好改口："那么，等你出院，我们去杭州玩一趟好不好？"这下你开心了，笑得像考试满分赢得奖赏般心满意足的孩子。年轻时操持家庭走不开，后来外公生病，你又要伺候他。2008年他走了，你孑然一身，反而得到了前所未有的轻松。

你同姨娘的关系最亲，所有子女中，她也最像你，对人常常毫无戒心，属于好了伤疤忘了疼的天然乐观派。前些年姨娘在杭州时就接你去住，那会儿表姐做淘宝生意正红火，你就帮他们烧烧饭，偶尔也帮忙打个快递包什么的。之后他们去了广州，你也不怕路途遥远，飞机、火车都不在话下，一年去那边住上个把月依然是有的。你常挂在嘴边的一句话是，反正最后都是两腿一伸，为什么不趁现在腿好的时候到处走走？

妈妈送X光片来杭州的那晚，我下了班去火车站接她。莫名地觉得心里不安，听她在地铁上跟我念叨如何把你骗来杭州看病的事，眼皮直跳。第二天清早6点多，我被阵阵的捶门声吵醒。迷糊中听见妈妈起床去开门，然后客厅里传来姨娘的声音，我的心开始如擂鼓般怦怦乱跳。外婆，你一定不知道，当听闻你走了的消息时，我有多么惊惶。猝不及防的诀别啊，你连说一句再见的时间，都没有留给我，没有留给我的妈妈——你的小女儿。此后，她无父无母，偌大的一个世界，她再无可以承欢膝下的依靠。心疼与悲痛满溢，我紧紧咬住被角，任眼泪肆虐狂飙。

他们都说，你走得十分安详，好像就是做了一个梦，在梦中去见了你想见的人。是不是，亲爱的外婆，自始至终你都比我们看得透，却佯装糊涂骗过了所有人？生命之门缓缓合拢，你一如往常的坦然与平和，何尝不是另一种幸福？

嘴角略歪，传说是中年贪吃桑葚落下的毛病。耳朵也不好，随着年岁的增加日益耳背，却喜欢问问题，拥有比许多年轻人还旺盛的好奇心。有时妈妈他们会嫌你啰唆，不清楚情况还要瞎问。至亲面前，我们最容易失去耐心，因为相信他们可以无条件无限制包容，所谓真实的自我，便是对亲密关系施以不加节制的折磨。几年前我跟妈妈说起这个事，劝她不要对你这么严斥，时光匆匆，不要等失去了，再来后悔当初没有对你好一些。你走的第一晚，妈妈守夜，她回家来换了件衣服。我说，幸好你对外婆后来越来越好了，要不然遗憾更多。她轻声说："你不要再讲了，我又要难过了。"平静的声调蕴藏着巨大的悲痛，而我的眼泪也早已滑落。

外婆，这个世界就是如此讽刺，即使道理我们都懂，当事情发生，我们却仍旧茫然失措。接受失去，大概是我这一生，都无法修得的学分。

忘不了，每一次的神舟飞船上天，你是那样期待地守在电视机前面，当发射的倒计时响起，我们会被你要求保持安静。彼时的你，脸上的神情既紧张又虔诚，就像是，神舟飞船的成功升天，军功章里也有你一半的心血。说起NBA，你知道乔丹早已退役，科比叱咤为王，林书豪横空出世，姚明不打球了，转行做起了老板；网球你说李娜心理素质不好，碰到小威就要吃瘪，年纪不小了，赶紧回家生孩子去；不能和你聊斯诺克，因为你熬夜观看的奥沙利文、塞尔比、宾汉姆，我都不一定知道……当你仍像新生儿般对这个世界充满热爱，我却陷入忧郁的泥淖无法自拔。其实幸福的源泉何必苦苦向外求索？外婆，从你的身上，我已然知晓，一切的好与不好，判断的标准与生存的价值，全部在于，我们的心。要依心而活，才能活出自己想要的样子。

火化室外，看青烟袅袅，我再次想起这个问题，既然我们每个人都在赴死的路上，那么，活着的意义，到底是什么？外界赋予的名和利，掌声或者口水，真的有那么重要吗？当你与这个世界彻底断绝联系，哭的人哭了，笑的人笑了，可是明天，太阳照常升起，所有人的生活并没有因为哪个谁的消失而发生一丁点改变。而今苟延残喘的我们，求不得，放不下，别不了，又是为了什么？

其实外婆，我知道的，我并不是你理想的孙辈。我出生那一天，你在产房外焦急等待，妈妈的预产期晚了一周，你本以为好事多磨，连续两个女儿生了两个外孙女后，这一次，上天会让你从小女儿身上得到想要的圆满。可是，你又失望了。妈妈说，你一听到护士宣布，腿都软了。后来希望又全到了舅母身上，不过表妹的诞生令你再无其他念想。可你对我们依然是很好的，对你的女儿们也是，虽然小时候我常嫉妒表妹手里不停冒出来的新玩具、五彩的糖果。直到今年中秋节我们最后一次见面，我依然在吃醋，看到你在客厅来回踱步等待表姐未归的焦急，心里酸酸的。妈妈笑说，如果换作是我迟到，你也会这样的。吃完饭，你拉我和身怀六甲的表姐一起坐在沙发上，郑重其事地摊开我俩的手掌，说要看一看食指和无名指哪个长。我的食指比无名指略长几毫米，表姐亦如此，我俩一头雾水，不知这里面有何奥秘。你连连点头，说："好啊好啊，你们两个都是有福之人，食指长，有得吃啊！"

对于类似说法，我并不当真，但看你笑逐颜开的样子，一股暖意涌上心头。世态炎凉，迅疾莫辨，有时选择相信，会比较容易快乐吧。

你和舅舅打赌，从各个角度和过往经验判断表姐腹中的孩子是男是女。原以为盼玄孙心切的你定会把宝押在男孩这头，谁知你言之凿凿，坚持认为表姐诞下的必为女婴。一副未卜先知，又胸有成竹的模样令我们忍俊不禁。再过两个月，小宝宝就要呱呱坠地，表姐说，自你离开后，肚子里的胎儿便安静了许多，之前难以忍受的妊娠反应也消了不少。是血肉骨亲间特有的联结吧，仿佛你粗糙温热的手，再一次抚过我们的脸颊。

迄今唯一留下的关于你的视频，竟是两年前拍摄的一段微电影。那是我第一次自编自导，包揽配乐和剪辑，主角是妈妈，和你。故事素材是妈妈提供的，来自于拍摄不久前，她和你的一次"意外"对话。

那晚，在你家吃完晚饭，妈妈准备穿鞋回家。突然，你叫住她，似乎有些不好意思地开口："下个月3号，你有空吗？"
"怎么，你有事？"妈妈转过身问。
"下个月3号，我生日，你能来吗？"

言至此，坐在我身边的妈妈眼角泛起泪花，她说，当时她只觉得世界万物一下子安静了，后来，她走上前抱住了你，你比她想象中瘦小得多，简直都抱不了满怀。她哽咽着跟你说"对不起"，感受你的手在她背上一下一下轻轻地拍，就像小时候夏日午觉睡不安生，也是你轻摇蒲扇，一下一下拍着她的背，哄她入睡。那天也是妈妈这辈子第一次，跟你说出"我爱你"。妈妈说，你的眼睛也红了。

拍摄的时候，我几乎照搬了这个桥段，因为它太过真实，当妈妈回身上前抱住你时，透过摄影机的屏幕，我看见她的眼泪再一次夺眶而出。倒是你显得颇为淡定，一边轻拍妈妈的背，一边说"没关系"，声音中似乎流露出小小的笑意。不知是不是由于我这个第三者的干扰，让你不自知地收敛了情绪。

怪我这个新手没做全准备工作就上马，辛辛苦苦地拍了一天，晚上回家迫不及待地传到电脑上一看，哎呀坏了，所有的光全都糊掉了——人像在晦黄的光晕中，似罩上了一层朦胧的雨布。当时那个懊恼的心啊，真想把自己的脑袋给狠狠拍烂。

晚饭后收工，我把机器塞进包里，你挪着小步走到我身边，悄悄地问："什么时候能看？"你一定也很期待成果吧，这下好了，你和妈妈一天的时间和情绪都打了水漂，我要怎么给你们一个交代？

硬着头皮，我给你拨去了电话，还没等我解释完（或者我的解释你也听不懂），你似发现了新大陆般莫名地雀跃起来："你的意思是不是，明天要重拍？"我难堪又羞愧地支吾了两声，你却突然大笑起来，说："好啊好啊，明天你早点来，我刚想起一件新衣服，你妈上次给我买的，好看，我要把它拿出来，让它也上个镜，露露脸。"

第二天一大早，我又扛着机器，和妈妈一起去到你家。客厅里，你穿着妈妈买给你的褚红色印花短袖坐在沙发上，金碧辉煌的晨光将你周身笼罩，那样的你，岂止慈祥，简直神圣。

虽然，你的记性依然不太好，总是不能兼顾走位和说话，有时是沉默着一直走出了我的镜头，有时则站在原地一股脑儿背出台词。几次三番下来，只要我一喊停，你就仿佛立刻意识到了问题所在，似道歉，又似自言自语地说："我好像又错了，是不是？哎哟老了老了，不中用喽。"移回原点，你郑重其事地催我："再来一次。"

当片子出来，我上网传给朋友们看，除去我稚嫩的技艺，听到的最多的反馈是，"这位老太太你是从哪儿请来的啊，老戏骨啊！"

必须是。

有一场戏，妈妈烧好了饭和你一同坐在餐桌边吃，依照剧本所述，她讲了一大堆丈夫如何对她好，女儿又如何争气的事，间隙，你轻声说："自从你爸爸走后，这个家，很冷清啊！"你知道吗，外婆，在讲这句话的时候，你的眼神里，真的有一种欲说还休的哀伤。更让我差点控制不住掉下泪来的是，当妈妈抬起头来问你说了什么，你故作轻松地说："没什么，没什么。"这第二个"没什么"，你是微微摇着头说的，眼睛里仿佛升起了一层薄雾，淡淡地看向别处。突然，我的心感觉被一只看不见的手狠狠地拧了一把。刹那间，恍惚觉得，不是我在导演这出戏，而是你借着这些画面，让我得以看见一个真实的独居多年的老人。大概没有人问过你的心情吧，做晚辈的，很多时候关心你吃得好不好，睡得香不香，却很少过问一句：你的心里，在想些什么？

电视里在直播神舟十号发射的实时画面，我知道你喜欢看，便扶你到沙发上坐下，想着等发射告一段落，再接着拍其余的情节。摄像机架在一边，闲下来的我随意地拨弄按钮。屏幕上热情开朗的妈妈动作略显生硬，表情也不够自然，说话时，语调不自觉地上扬。被外力介入打破的生活常态，此刻成了榨掉水分的橙子，怎么看都有些干涩。想着应该怎么给妈妈讲讲戏，好让她放下包袱，手不自觉地把相机调到了拍摄模式。

我看到了，你，坐在沙发上，静静地注视着电视。你的背驼了好多，弓在那里，衣服松松垮垮地垂下来。银白色的头发被微风轻轻拂起，皱纹舒展，嵌在脸上像弯弯的河流。从烟盒里抽出一支香烟放进嘴里，你眯着眼睛，点燃打火机，深吸一口点着了烟。烟气自你手中袅袅升起，而你就坐在那里，手臂一起一落，再起再落，不时吐出一个又一个烟圈。几分钟的时间，你的视线始终不曾偏过一分，只是安静地，看电视，抽着烟。仿佛周遭的一切与你无关，摄像机不存在，厨房哗哗的水声不存在，就连我也在你的意识之外。那一刻，外婆，我在你的脸上，看到了人生。

原来我们并不需要经历呕心沥血的追寻或者轰轰烈烈的疼痛，才能领悟平淡的真谛。生命的秘密，其实你早就告诉我了，不是吗？

即使再艰难，也要勇敢地，活下去。哪怕，只有一个人。

多想再讨得一点时间，去好好了解你呵，外婆，握着你的手，听你娓娓道来，那些被时间掩盖的纸页，属于你的，独一无二的传奇。

我想知道，这个复杂矛盾的身体里，芜杂慌乱的思绪，究竟哪一部分，遗传了你？我想知道，生活在这个特定年代的自己，血液里流淌着怎样的历史和过去？我想知道，今生你的心愿是不是都完满，还有什么是我可以为你传承？

至今仍不能轻易提及你，眼泪依然会夺眶而出。失去你，我才明白，相处时再怎么样的珍惜，都不为过。因为世事无常，因为，我们终留不住时间。

来不及，为什么总是，徘徊在得与失之间，一边挣扎一边努力，最后依然来不及？

外婆，你离去之后，我有时走在路上，会无端恍惚。前几日上班途中经过一个十字路口，单位大楼就在对面，红灯刺目，刹那惶然失措，不知该去往何处。身旁行人擦肩而过，有电屏车在身后按着喇叭，催我前行。心里空洞洞的，脚下似有千斤重，挪移不得。不能想，不能想，一想到便是止也止不住地，悲伤。

外婆，我多想问问你，到底怎么样的人生，才可以在闭目辞世的那一刻，不留遗憾？

当你安详地和衣而卧，被工作人员推进火化室，妈妈跟在后面，哭成了泪人。目送你最后一程，传送带发出咔咔的声响，视线中你瘦弱的身影越来越远。焚化炉的铁门缓缓降下，颤抖的妈妈用尽全身力气大喊着："妈，你快快跑，妈，你快快跑……"我扶住她，望着你消失在时间的尽头。脸色突然变得苍白，额头上冒出细密的汗珠，一阵突如其来的胃绞痛让妈妈弯下了身体。她说："是你外婆，在跟我说话。"

那天阳光很暖，11月的天，难得在雾霾中露出澄清的脸。我们把你送上凤凰山公墓，放在外公身边。生前同寝，死后同穴，这一辈子的恩怨已然消散，在另一个世界里，希望外公与你，相亲相爱。

外婆，天堂有烟有酒，亦有鸟语花香。我会记得你，也请你，不要忘了我。

我会好好照顾你的小女儿，尽我一切所能成为她的依靠，就像当初你做的那样。

太阳西沉，很快又会天亮。草木发黄，转眼又会抽芽。时光荏苒，万物生长。而我们，终会再见。

山一程，水一程，西出阳关无故人。

那一刻，外婆，我在你的脸上，看到了人生。

太阳西沉，很快又会天亮。草木发黄，转眼又会抽芽。时光荏苒，万物生长。

PART 4
About Time

台北上午零时

最初
（A）

阿国又在教训三个徒弟了。阿玲帮着阿姨收拾面摊上客人留下的碗，不时抬起头有些担心地望望对面的盛昌铁工厂。

话越说越难听，阿玲皱着眉真想把耳朵捂起来。工厂里的那几个男孩子，他们每天都是怎样忍下来的？想想就让她觉得心痛。

"嘭"的一声巨响，阿玲吓得倒抽了口凉气，感觉心被重重地砸了一下。从屋子里跑出一个人，满头是血，阿玲慌得丢了抹布，却又不敢上前去看。幸好还有阿姨和隔壁大饼店的老山东。阿玲赶紧跟在阿姨身后，走上前去看个清楚。

是阿荣，大概脑袋被打破了，尽管阿生追出来，用毛巾给他死命地压着，可血流得又多又急，很快就把毛巾给染红了。可阿国仍不肯罢休，走出来的时候嘴里还骂骂咧咧，把阿嘉推得像个不倒翁似的东倒西歪，然后对着他也是一阵猛踢。阿荣不管头上的伤，冲上去想解救阿嘉，阿生一边死死地拖住他，一边又想要把阿嘉给拉到身边。火上浇油，阿国索性连着阿生一起打。一时间，场面混乱至极。

再这样下去非出人命不可。老山东气极，高举擀面杖大跨几步，口里直嚷着："既然你这么能打，让老子来会会你！"一旁的阿秀急忙喝住他："老山东，管好你自己的生意，不关你的事。"阿玲知道，虽然阿姨看上去好像是非不分，其实是在保护老山东，因为阿国下手不分对象快准狠毒，更重要的是，这说到底是一桩家事。阿国是她的姨丈，也就是阿秀的老公。

阿国见三个徒弟打他也打不出什么花头，哼唧着撇下他们，腆着肚子走开了。阿秀忙让阿玲拿来毛巾给阿荣擦擦。阿玲问他疼不疼，他龇牙咧嘴的，却连声说"不疼不疼"，那样子弄得阿玲都有点想笑了。

这边阿国来到阿秀的面摊，熟门熟路地翻出装钱的铁盒，往里面抓了一大把零票。阿玲看见，慌忙把毛巾塞到阿荣手里就走了回去。"你不能拿。"明知自己是正义的一方，无奈声音却是颤抖着的。"我自己的钱，我为什么不能拿？"阿国涎着脸凑向阿玲。"混蛋。"刚回来就看到这一幕，阿秀的火噌一下就上来了，"拿了钱你就给我走。"

"这个畜生。"望着他摇晃的背影，阿秀恶狠狠地从嘴里吐出这几个字。

是夜，月亮高高地挂在天上，街坊邻居都睡了，整条街静悄悄的。不远处的火车闸道，信号灯一闪一闪。老山东简单地收拾了下饼铺，就过来和阿秀一起坐在桌子边喝酒聊天。几十年的习惯了呀。说的事无非就是那几件，广播里的社会新闻啊，隔壁谁谁谁的家长里短啊，邮递员又送来了哪些信件啊，但是今天，因为白天阿国这一闹，大家心里都憋了些劲儿，说的话也就跟往常不太一样了。

老山东竟然说起了他在大陆的老婆，言语中满含歉疚和思念，黯然垂泣的样子让阿玲的鼻子也隐隐发酸。可阿秀却笑他说："那又怎样，你还不是照样去华西街找女人。"老山东面儿上有些挂不住，不能承认，否认又不妥，"你你你"了半天，也没说出一句完整的话，只好呵呵一笑过去了。昏暗的灯光给阿玲涨红的脸涂上了一层伪装，她低着头继续默默地扫地。

不知道这是第几杯酒了，阿秀倒到一半，发现酒瓶子见底了，顺手拿过桌上的另一瓶，老山东想拦她，却被她一巴掌拍掉。"少喝点。"他说。阿秀没理他，咕咚咕咚喝掉一小半。酒意更甚，她的眼前走马灯似的飘过几个男人的身影。坎坷长途中，他们都曾作为她的依靠短暂存在过。阿国是第六个，但谁知道会不会是最后一个。跟了他，也是因为姐姐先前带着阿玲和他过过几年日子，姐姐因病过世后，自己领着阿玲却不知道该去哪，才会继续留下来的。

"我唯一觉得对不起的就是阿玲啊。"阿秀忽然像六月里被雨水打湿了的纸灯笼，伤感得一把眼泪一把鼻涕，"阿玲母亲走的时候让我好好照顾她，可我现在让她跟着我遭罪哦……"心仿佛被绞出了无数道褶子，阿玲放下扫把过来抱住阿姨说："我现在跟阿姨在一起很幸福，真的。"也只有在抱着阿玲的时候，阿秀才觉得，好像再苦的日子，也没那么难过了。

"我们来唱歌。"阿秀又露出为人熟悉的笑容，"红灯绿灯光微微，风送烟酒味。夜半做阵在路边，谈情到深更……"

"你每次喝多了就会唱这首歌。"老山东抹抹眼角渗出的泪水，笑着说。

夜，在歌声里被无限放大。深邃而苍茫。

（B）

她拖着箱子来到这座城市，是大学毕业后的第31天。从今往后，她将以"漂族"的身份正式加入这奔腾不息的滚滚洪流之中。这样的转变令她兴奋异常，路也不能好好走了，几乎是一路小跑起来，箱子底下的轱辘吱吱嘎嘎地奏出一连串抑扬顿挫的音符。

她对着过路的每一个行人微笑，似乎有一种想和这里的每一个人都成为朋友的
冲动。偶尔有人报以好奇的笑容回应，更多的则是路人甲乙丙丁诧异的眼神，
甚至还有人像撞见了什么不明生物一样惊吓着从她身边跑开。她不由得开怀
大笑。

甫一安顿下来，她就马不停蹄地跑各个人才市场，寻找相关的求职机会。定期
不定期的招聘会，她也是挤破了头往里钻。可一连数日都没有收获，倒是身边
的钱袋子一点点瘪了下去。这所谓的大城市啊，择业选择多，可来的人也多
啊，一个个瞧见招工单位就跟见了亲娘似的，两眼直冒绿光，刹那间她反倒有
了一种游移事外的出离感。

转眼间秋叶黄了落满一地，当她被夹在地铁里动弹不得，买菜时为了一毛两毛
与小贩讨价还价，望着计账本上只进不出的数字时，她咬紧牙关跟自己说：坚
持下去，或许明天就有转机了。

她并非别无选择，事实上，早有更轻松更便捷的道路亮堂堂地摆在她面前——
父母在家乡给她找好了一个银行里的工作——不费吹灰之力，或许就能过上
逍遥自在的生活。可她固执地不要。小县城里的日子像案板上的豆腐，清白
得一眼望得到头，她甚至很容易就想到了几十年后自己鬓发霜白却一事无成的
样子。

人生短短几十年，选择了一条路，就必然意味着放弃了许多其他的可能。而不
试过，又怎么知道它不适合？她本来是可以过得安安耽耽，大事不愁小事随便
忧一忧，可是很不幸，她还有一种叫作梦想的东西。不知是哪位哲学家说过，
做人如果没有梦想，那和咸鱼有什么区别？

不过话说回来，她今天跨出这一步，也有一部分是被逼的。读初中时，她总拿

班里第一，可在班主任看来，她不是靠死读书读出来的，就是凭运气。她不止一次听到那个年过半百的女人对班里的这个那个男生和颜悦色地说："你就是粗心了一点，要不然你肯定能超过那谁谁谁。"次数多了，她有时都会从心底生发出一种以一挡百的悲壮感。

心累的时候，也想过干吗学得这么苦呢，这个第一有这么重要吗？可转而脑子里又浮现出班主任那张似笑非笑的皱纹脸，于是把心一横，怎么样都要保住这个第一。不是为了证明什么，只是不想让某些人自以为是，认为女孩天生就是弱者。

走在落叶横陈的路上，她想，在这座城市生存下来到底是有多难呢？千帆过尽她反而淡定了，她不信，有手有脚，这大活人还能让日子给困住了不成？就像当初她一样不相信，女生怎么就一定会输给男生。

说也奇怪，心态平和了，运气似乎也自己找上门来了。一家广告公司向她抛出橄榄枝，尽管只是一个小小的文案职位，也足以够她雀跃好一阵了。只要一直努力，总会有人欣赏的吧。她暗暗地给自己鼓励。万事开头难，既然有起色了，那肯定是会越来越好的，对不？

24岁的生日，她对自己发誓，就算做一根杂草，也要在这座城市的罅隙里，倔强地生存。

告白
（A）

从二楼的窗户望下去，对面面摊的情况可以看得一清二楚。阿荣趴在窗口，背后阿生刚洗完澡，擦着湿漉漉的头发过来拍了他一下。"看什么呢？"阿生问。"没，没什么。"阿荣有些不好意思地转过身。

"等我有了钱哦，"阿生把脸盆放在架子上说，"我一定去中华商场做一套西服，再去租一辆豪华轿车开进这条街，然后下车去店门口晃来晃去，当很多人围过来看的时候，我就跟老板讲，我就是当初被你看不起，你又不付工钱的阿生啦，我现在也是一个老板啦！"

阿荣大笑起来："我看你是在做白日梦啦，做老板了，轿车还用租的啊，你脑子进水咧。"

阿生也跟着笑，可没过一会儿又锁紧了眉头："哎，如果都不去想象未来，这三年又四个月这样被打骂，可怎么撑得住？"

"我光想现在都来不及了，还想未来？"阿荣走到窗前，喃喃地说。"哎，跟你们讲，你们不能笑哦。"阿荣少见的羞涩让阿生好笑地抬起脚踹了他一下："快说快说。"

"我就是在想，我要如何去跟一个人说，每天只要看到她，我就很欢喜。若看见她孤单一个人的时候，我就很想去和她做伴……"忽然意识到了什么，阿荣猛地朝向阿生和阿嘉："你们不能讲哦，如果让她知道了，生气不理我，我会很痛苦。"
"能不能不要这么婆婆妈妈，是谁，快讲啦！"阿生忍着笑催他。
"啊……就是阿玲啦！"

沉浸在自己世界里的阿荣是如此神采飞扬，完全没注意到身边的两个人，眼神瞬间的黯淡。

"喂，先讲先赢哦，说好了，你们都不可以跟我抢哦。"阿荣一半认真一半开玩笑地说。
"对了，阿生。"阿荣揽过他的肩膀，"你在学校时，作文最厉害了，可不可以拜托你写封信给她？"

"要写什么啊？"阿生头都有些抬不动了。

"就写我刚刚讲的那些啊，还有，如果看不上我，不要紧，我会看得开的，不过千万别生气，别不理我，要不然我会待不下去的。喏，信纸我都给你准备好了，还有香味的哦，你闻闻。"

廉价的香气让阿生的头更疼了。偏偏阿荣还拿出收音机，说是听听音乐会写得更有感情。纸和笔摆在眼前，他根本拒绝不了。

"……寒冷露水滴……寂静月暗暝……"
努力闭上眼睛不去听他们的谈话，阿嘉躺在床上面朝里壁，内心似有无数小虫啮咬。
"……酒杯那捧起……面笑心哀悲……"

几天后，阿生把又一封写好的信拿给阿荣。

"如果你问我，为什么喜欢你。老实说，我也不知道为什么，好像不知不觉的，你就变成了我生活中很重要的一部分，在意你的存在，在意你的孤单……"大喜过望，阿荣一拳打向阿生胸口："不是我夸你哦，你真的很能写，连我讲不出来的意思，你都写得出来，你是怎么做到的啊？"
"这都第五封了，她都没有回，再下去我不会写了啦。"阿生面露难色。
"她也没有退啊对不对，没有拒绝就是有希望啦。"阿荣连推带拉把阿生哄出门。没辙，阿生只好硬着头皮再次捏住信走向对面的美秀面店。

阿玲正在洗衣服，两条麻花辫松松地垂在胸前。直直地把信递到阿玲眼皮底下，额头上渗出大滴的汗，阿生紧张得一句话都说不出来。见她收下了信，阿生转身就走。

"你明明叫阿生，信里为什么要写别人的名字？"
阿玲的声音不高，却让阿生差点打了个趔趄。

"啊……我是替阿荣拿给你的啦。"

"那，信也是你替他写的喽？"

"欸……"

"你的字很漂亮。"阿玲似下了很大的勇气，音调有些颤抖。"每一封信我都看很多遍。"

"可你……都没有回信。"

"那……我应该回给谁？是回给你，还是阿荣？"

阿生一听之下有些懵，但转念又喜从心来。"我，还可以写信给你对不对？"

"嗯。"阿玲红着脸点点头。"看你的信，我很快乐。"

阿生刚走进工厂的门，就被阿荣抓住衣服问个不停。还没从方才隐秘而巨大的欢喜中清醒，阿生恍惚着转达阿玲的话："她说看你的信，她很快乐。"双臂高高伸向空中，阿荣兴奋得心都要从胸口跳出来了。

"啊！"身后突如其来阿嘉的一声惨叫让两个人顷刻面色惨白。阿嘉的右手，齐根被机器削去了三个手指！鲜血霎时间喷涌而出，刺眼的红。

病床上的阿嘉血色全无，他幽幽地看着两个兄弟说："你们知道吗，其实，我也很喜欢阿玲。可是就算我还有机会，阿玲她愿意跟我，我的手变成这样，我以后怎么……养得起人家呀！"

（B）

初来乍到，无亲无故，累惨时难免落寞，想偌大一城市，怎么就没个可以说得上话的体己人？不过念头转瞬即逝，自己选的路，就算跪着走也绝不喊一句苦。更何况，她拥有杂草般的精神呀，扔到哪里都必须顽强存活。所以工作对她来说，仿佛是这个城市里唯一可以依靠的亲人了。

每天她总是早早地来到公司，晚上最后一个离开，连保洁阿姨有一回都跟她老板开玩笑，说从哪招来这么一个拼命三郎似的员工。她听了只觉得好笑。能不拼命嘛，她想，好不容易得来的一切，不拼，不就成了个自取其辱的笑话。

休息时她喜欢看书，偶尔也动笔写点东西，可从来没想去发表，也压根没想过给别人看。只是单纯地渴望记录。30年后的自己，再看到这些东西，会是什么心情呢？觉得幼稚，可笑，还是会感叹，啊原来那时候的我，是这样想的呀。她知道很久以后的那个自己，肯定会和现在非常不一样，就像小王子说的，所有的大人都曾经是小孩，虽然，只有少数的人记得。可她执着地用最笨的方法，让自己不要忘了，20多岁时候的自己，在经历什么，在思考什么，爱着什么，又恨着什么。

一次偶然的机会读到吴念真的文章，突然就一下子感觉被电到了，就是那种点到心底某个开关的触动，有点刺，又有点痛。立马上网去买了他的好几本书来读。文字淡而有味，看似平凡无奇，回味起来却意韵悠长，确是一个文艺而有趣的老头。尤其中意他的《重逢》和《思念》。忧而不伤的感动，多一分嫌矫情，少一分缺味道，这个细煮慢炖的火候，把握得刚刚好。掩上书页，她擦擦眼角，忍不住呼出一口长气，她要把翻涌在心中的那团滚烫的气流，痛痛快快地释放。

若是，他也喜欢，可以一起分享，倒是也不错呢。她被自己不合逻辑跳出来的念头给吓了一大跳，旋即拼命摇头，像一柄旋转的雨伞，一个劲儿地把雨水甩出去。

长相平平，穿衣朴素，工作业绩还行，可也不是冒尖的那一类，加之话不多，这让她身处人群中时，似乎很容易就被人忽略，像一滴窗台上的露水，随时可能蒸发掉。有时看到别的同事在众人面前侃侃而谈，她情不自禁陷入幻想，如果位置对调，换她在那里眉飞色舞，那么，他是不是会对自己，多点注意？

说不清楚是什么时候开始关注他的，好像是在来了公司之后的某个早晨，她匆匆进门，差点与他撞个满怀，抬起眼，落入他晶晶亮的眸子。又或许是部门例会时神采飞扬的他令她心生爱慕，他好像不是在分析一些枯燥的数字，而是信心满满地发表竞选演说。要不然，就是他做的早饭，实在是太诱人，太好吃了，导致这早饭的主人，在她看来也有了几丝香喷喷的味道。

不过，并不是只有她饱了口福，办公室的每一个人他都有细心准备，甚至保洁阿姨喜欢吃加了辣的鸡蛋饼他也知道。可真是一个不折不扣的暖男啊，大家都这么说。是啊是啊，她面上虽如此附和，可到底会想，若是把自己单独落下也好啊，起码和别人不一样。

但她从没想过，要去跟他把感受说一说。除了公司严令禁止办公室恋爱的原因以外，更因为，她觉得眼前这样一个人静静地守护一份不为人知的悸动，也挺幸福的，这让她在异乡忙乱而不知所措的生活里，有了寄托。

直到有一天，她加完班回家，在拐角处遇见了等候多时的他。

"你在这里干什么？"她惊讶地问。
"我……我有话同你讲。"他一反常态地局促。
"嗯？"
"我想说……"他顿了顿，似鼓足了好大的勇气说，"我想说我喜欢你，你可不可以做我的女朋友？"

她相信当时自己脸上一定写满了类似难以置信或者受到惊吓的表情，因为他紧接着说："你不用急着回答我，你可以慢慢考虑，只是请你，不要立即说不。"说完转身欲走。

"请等一下，"她说，"可是，为什么呢？"
"嗯？"这回轮到他迷糊了。
"可是，你对大家都这么好啊，为什么，会是我呢？"

"哈，"他摸摸头不好意思地笑了，"因为想给你亲手做早饭啊，可又怕单独给你，你会拒绝，所以只好给每个人都送了，这样，你也就没理由说不要了啊！""不过……"

"不过什么？"她莫名地开始紧张。

"不过上次给你做的饺子，你后来咬了一口就倒进了垃圾筒，我就一直在想，是不是你不爱吃？"

"饺子里，有葱，"她微微红着脸说，"我不爱吃葱。"

"哦，原来这样。"他有些许黯然，但转瞬眼里放出异样的光："那我明天，给你做不放葱的吧？"

"嗯。"从心底里洋溢出来的快乐，让她的心都快融化了。

"明天，我就只给你带。"他开心得都有些忘乎所以了。

"傻瓜，那别人不就看出来了。"

"也对，他嘴角一咧说，那就让他们再继续当有口福的电灯泡好啦。"

次日，她接过他新做的饺子，还是一样的热乎，但望进彼此笑意盈盈的眼眸深知，有些事，已经彻底不一样了。

悲伤
（A）

阿生没想到原来阿嘉也喜欢阿玲，论时间，或许也不会比自己短。他心里担心着阿嘉，又记挂着阿玲，从医院回来的路上，阿荣垂着头走在前面，他却不敢上前同阿荣并肩一道，仿佛同他讲话，会再次揭起一块伤疤。街边的树全部无精打采地耷拉着叶子，六月的天闷热得简直让人想抓狂。

回到宿舍，阿荣机械地脱下汗湿的衣服挂在木架子上，声音低沉而哀伤。"刚看到阿嘉那样，我的心好痛。我不知道，阿嘉他也……"几近哽咽，他依旧背对着阿生说，"你爱的人，朋友也爱着她，若是，换作是你，你会相让吗？"

似乎过了好久，有人敲门，阿生回头，是阿玲来了。阿荣刚出去洗澡，狭小的房间里只有阿生和阿玲两个人相向而立，气氛刹那间变得有些古怪。阿嘉的事让阿玲心里也很不好过，她特地拿了些钱过来，不过被阿生婉言谢绝，说老板娘都有准备。临走前，她说："我要去收摊了，万一阿嘉有缺钱，要告诉我。"

"阿嘉如果知道你这么关心他，他一定会很开心的。"阿生颤抖着声音说。阿玲闻言停下了脚步，似感觉出了他的异样。

"今天在医院，我才知道阿嘉……他也很喜欢你。"
愕然，阿玲转过身去望阿生，却见他双目低垂，周身深不见底的忧伤。她望了他许久，像是要用尽一生的力气。一直到离开，她和阿生也没再说上一句话。阿玲不知道，阿生更不知道，这样的沉默，是会让他们遗憾一辈子的。

阿玲把这一天挣来的钱拿去给阿姨，房间里却只有阿国一个人在喝酒。"你阿姨还在医院照顾阿嘉。"阿国一说话，酒气熏天。阿国让阿玲走近点，然后一把从她手里抢过铁盒，兀自从里面挖出了所有的钱。阿玲想阻止，可来不及了。

"坐啊，坐下来陪我聊会儿天。"阿国瞪了阿玲一眼，"怕什么，我又不会吃了你。"他出手来拉阿玲，力气大得惊人，阿玲揉揉被弄痛的胳膊，不情不愿地坐在离他半米之隔的床沿。

说是聊天，其实就是阿国单边不停地倒苦水，讲他当初怎么从乡下来到台北，打工又受了多少罪，然后说到现在这帮年轻人，是那个气得牙痒痒，竟然还恬不知耻地说他们是有多没用，弄个机器还会被切去手指，听得阿玲气极，刚刚好不容易生起的那一点点同情心荡然无存，真想捂住自己的耳朵赶紧逃出这间屋子。

"有时想想，我觉得自己也挺可怜的。"阿国忽然变了话题，"你知道我最最郁闷的是什么吗？就是没有真正地谈过恋爱，像琼瑶电影一样，有一个女孩子一辈子在我的心里头。我也不曾有机会真心真意地跟一个女孩子说一声'我爱你'，也没有机会，吻过一张没有被吻过的嘴。"

阿玲的注意力仍停留在刚才的事情上，等明白过来的时候已经太晚了。喝多了的阿国突然像只野兽一样扑过来，瘦弱的阿玲惊恐地睁大了眼睛，想叫，却被他粗糙丑陋的手给紧紧捂住。世界一下子天旋地转。黑暗降临，不过瞬间。

所有的人都站在离阿玲不远的地方，看她收拾好东西拎着箱子执着要走。没有人敢上去劝她，任何一句挽留的话现在看来都如此苍白。他们不想阿玲离开，但更怕她留下是不是会徒增悲伤。早上阿秀疯狂地与阿国吵了一架，真是恨不得把他千刀万剐。这个被她视如己出的姑娘，竟因为她的一个疏忽被无端糟蹋，念起天上的姐姐，阿秀也快不想活了。但是阿秀不能让阿玲走。绝不！

扑通一声，阿秀流着泪，却异常坚定地跪在大家面前。
"我拜托你们，请你们一定答应我。"额头几乎已经贴在地面上的阿秀，用一种从未有过的决心说，"阿玲以后的日子还很长，请你们千万不要看轻阿玲，也不要让她看轻自己。所以，这件事情，让我们都忘记好不好？"

"老板娘，你快起来……"阿生急着去扶阿秀。旁边阿荣失神地问，又像是自言自语："可是，你不怕老板以后又欺负阿玲吗？"

静默片刻，阿秀咬着牙说："不会，我有我的办法！"
一旁的阿玲，早已泣不成声。

夜深了，屋外虫鸣此起彼伏，屋内，阿国喝了酒躺在床上，呼噜阵阵，看样子睡得很熟。阿荣轻手轻脚地推门进来，他走到阿国的床前，声音颤抖。"起来，你这个畜生，你这样伤害阿玲，你还睡得下去？！"阿国支吾着翻了个身，没理他。

"你不能再欺负阿玲！不能欺负阿玲！"

"啪"，电灯被揿亮。眼前的景象让阿秀大惊失色。一把血淋淋的刀插在阿国的胸口，被子上、地上，还有，阿国的身上，都是血！

浑身战栗的阿荣哭得像个无助的孩子。"我……我是怕他会再欺负阿玲。现在不会了，阿玲她……可以放心了，你也可以放心……老板再也不会欺负阿玲了！"

"阿荣，你为何这么傻！为何……"阿秀揽过阿荣，任凭自己的泪水无声而大滴地流下。"来吧，来吧，如果暴风雨注定要来，就让我和阿荣你一起承受吧！"

警察带走阿荣的时候，阿玲不顾老山东的劝阻跑到了阿荣面前，拿出手帕为他擦去脸上的泪痕。一边擦，一边自己的眼泪却一个劲儿地流。

真的要走了。
"阿玲……"阿荣艰难地从两名警察的挟持中转过脸，给了阿玲，一个大大的微笑。

警车呼啸而过，新的一天又开始了。在这条看似如常的小街上，有一些人的生活，却再也回不去了。

（B）

经济形势持续低迷，她所在的公司也未能逃脱裁员的命运。自从人事部小李去了一趟老板办公室然后递上辞职信，其他人的心也被拎到了嗓子眼，不知什么时候就会被叫去"谈话"。

她心里也慌，但面上竭力维持若无其事的平静，只在和他单独相处时，会小小地透露下自己的隐忧。"别担心，这不还有我吗？"他拍拍她的手说，"要是真有那么一天，也没什么不好啊，离开这里，咱俩也算是另一种意义上的苦尽甘来了。"
他一如既往给她讲各种笑话，从他脸上看不出一丁点可能会被辞退的阴影，她羡慕他的乐观，同时也知道，这样的乐观，有一半是为了她而撑起来的。

那天她被老板叫去了办公室。路过他的座位，众目睽睽下他轻轻地握了一下她的手，学着林志玲的声音跟她说"加油哦"。同事们被逗笑了，所以谁也没注意到，她的眼神，是如何由惊诧变得无比温柔。

才几天时间，她发现老板的鬓角多了好些白发，神色憔悴，她突然对他多了几分同情，可想到自己即将可能面临的命运，又觉得十分揪心。老板先是对她一顿夸赞，她僵硬着微笑等待那个"可是"。"可是……"他说。哦总算来了，她的心反而放了下来。"公司目前的状况你也是知道的，效益不好，企划部也不需要那么多人了，希望你能理解。"

如果执拗可以换来机会，她才不想要什么理解万岁。

走出办公室，她尚未开口，但他看到她的第一刻，就已猜出了结果。

第二天，老板又来叫她。她以为老板是要说工资结算的事，可没想到他竟改口让她留下，还说希望能共渡难关。这里面一定发生了什么。她把怀疑的目标，第一个就锁定了他。

果然没错。他主动跟老板请辞，不过恳求老板可以把他的职位留给她。令她困惑的是，这怎么就能令老板改变主意呢？他笑笑说："因为我跟他讲啊，我要跟你在一起。"

"可是，那你……"她一时哽咽。她知道他为了这份工作也付出了很多，就这样离开，他没有遗憾吗？

"不怕哦，我会去另外找一份工作的。只要一直努力，总会有人欣赏的吧。"他说。

这句话，是她初到这座城市时，说给自己听的。她含着眼泪，重重地点头。

工作上她变得比以前更用心了，方方面面都尽可能做到最好。这是他送给她的希望，她不会让他失望的。

他也在另一家广告公司谋了个职位，虽然工资没有以前的高，但他说不要紧，路遥知马力，日久才见功力。

一日晚餐后，她依偎着他，给他读吴念真的小说。读到《重逢》这一篇，她竟然念着念着就哭了。他抽出纸巾为她拭泪，笑说女人真是感性动物，看别人的故事也会感动得稀里哗啦。肩膀一抖一抖，她问他，以后他们会不会变成这样，几十年后感慨人生若不如初见？

他轻刮她俊秀的鼻子说："傻瓜，怎么会呢，我们会一直一直在一起，长命百岁，白头到老。"她为他的痴情破涕为笑，却又无端地担忧起那一眼望不到头的未来，漫长的人生才见开了个头，谁又能真的对谁保证，一生一世只爱一个人？

她没有想到他的求婚来得这么突然。上班时间，众目睽睽之下，他单膝跪地，掏出戒盒，由于紧张或者激动还夹到了自己的手，啰唆了两下才掰开。

她像被胶水粘在了座位上，惊讶得宛如一尊雕像，黄昏的光线柔和地打在她身上，照得她似披上了一层凤冠霞帔。同事们在一边起劲地拍手哄笑，她的魂儿终于又回到了身体里面。无数次想象过被求婚的场景和感觉，大张旗鼓，轰轰烈烈；小桥流水，两情相悦。可直到这一刻真的来临，她才发现，原来那些幻想不过是小女孩的镜中水月，真实的感觉只有两个字，安心。

她略显羞涩地伸出左手，看着他微微颤抖地把一枚小巧的钻戒戴到自己的无名指上。站起身欣喜若狂地抱住她，这个七尺男儿竟然身不由己地啜泣起来。她试着轻咬了一口他健壮的臂膀，唇齿间的温热混合了眼泪的咸味，竟让她忽然想起来到这个城市的第一天，陌生的环境中自己茫茫然的巨大喜悦和希望。多么美好。

从今往后，这座偌大的城市不再只有一些冰凉的钢铁丛林，和熙来攘去漠然的面孔，城市有了温度，是一种可以触摸可以依偎的温柔，空气里飘漾着丝丝甜味，天格外的蓝，朵朵白云徜徉其间。从前，她像一株稚嫩的树苗，试探着伸出须根，努力地钻入任何一寸可能的缝隙，却没想到与另一棵树在中途根节缠绕，互相攀缘成长。

世界如此奇妙，你面红耳赤奋力抗争的时候，它却用另一种方式与你握手言和。这座城市往后就真的是他们的家了，不远的将来，他们还会有孩子，一个，或许两个，围绕膝下，共享天伦。他们是两棵紧紧牵连的树，吸吮着城市的乳汁，同时，又用勤奋和挚诚反哺人间。

他要出差数日，临走前不忘叮嘱她好好吃饭，早点睡觉。她笑他："你是不是就差说一句有事没事多喝水了。"这天晚上加完班回到家，她觉得身子有些乏软无力，大概是白天坐太久的缘故，于是干净利索地换上一套运动服，戴好耳机，穿着跑步鞋出了门。

正值暮秋时分，江边的风在夜色的掩护下，似无数条柔若无骨的小蛇，滋滋地往衣领里钻。开始略感微凉，可没跑一会儿，身上的热气冒出来，撞上凉飕飕的空气，颇有种势均力敌之状。她仿佛一个移动暖风机，所经之处，无不听见冷暖气流相互冲撞龇牙咧嘴的声音。

跑至一处丛林掩映的角落，再往前已无路，她放慢脚步，大口喘息，准备休整几分钟再掉头回去。夜好静，风穿过林间，树叶飒飒，平添几分萧瑟之意。毫无预料地，一只男人的手从背后猛地勒住了她的脖子，她惊恐地睁大双眼，出于本能死命地想把他的手掰开。来不及发出一个字，旋即口鼻被一块布一样的东西给蒙了起来。一种浓烈的刺激性气味让她瞬间从清醒的世界，跌入深不见底的黑潭。

空白。一大片的空白。无边无际的空白。对于当时发生的一切，她没有记忆，像是书写中的直线突然被人不由分说地腰斩，空余瘆人的半截断笔。本就瘦弱的她坐在床上一隅抱着膝盖缩成一团，瑟瑟发抖，世界在耳边嗡嗡直响，却又静得可怕。

父母在房门口守着她，听到一丝风吹草动，都会紧张得坐立不安。她把自己关在房里，谁也不见。可他急红了眼想见她啊，给她打了无数通电话，也在她家门口彻夜等待，可是，都没有用。她给自己建了座心牢，钥匙被扔进汪洋大海——毫无出路的绝望，蚀骨的悲凉，此刻任何一丝一毫往日的痕迹都会加重她心中噬人的痛苦和愤恨。

原来平和的生活被野蛮和暴力强行撕开了一个巨大的口子，对未来的希冀和期许被重锤击碎，荡然无存。曾经的自己多么可笑啊，以为只要认真努力，勤勉踏实，付出与回报必然成正比。可翻手为云，覆手为雨，在上帝的手掌中，自己不过是一颗被他玩腻了可随时抛弃的棋子而已。这具可悲又可怜的身躯，它要食物要温暖要百般呵护要万分体恤，可是到头来，它却根本由不得自己控制，小小的一颗细菌就可以击溃它所有的防线，令它从里到外全面腐烂。更遑论，一个男人。

男人，这种自她出生就与之形成天然界限的生物，她拼了命想证明与其不存在强弱之别的异族，没想到竟然用这种方式，让她的身与心俱倍受重创，也让她悲凉地发现，所谓的男女平等，其实根本就不存在。男性的生理构造，使之天生即具有侵略性和进攻性，他们对于猎物的渴望与占有，是流淌于血液中千百年来沉淀的基因。而她多么愚蠢，居然想凭一己之力，妄想在男性斯杀的猎场去拼出一条血路。现实无情地扇了她一个响亮的耳光，力道之大令她几乎站不起身，她保护不了自己，更不知如何面对他人。

为什么分明是应该令人同情与惋惜的受害者，却像是由于自己行为失检而造成的灾祸一样，如此抬不起头？

出口
（A）

"阿荣，这是你不在的第73天了。但大家好像都跟我一样，觉得你就在我们身边，一直都没有离开。
……希望你能守人家规矩，这样也许就能够早点回家。我知道那可能是很久很久以后的事了。但不管多久，你回来的时候，我一定还在等你……"

昏暗的牢房内，单薄的信纸像秋日的片片落叶，被阿荣捏在手里，抖抖索索地响。纸面上有几处字迹已经晕染开来，阿荣一把眼泪一把鼻涕地反复看了好多遍，尤其是最后的落款"阿玲笔"，来来回回地摩挲，却仍舍不得放下。

邻床狱友是位头发几近花白的大爷，此番又见阿荣读信这副凄凄惨惨的样子，忍不住打趣起他来："哎，真是不曾见过这么爱哭的杀人犯！"
阿荣也不管许多，径直把空白信纸往老头面前一送。
"又要叫我帮你写信啦？"老头歪着脑袋笑，"来，这次要写什么？"
阿荣既羞又恼："我要是会写，就不用拜托你啦。"
"那，照我的意思写喽？"

阿玲深吸了口气敲开房门的时候，阿生和阿嘉正在屋内说话。她把信递给阿生，说是阿荣寄来的，里面写的她却看不太懂。

阿生打开信，阿嘉也好奇地凑上来一块儿看。"阿玲吾爱如晤，狱中无岁月，忽焉已入秋。相思人憔悴，接信如逢春。欣知汝安好，身心皆宽慰。吾爱情意深，闻之欲滴泪……"如同国文课本上文绉绉的句子让两个人禁不住大笑起来，谁也没发现阿玲这日的脸色异于平常。

白日里自从医院出来以后，阿玲就一直处于一种恍惚的状态当中。过闸道时，震耳欲聋的火车轰鸣声她都听不到，机械地迈着步子，直到行至面前，几欲被强烈的气流掀翻，她才惊恐地回过神来。纷杂痛苦的念头盘踞于阿玲的脑海，任何一种选择都意味着尖锐的伤害和舍弃，她不忍心，却实在找不出更好的办法，来到这里，或许是最后的出路了吧。

"我不知道，你们两人有谁，愿意跟我结婚？"阿玲低着头，双手交叠着垂在身前。

听闻此言，阿生和阿嘉无不大惊失色，他们目瞪口呆地望着阿玲，一时间都怀疑是不是自己听错了。

"我……怀孕了。"终于，她咬着牙说出来了，然后在兄弟二人惊愕的眼神中，她鼓起勇气把自己思虑良久的想法和盘托出。"医生有劝我把孩子拿掉，可是如果我把他生下来，那他就是我自己的小孩了呀，而且……小孩跟我无冤无仇，我一定把他带得好好的。这样说不定，我反而会……会忘记这一切，不是吗？"

这些话阿玲明明是笑着说的，可泪水早已夺眶而出，爬满了她整个脸颊。"但是，小孩若生下来没有爸爸，长大后……别人会说闲话。所以我才来找你们商量，谁肯跟我结婚，等小孩生下来后用他的姓办户口，之后他随时都可以走，小孩我会自己带。"

看着阿生和阿嘉依然手足无措的样子，阿玲悲伤地垂下了眼帘："你们如果不肯，我也不会怪你们，因为这要求……我也知道很无理……"

手中紧紧地攥着阿荣的信，阿生心里似被几股力量同时撕扯，力道大到几乎令他窒息。眼前的女子，他爱慕多时，这一个允诺，他却怎么也开不了口。

阿玲流着泪告辞，没想到身后传来他的声音："阿玲，我愿意和你一起照顾小孩。"
是阿嘉。他激动地看着阿玲说："如果你不嫌弃，我愿意和你一起过日子，把小孩养大。"
阿玲捂着嘴哭泣："我也很感谢你不嫌弃我呀。"

一旁的阿生，无言地流下热泪。掌心的汗濡湿信纸，似一块泫然泣下的伤疤，愈合无望。

后来阿玲就跟着阿嘉离开了。他们走的那天，阿秀几乎寸步不离地守着阿玲，看她把衣服一件件收起，叠好放进箱子，小小的房间似乎也感知到了主人即将离开，四壁弥漫潮湿的味道。阿玲一边整理，一边也是泪止不住地往下掉，对这个地方她是爱恨交加，可一旦想到要与阿姨分别，她的心就刺痛无比。

及至送出门，阿秀把阿玲的手紧紧地握在掌心，似是要把所有来不及和说不出的话全部借由这一握传给阿玲。阿玲忽然觉得，阿姨不知什么时候，背驼了，步子也有些迟滞了。阿姨，她老了。

阿玲竭力忍住哭说："阿姨，我和阿嘉，要走了。你以后一定要照顾好自己。还有，老山东伯伯，以后阿姨就要麻烦你多照看着了……"

阿秀放开阿玲的手，一步一步走向站在不远处的阿嘉，然后，郑重地跪了下去。
"阿姨！"慌得阿嘉一下子六神无主，急急地想去搀她。
"阿嘉，阿姨代阿玲天上的阿妈，谢谢你了……"重重的一个磕头，浓凝了阿秀对阿玲一辈子说不尽的爱和歉意。时光无常，破碎散场。

掏空了心的伤悲，眼泪纷扬，无法自主的命运啊，如同这颠沛的岁月中，没有方向的河流。下一秒，它又将流往何处？

"阿荣：展信愉快，我是阿玲。好像有一阵子，没有给你写信了，请你原谅。阿嘉离开了铁工厂，也许是因为手的关系吧，说是要另外找发展……阿嘉一走，工厂只剩下阿生一个人。可能是感到孤单了吧？有一天，他也选择离开这里。其实，最孤单的人，应该是我吧？因为总觉得，你离我很近，却又那么遥远。
前一阵子，你写给我的信，很多我都不懂，想了很久，觉得……好像应该再去念书才对，这样的话才能跟上你的水准。所以，我也离开阿姨的面摊了。阿姨很舍不得，哭了很久……我现在白天在一家工厂上班，晚上在夜校上学。虽然，我的生活改变了，但是请你相信，我对你的思念，永远不变。阿玲笔。"

从床底下拖出厚厚的一沓信，每一封阿荣都仔细地给标上了号，注明日期。算一算，已经有230封了。而明天，是他到这里的9年3个月又10天。
坐在床上抱着双膝，阿荣出神地喃喃自语：最近常常梦到阿玲，她已经变了样，夜校读完了，现在又在报社。可我，我什么都没有，什么都不会……

老头狱友闻言即笑："你这样想，是自己在钻牛角尖啦。"转过头去望着狭窄的铁窗，他眯起眼睛说："我都觉得自己很好运耶，活到这把年纪，不像很多人每天都吃饱等死，而我却像是刚出生。明天一到，我就像小孩刚学会走路，每一步都是新的开始。爱情也是一样，要是再遇到一个喜欢的女人，嘿，真好，又是一段美妙的初恋！"

阿荣凝神看着这个朝夕相处却始终捉摸不透的老头，眼中泪光闪烁。
明天就要出狱了，阿荣也多么想要，一个全新的开始。

一切似乎都没有改变。饼铺还是那个饼铺，面摊也还是那个面摊，旧日的味道阵阵袭来，直让人心绪难平。只是物是人非，熟悉的伙伴不见踪影，怀想那银铃般的笑声，汗水泛滥的车间，卧床夜话的亲密，愈是烂熟于心的东西，愈是平添故人何在的伤感。阿秀的头发俨然花白，从前披在肩头的卷发，如今被一块素色头巾包裹。老山东更是连胡茬都冒出了星星点点的白须。十年光阴一日非，怎是一句唏嘘了得。

晚饭时，阿秀烧了一大桌菜，都是阿荣爱吃的，免不了又是一番回忆和感慨。抹净眼泪，阿荣问道："阿玲她，现在好吗？"
往事的底片渐渐加深，光影变换中，阿荣才知道，原来当年阿玲跟了阿嘉去了他老家，生下一个儿子，后来两人摆起了小吃摊，日子过得虽不富裕，倒也安乐。

有一次阿玲和阿嘉一起回来探亲，结果阿秀只见到抱着孩子的阿玲，问她阿嘉去哪里了，她说去会朋友了。下半日阿嘉才姗姗来迟，走路的样子一扭一扭，好像哪里不舒服似的。阿秀顿生疑窦，问他这半日里到底去干什么。阿嘉也没有隐瞒，说刚去了趟医院。医院？阿玲也觉着好生奇怪。好端端地去医院做什么？
"我去做了结扎。"阿嘉说。看到阿秀和阿玲的脸色骤变，他忙又解释道，"我是觉得啊，我跟阿玲现在已经有一个小孩了，日子过得很快乐，可是如果有一天，我们有了自己的孩子呢？我不能保证以后会不会对两个孩子一样的好。既然我自己都没有信心，那么干脆就不要让它发生了啊！"

阿嘉这个孩子啊，时至今日阿秀说起他，依然会泪眼汪汪。他用他的宽厚和善良，给阿玲撑起了一个完整的家。

吃完饭，老山东醉得趴在桌子上睡着了。阿秀拍拍阿荣的肩，让他跟她去，说有话同他讲。

10年前的那个房间，砖瓦未动，桌椅未移，记忆刹那苏醒，曾经血迹飞溅的场面刺痛了阿荣的眼睛。为什么，这里没有丝毫改变？

从抽屉里拿出一沓钱，阿秀拉起阿荣的手，塞给他。这是9年来她帮他存的钱。阿荣摆着手怎么也不肯收，阿秀以不容拒绝的声音说："你若不收下，我这一辈子都不会安心呐。"

仿佛看出了阿荣的震动和疑惑，阿秀叹了一口气，走到床边坐下。"这间房间，我都没有改修，还是保持跟以前一样。一开始，我也会害怕，但这9年来，我每一晚都睡在这里，你知道为什么吗？因为这样，我才会觉得自己跟你一起在坐牢……"

尘封的故去被慢慢拭去表面的蒙灰，映照出阿秀积郁多年心酸的泪水。

"那一晚，其实我已经准备好，要跟阿国同归于尽……难道你就没有想过，你动手的时候，他怎么会睡得那么熟？可没想到，我一开门就看见……满身鲜血的你……"

抓着阿荣的胳膊，阿秀声泪俱下。

"这件事，我埋在心头9年了，今日当你的面把这些话说出来，今天我……我也出狱了！"

（B）

警方找不到那个男人。案件发生地是公园的一个较隐蔽角落，没有目击证人，也没有摄像头。而她，由于事发突然和迷药袭击，也提供不出任何有价值的线索。这也就意味着，当她夜夜被梦魇折磨，那个人却逍遥法外安稳度日。一想到这儿，她便似在沸腾的油锅里煎熬，心口的位置被一把大铁锤重重地压迫着，从里到外地痛。

看出去，空气中都是危险的因子，她像一只受了惊吓的兔子，不受控制地把他人的温情与善良，当作披着羊皮的狼心叵测地接近。水汽氤氲的浴室，她现在一待就是个小时。水，这种透明无色的流体，能洗净万物，却无法冲刷干净她心上的泥垢，甚至，泡在水里的时间越长，她反而觉得身上的污浊越深。

低吼，痛哭，疯狂地拍打，水花高高跃起，砸在地砖上就成了遁形的尸体。痛苦使她的脸扭曲得变了形，她不明白，自己到底做错了什么，老天要这样对待她？！

这天她说想出去走走，并且坚持一个人。放心不下的双亲偷偷地交换了一下眼神，却被她临出门时一语戳穿，"我只是出去散个步，你们谁也不要跟来。"

散步？那是闲适的人才有心情干的事，而今的她，茫茫然失神地拖着步子，即使温度尚存，怕也只能叫行尸走肉了吧。可她逼着自己出来看看，因为她想知道，究竟是自己病了，还是这个世界疯了。重新回到这个闹哄哄的世间，人流、车辆、街边小贩、贵妇抱着的宠物狗、饭店门口飘出来的菜香，曾经充满生机，如今不过是一些分割、断裂的符号。画面倾斜、崩塌，从中找不出一丝完整拼凑的意义。时间与空间的链条于此碎成一节一节，她像走进一个重置错乱的世界，看到的、闻到的、听到的全都没有丝毫连贯性。没有。

可以强迫自己走出家门，却无论如何不能忽略一个或许毫无深意的触碰。拥挤的十字路口，交通灯由红转绿，瞬间，汹涌的人潮从后面翻滚而上。一个穿灰色毛呢大衣的男人与朋友说笑着，没在意撞上她的肩头，小小的碰撞对他来说当然没什么，可他如果稍稍回一下头，就能看见一张惊恐至极的脸，在暗沉的暮色中逐渐失去血色。僵硬着身子动弹不得，她感到自己的血液在一点点变冷，成千上万的嗡嗡叫的虫豸，铺天盖地向她围扑而来。身体的接触，就算极致微小，在她心里也足以掀起一场滔天巨浪，她感到前所未有的畏惧和烈日灼心般的憎恶。虚假的平静刹那灰飞烟灭，生命不可承受之轻，有时仅来自于一次0.01秒的撞击。

信号灯变了，庞大的车队呼啸着，从她身边疾驰而过。突然有一辆车像失控一般直奔她而去。他不管不顾地冲上前抱住她，将她从空茫的边缘地带，拽了回来。意识清醒之后，她看清眼前的人，忍不住掩面而泣。他抱紧她，像怀抱一个三生石上早已刻下的承诺。

自从那件事后，她不接电话不愿见他，他唯一能给的温柔，只有不打扰。所有的牵挂、担忧和心痛只能化成默默的守候与陪伴。他可以等，等风平浪静后她蓦然回首，等千帆过尽时她只取一瓢，等云起花落处她亭亭而立，只是不要，让这份等待都变成一片无望的海市蜃楼。

时至今日，或许有一些事变了；但她未曾变化，在他心中，皎皎的她依然如清雨后西湖的翠荷一般纯洁美好，他爱她，爱到无比心痛，所以他好几次恨不得拿把斧子劈了自己，为一时的疏忽大意，为喷涌而出的疼惜与苦楚。如果可以，他想用一生去呵护她，不求某年某月，只求此生，长长短短，尽全力抚平她内心的伤痕。
他不奢求她能接受，只希望她此后安好。

回到家里，她从书桌的抽屉里取出以前写下的东西。坐在地上，她一个字一个字地读，一页一页地翻，好像沙滩上光着脚走路的孩童，那么茫然四顾想要找到传说中眼泪化成的珍珠。都过去了啊，平淡日子里的情爱忧愁，彼时的自己该是有多幸福，能够写出那许多清澈丰沛的文字。这一段并肩同行的旅程，她已失去了终点，苍茫而立，两袖孤寒，惶惶然不知下一个潮汐将会把自己，带去哪里。

炽热的火苗从纸的一角开始燃起，然后张开血盆大口快速吞噬。火与水最大的不同，在于后者是以自身力量去还物体一个本来面目，而前者无惧无畏，用灼烈把一切是非曲直情仇恩怨化为寂寂然一堆灰烬。绝望之花，从彻底的毁灭中，开出遗世的凄凉。

不知道烧了多少时候，也不知道燃尽了多少纸张，火越来越旺，烟越燃越多，她呛得咳出了眼泪。焦急不安的父母拼命地捶着房门，大声呼叫她的名字，情急之下，父亲发狠力踹开门，烟尘刹那间迷蒙了眼睛。纷扬的灰屑中，她独坐在地上，头上身上落满了往事的尸骨。如果注定曲终人散，那当初给予镜花水月的恩爱欢乐，又是为何？

抑郁成疾，不可他救。

她感受不到，哪怕一点点的快乐与哀伤，心被冰封了，像喜马拉雅山顶终年不化的积雪。世界不是灰色的，而是没有颜色，一切运动的器物都在她的感官认知以外。她吃饭、喝水、走路、睡觉，身体却不像是自己的，不过机械地制造一些空气的涟漪罢了。父母说的话仿佛从很远的地方飘来，盘绕在耳际，却怎么也进入不了意识。麻木和压抑成了她生活的主旋律，日夜在她体内奏响轰鸣的哀乐。

水，那么多的水，漫天漫地的水，疲惫的她好似回到了母亲的子宫，被温暖环抱，从此不必再忧虑永无宁日的纷争与伤害，远离颠倒梦想，解脱在望。不是她选择了这条路，而是这条路呼唤着她不知不觉地走近，就像是心里有一个声音不停地说："来我这儿，来我这儿……"缓缓地闭上眼睛，流出的泪与水融为一体。结束吧，就让一切，都结束吧。

遮天蔽日的白色，是生与死的基调。当她在病床上艰难地醒来，再见双亲，仿若隔世。恍惚中听见医生说："服下这么多安眠药……多亏发现及时，实属万幸。"一向稳重严肃的父亲抓住医生的胳膊，语无伦次；悲喜交加的母亲紧紧地搂着她的手，泪如雨下。而他，呆立一旁，脸上的表情忽晴忽雨，似乎这巨大的喜悦，把他整个人都整懵了。

她活过来了。她用初生婴儿般的眼睛，流连于眼前这几个贴心贴肉的人。什么时候，父亲的背，竟变得如此佝偻，母亲的头发，怎么全都白了？还有从来不见阴霾的他啊，如何憔悴成这样？

当灾难降临，满心怨怼的她自溺于埋怨老天不公，却忘记了身边这些至亲的人哪，他们每日每夜承受的哀凄与悲伤，一点儿也不比她少。她错误执守的自私，差点让活着的人，饱尝失去的痛苦。

倘若非要死过一次，才能看清世间冷暖，那么，她已经走过这一遭。这个世界，如果有一千个事实让她感到绝望，那么，只要还有一种可能，只要依然有爱她和她爱的人，她就必须要活下去。

抑郁成疾，唯有自救。

力量在平静的时光中一点一点恢复，虽然她的话还是不多，比起以前的活泼洒脱，现在则像是一个历经沧桑淡然处之的女子。死里逃生，她身上的躁郁气减灭大半，这条命算是老天怜惜捡回来的，那就不要辜负也老人家的厚意，好好地生活吧。可是在看到他的时候，心难免会泛起异样的涟漪，她当然知道他对她的好，只是这份包含了同情的爱情（她认定），她仍然不能坦然面对。

他说他可以等。黯然的她也多么希望，这只是时间的问题。

一天，他下了班来看她，手里拿着一个信封，说是送给她的新年礼物。拆开，里面躺着两张门票。是吴念真！她忍不住惊喜出声。元月一日，吴念真将带着他的话剧来到杭城，对于早已熟稔他文字的她来说，这无疑是一份最为体己的礼物了。

如果走上一生只为找到一个人，那么，此刻眼前微微笑着的她，就是他心目中唯一的那个人。

团圆
（A）

2000年的台北，距离阿荣、阿生和阿嘉初到这个大城市已经整整过去了34年。阿荣没想到再次回到这个地方，竟然会是在这样一种情境下。城市里到处都在兴建立拆，这片曾烟火气息撩人的角落，今日也未能幸免。随处堆放着的残砖碎瓦，让阿荣的心也是乱糟糟理不出个头绪。划亮一支烟，他略显消沉地坐在路沿。

再见阿生，亦在预料之外，转念，却又在情理之中。毕竟都是大家爱过、奋斗
过、伤心过、失落过的地方，回来再看它最后一眼，自是再正常不过。白衬衫
外套着一件灰色格纹毛线背心，阿生俨然一名职业记者的装扮。这样子，倒是
和阿荣想象中的他相差不远。

闲话完各自近况，阿荣望着地面长叹一口气说："我们的身体啊，明明就在过
着今天的日子，但是这脑袋，永远都活在过去。"

"我也是……"阿生说，这些年，很少上来台北，就算来，也不会走到这里。
回想咱少年时代的那些事，宛如一场梦呀！

"我出狱那天才知道，原来阿玲早就嫁给了阿嘉，也当了妈妈，我一下就想
到，会用她的名字写信给我的，一定是你！"
想起过去阿荣还是很生气："既然是朋友，为何要这样相瞒相骗？"很快他又
轻轻地摇着头说："不过静下心来仔细想一想，若不是你，这样不间断地写信
骗我9年，我要用什么希望活下来？！"按着阿生的肩头，阿荣的声音已有明
显的颤抖："当时我的眼泪马上掉下来，你这是什么样的朋友啊……"

反倒是阿生轻拍他的手安慰道："这些都过去了，兄弟，当时的我，只是借用
阿玲之名，将自己的心情说给你听，然后把你的回信，当作一种排遣，也好让
我的生活，不至于那么难熬……"

"有件事，我常在想，如果哪天见到你，一定要当面问问你。"
"什么？"
"你……有爱过阿玲吗？"

沉默许久，阿生答非所问："大概半年前，我跑新闻，经过一处黄昏市场，看
见了阿玲……"

那时阿玲和阿嘉已经把小吃摊开出了分店，她管一家，阿嘉管另一家。尚未走近铺子，阿生一眼就认出了故人。放下报纸，阿生的心里似打翻了五味瓶。千头万绪，时隔经年他反而不知道该如何面对昔日的亲近所爱。直到面端上来，阿生本能地叫出口："老板娘，我没有叫小菜……"

不想阿玲连头都没回说："都老朋友了，让我请一下，不行吗？"

"阿玲……"

我才想说："你要忍到什么时候，才会叫我的名字？"

"不好意思。"阿生喃喃地说。

"不好意思？阿生，你怎么这辈子都这么客气，这么没胆呢？"折返身在一旁的凳子上坐下，阿玲有些沮丧，"你是对每个人都这样，还是……只有对我？"

多少年了，阿生刻意不去碰触那一段记忆，却在这一天，在阿玲的质问下，回忆漫天漫地袭来。"记得那一晚，你来问我跟阿嘉，谁肯娶你，我竟不敢开口……在那之后，我好像一瞬间，就老去了，也怕再面对你……"

闻言阿玲慢慢地抬起头："你知道吗，那时我的心里面，最期待的人，是你。走出你们房间的那一刻，我这一辈子，所有对青春的期待和想象，都没了……就这样，都结束了！"

阿生难过地点着头："对我来说，那一晚，也是我这辈子最痛苦的时候……"

"经过了很多年，我才了解，"似从迷蒙中走出来的阿玲，转过头看着阿生说，"这世间上，竟然有像你这样傻的人哪！"顿了顿，她又道，"有一年，我回去找阿姨，她跟我说有人用我的名字，给狱中的阿荣写信，并且一写就是9年。我马上猜到，那人是你。正因如此，所以那一晚你才不敢开口吧？可我唯一猜不透的是，"阿玲双眉紧绞，"你们男人间的友情，究竟是怎样？为何连最爱的人，都可以这样相让？！"

心痛得无言以对，泪水颗颗跌落，阿生用沉默代替回答。

抬起手背擦掉眼泪，一抹浅浅的微笑浮现在阿玲被岁月刻上痕迹的脸庞。"还记得从前你给我写信吗？我看了很快乐。那是我人生第一次也是最后一次去跟一个男孩子表达我的心意，之后就再也不曾有过那种既惊慌又欢喜，心里又酸又甜的感受。"

早已与命运和平共处的阿玲，也想让阿生放下心中的那个结："阿生，这辈子，你没有亏欠谁，你最亏欠的，是你自己……"

尖锐的火车笛声依然如昨。对于阿荣抛出的问题，阿生作了回答，不料却淹没在一阵呼啸而至的汽笛长鸣中。是与不是，有或没有，阿荣不得而知。"你刚说什么了，我没有听清。"阿荣说。可等阿生再准备开口时，阿荣却举起手阻止了他："算了，你不要说了，还是不清楚的好。"

有辆车驶过来，在弄堂口悄然停下。从车上下来几个人，轮椅上还坐着一位老太太。"是老板娘！"阿荣和阿生不约而同地叫了出来，惊喜异常。

看着两个孩子跑过来扑进自己怀里，阿秀混沌的眼睛里瞬间放出喜悦的光芒。眉毛胡子白如雪，却依然不改憨厚的本性和浓郁的家乡口音，站在一侧的老山东呵呵地笑。故地遇故知，推着轮椅的阿玲也是满心的欢喜与感慨。

"我的情敌阿嘉呢？"从阿秀跟前站起身，阿荣笑着问阿玲。
"他要做生意，走不开。"阿玲眯起眼睛笑的样子，宛若当年扎着两只麻花辫身穿碎花裙的模样。
"你怎么都不会老呀，看起来，还是跟从前一样。"阿荣眯着眼睛，往事历历在目。
摆着手，阿玲说："你爱说笑，怎么不会老？小孩都这么大了呢。"往后拽过一个大男生，她说："这是我儿子啦。"
"两位叔叔好。"憨憨的一个男生，相貌却让阿荣和阿生惊诧不已。

男生说去整理东西，就先进了房间。他走后，老山东摸着脑袋说："有没有很像阿国呀，你看那鼻子，哈哈哈……"不出意外被阿秀从背后狠狠地拧了一把："你不讲话，没人会当你是哑巴啦！"

老山东推着阿秀也朝房间里边去，两人一面走还一面斗嘴，直教阿玲和阿荣、阿生看了发笑。

许是猜到了他俩方才的心思，阿玲说："我这个儿子，跟他长得很像吧？不过，跟他很不同。他很乖哦，我从不后悔把他生下来……虽然看着他，也会想起那件事……"

一丝悲怆浮上阿荣和阿生的脸庞。

"不过，更多的时候想起的是……这个地方。"阿玲抬起泪盈盈的双眼，动情地说，"还有你们，在我人生最孤单寂寞的时候，竟然有这么多人，真心地在爱我。跟别的女人比起来，这辈子，我实在够满足，够幸福的了……"

人世浮沉，是要有多大的幸运，有你们在身旁，在心间，任凭世事苍茫，你们却从未走远。相视而笑中，多少风云已过，前尘往事，均化作此生浩渺烟波。

呼啦啦摇着轮椅，兴奋的阿秀手里拎着个东西，招呼孩子们："你们看，我找到什么了！"

是那只收音机，曾被阿荣当作情绪烘托利器放在替之写情书的阿生手边的，那只收音机。

老山东给它装上电池，竟然还会响，这可把大家都高兴坏了。转动旋钮，嘶嘶声之后，是那个熟悉的调子，那首难忘的曲子……

"浓夜寒冷露水滴，寂静月暗暝……"

"阿姨，你听，是你从前最喜欢听的那首歌耶。"阿玲开心地说，"《台北上午零时》。"

"夜夜酒杯那捧起，面笑心哀悲；希望了解阮心意，惜花连花枝……"阿秀早按捺不住，摇头晃脑地跟着唱了起来。而宁和与感动，如涓涓清波，流淌在每一个人心中。

乐声轻轻荡漾，在时光的胶片上泛出温暖的底色。
最好的时光，不是拥有多少眩目与荣耀，而是你们都在，就够了。
如此，足矣。

（B）

她的眼泪夺眶而出。他搂过她，心疼得不知如何安慰。偌大的一个剧院，她就
像一片漂泊无依的浮叶，在他怀里，找到了可以停靠的港湾。
话剧的前半部分，强奸、杀人，一幕幕，一桩桩，看得她忍不住浑身颤抖。结
尾处阿玲坦然面对，豁达的话语直中心扉，又令她泪如雨下。

人生几多艰难，或许一个转身就是再也不见，想说的话，想做的事，可能统统
来不及，再也来不及。有多少遗憾，就有多少心酸与孤寂。委屈、悔恨、痛
苦、惊惧，每一种感受都陪伴着我们成长，如影随形，是敌是友，转化可能就
在一念之间。所有遭遇的不幸，过不去的坎坡，放不下的旧人，都会在时光的
轻抚下静静地沉淀，变成水底肥沃的泥料，滋养我们凡淡的生活。当有那么一
天，我们再回头，看见那些曾经的伤痕，可能还会微笑呢。

舞台上阿玲拽出身后的儿子，底下的观众情不自禁地发出会心的笑声，因为饰
演儿子的演员，分明就是阿国啊。只是那么多年以后，横亘在阿玲心头的那座
天堑渐渐消隐，不知何时，观众的心也与阿玲一样，慢慢平静，学着去接受，
即使再艰难，也坚持往前走，并且，最终原谅了阿国，原谅了尘世颠宕中的艰
辛与无奈。

得益于希望，人生的百转千回，才不至于跨不过去吧。

其实她多么幸运，不管发生什么，身边一直有至爱的双亲相伴，还有他，自始

至终不离不弃。虽然他给她发的消息，她从来不回，告诉自己是不想，可说到底是不敢。她不知道原来外表大刺刺的自己竟然如此怯懦，连给自己和他一个幸福的机会都不肯尝试。因为心中那道血红的伤疤，她困住自己，也给了他，走不出去的阴霾。

人生无常，今朝花红柳绿，谁又能料想到明日是否会狼烟乍起？幸福一时，悲苦一时，即使说命运掌握在自己手里，可谁又能抵抗得住时光的流转和变迁？如果走不出过去，那么，就算前面花香簇拥，也不过虚空一场，等到年华尽逝，活着的任务宣告完成，却无论如何也称不上完整。她不想等到那时，再来懊悔当初没有好好珍惜。

放下很难，却很值得。

拿出手机，她一笔一画输入他的名字，短信内容只有三个字：谢谢你。

谢谢那些，没有将我击垮，反而让我更坚强的，过去。

谁推开虚掩的房门，盗取梦中的仙境？谁微启双唇，轻许一个不可能到达的明天？

谁把爱情变成一出诡计？谁让生活演化为一道无解的难题？

既出戏，又无所谓出戏，本就是，戏如人生，人生如戏。

有
关
时
间
的
三
面
镜
子

来自童年的回响

相信他会同我产生心电感应，所以眼睛始终不曾离开他的身影。手舞足蹈谈笑
风生只是个幌子吧，此刻的他一定为了引起我的注意而畏怯不安，却假装维持
表面的激昂。我窃笑不已，想他这般别扭真是用心良苦，制造私属于两个人的
惊喜，忍受一个人的忐忑。冷不防被大人打了趣："哥哥很好看吧，瞧你这般
盯着不放。"我的脸上顿时升起一股燥热。那人又顾自说了下去："连你都觉
着，哥哥和姐姐这般郎才女貌，这桩婚事啊，它就差不了。"

什么什么？我简直不敢相信自己的耳朵，一种被出卖被辜负的委屈和难过载浮
载沉，就像腊月里头被人从怀里刷一下抽掉热水袋一样冰凉冰凉。10岁的我多
么希望瞬间长大，可以像姐姐那样袅娜娉婷，让他的目光从此只留驻于我一人
之上。萌动幼稚的情意，因为这该死的年龄差，拖着可笑的尾巴无疾而终。

当我开始对自己的身体发生兴趣，看到它的变化既兴奋又害羞，我便不可避免

地掉入了时间预设的陷阱：大人与小孩的距离，晃荡在跷跷板上下起伏的两端。电视里，男人就要吻上女人的唇，母亲端着一碗热汤从厨房出来。本能地想别开头去，可脑袋却被一双无形的手给按在原地，动弹不得，于是装作若无其事地继续看电视，心却捶如小鼓。母亲看了一眼电视，回过头，刚好看见我也在看她，轻咳一声问了句："还在看电视，你作业做好了没？"不知是不是错觉，我觉得母亲刹那间比我还尴尬。莫名有小小的得意，似乎母亲的问话恰好透露出她的心虚，她不愿意接受却不得不承认我已经长大这个事实：喏，你看，我已经对你们大人的世界了如指掌了，你们也应该敞开心胸接纳我为新成员之一。

童年的单纯与恬静被我无端嫌弃，却不知往后有无数暗流涌动的时光需要百炼成钢，而人生，却再也不可能重新拥有这段澄澈如水童言无忌的七彩年华。

那时候市面上流行一种叫小浣熊干脆面的零食，长得跟现在的方便面极其类似，但它的调料包不用放在沸水里和面一起拌着吃，它里面是粉末状的东西，把面饼捏碎后，再把调料粉撕开倒进去，紧紧捏住袋口上下左右摇晃几下，等粉末与碎面融合，松开袋口，一股浓浓的胡椒粉味儿瞬间钻入鼻腔。校园里大家争着买，小卖部好几次下课都卖断了货。

这玩意儿究竟有多好吃，搁现在我还真说不上来，五香牛肉味名字诱人，实际上还不是一些化学物质作怪，可"小浣熊"的确在我的童年记忆里留下了浓墨重彩的一笔，因为随袋附赠的小礼物，在很长一段时间内弄得大家都跟打了鸡血似的，哭着抢着要集完整。来看看它都有哪些奇门独技吧。
1.圆形塑料书签，记忆中有动物脸的，狮子老虎兔子，嘴巴开了一条缝，可以夹到书上。
2.抽拉式的卡片，首先看到的是黑白线条类似漫画的小卡片，上面有塑料封面，往上头拉就可以看到沿着原来黑白的线条呈现出的彩色漫画。
3.《水浒》一百单八将收藏卡，这在当年激发了多少童男童女的处女座倾向，整日里一副不集齐誓不罢休的青面獠牙嘴脸。

……

父亲成箱成箱地把小浣熊扛回家，他晚上加班累了吃一包，而我第二天早上起来就可以在桌上看到一枚簇新的卡片。如果有重样的，就拿去学校跟同学换，一旦新一款入手，那整个一天就跟过节似的兴奋异常。瞧，快乐一直都很简单，是如今的我们把它弄复杂了。

清晰地记得第一次看到《还珠格格》的第一个镜头：小燕子伏在树干上，嘴里叽叽呱呱地说个不停。想这姑娘好生有趣，在宫廷里穿着漂亮的衣服，却蛮横得像一头小母牛。那双眼睛尤其印象深刻，那么大，扑闪扑闪的，透着一股说不出来的机灵劲儿。底下一圈人围着那棵树，瞪大眼睛瞅她表演杂技似的钉在上面口沫横飞。能在"如人饮水"后面接上"冷了蜘蛛"的也不是一般人，不讲道理讲义气的小燕子不仅打破了宫里的重重规矩，更冲破了我们对于古人对于偶像剧的刻板认识：原来长得俊俏的大姑娘也是可以大字不识一个闯天下的。

真是爱死这部电视剧了。用神魂颠倒来形容也不过分。

白天在学校里一得空就和同学讨论剧情和演员，常常为了小燕子和紫薇谁更漂亮而争得面红耳赤；去音像店把小虎队的磁带能看见的都搜罗来了，还顺带把《爱》这首歌的手语给学会了；凡是报纸上能看到的剧照和明星照片统统剪下来贴在小本子上，甚至还把某张电视报上关于这部剧的介绍一期不落地全裁下来，装订出了几本情节连贯的小故事书；拿家里的傻瓜相机对着电视拍下无数张照片（因为离得太近导致曝光效果惨不忍睹）……

最神奇的是，我给赵薇写了一封信。
默默地喜欢已经不能够表达我炽热的感情了，我必须要让他们知道。我要把虚无的热情寄托到具象的形体上。冲动像一团火，燃烧了我整个胸腔。我找出一张赵薇最好看的照片，思前想后，写什么都仿佛不妥，最后只在背面写了几个字：赵薇姐姐，我很喜欢你。我希望有一天能见到你。

那种想要把人吞噬的激情，落于笔端，也不过是浅浅的三个字——见到你。

至于地址，我当然是不知道的。所以买了信封贴好邮票，面对一大片空白，我很认真地想了想，一笔一画地写上：北京《还珠格格》摄制组赵薇收。把信投进邮筒的一刹那，我被一股巨大的满足和沮丧同时包围，还有一点点若有所失的怅惘。

毫无疑问，它被退了回来。大概一个星期以后，班主任在下课时把我叫去她办公室，说有我的一封信。天知道我当时那种欣喜若狂的心情，心都快从嗓子眼跳出来了。从教室到办公室的几十米路，我像是踩着棉花过去的。她从桌上拿起信给我。当我看清上面所写的内容，脑子里"嗡"的一声，人就傻愣愣地站在原地，动弹不得。除了不解，还有羞赧，就好像大庭广众之下被人扒了衣服一样难堪。人民教师为人民的先锋实验性就体现在这种关键时刻。没有奚笑或者责问，她把信拿给我就像是如常给了一本批好的作业本，她说："我也很喜欢。"完了还狡黠地眨了眨眼。至今我也不知道到底她也喜欢的是什么，是这部剧还是赵薇饰演的小燕子，不过这都不重要了，因为她的理解让我放下了心中一块大石头，明白喜欢一个遥不可及的明星其实也不是一件多么丢人或者无知的事。

近20年以后，我真的来到了电视剧的拍摄现场，看那么多的人像蚂蚁一般忙忙碌碌，只为了在小小的监视器里呈现出一场又一场虚幻的悲欢离合。我现在不那么迷恋赵薇了，我新近喜欢上的是张鲁一，那个在《红色》中拎着一篮子菜穿越在腥风血雨中的会计。他长得可真阴郁，《红色》中头号正派男主角，我却始终觉得他是隐藏的一颗炸弹，随时可能反叛。所以《麻雀》中的毕忠良实在太适合他了，除了他我简直想象不出第二个人来诠释这个老谋深算冷血阴沉有着鹰一样眼睛的男子。在剪辑机房看到他与周冬雨的对戏，那根本不是势均力敌一个数量级上的，反倒像是叔叔在欺负小萝莉："乖，把你知道的都说出来，叔叔给你买糖吃。"也难怪，周冬雨会紧张得嘴唇发白，害怕得都要哭了。

离张鲁一最近的时候，我与他之间只有0.01公分。天，他的背可真挺，像一块簇新的门板。我又一次听到了，当年那响彻胸腔、震耳欲聋的澎湃声。

青春是啮齿动物

一旦稍有松懈，心中那只小野兽还是会咬破钢筋铁条，张开血盆大口把我从里到外全部吞没。不管遇见任何人，我想我都没有办法保证，能够心平气和如沐春风与他举案齐眉终此一生。就算是与自己做伴，也像有两个小人住在脑穴里，时不时跳出来，怒目圆睁，兵戈相向。

连自己都觉出，这不像是一场爱情，更像是，一次变相的谋杀，或者，有预谋的自杀。

三毛说："想到20岁是那么的遥远，我猜我是活不到穿丝袜的年纪就要死了，那么漫长的等待，是一个没有尽头的隧道。"在童年眺望青年，简直是一场酷刑，日升月落，日升月落，却怎么也抵达不了到达的那一天。于她而言，20岁之后的每一天，仿佛都是额外赚来的奖赏。

那么，我是怎么了，大把的青春在手，反而慌了，乱了，手足无措到非要死死抓住一根稻草才能得到片刻喘息，就像又一次成功逃脱警察围捕的亡命之徒？

殊不知，流亡天涯的人最渴望的，无非一场安静的睡眠。背负太多的东西，往往让人误会了生活的味道。

与得到的愉悦类似，放手的轻松也一样美好。

周末，小斯约几个好友小聚叙旧。阿铁来家接我。车子在高架上一路奔驰，风从窗外呼呼灌入，我却忽而看到了过往十几年的时光刷刷地在眼前飘浮跃动，仿佛一场质量欠佳的胶片电影，颗粒粗糙而质朴。那些色彩模糊的人像，惨白刺眼的灯管，解不完的数学题，背不光的政史地，做不尽的大小试卷，还有，教室外走廊上彷徨的我，焦虑不安地望着阿铁，一次次质疑人生的意义。

阿铁说："把眼光放远一些，隔上许多年回过头来再看，今天发生的这些，或许都不叫事了。甚至，说起它们，你还会笑呢。"

真的，现在看来，那时只不过是时光留下的一个刻薄的笑话。只是因为身处当下，逃不掉，挣不脱——屈服，似乎是唯一的选择。

遇到一段稍堵的路，速度渐缓。左手握方向盘，右手划拉着手机上的导航，油门刹车准确切换，阿铁嘴角微翘，习惯性地对我说："别急，我会把你带到的。"一起吃饭，她会把我中意的菜推到我的面前；天冷走在街头，她会紧紧搂住我的肩膀；心情不好，她会陪我聊天直到晨光微露……我突然很想抱抱她。
这么多年的理解和陪伴。谢谢你。

对于朋友的包容，越来越容易被感动得鼻子发酸。常想自己何德何能，却有人愿意相伴左右听我发牢骚，同我一起抚去情感碎屑。因为尝过失去的痛，今日一点一滴的温暖，都会倍觉珍惜。

同事在办公室里大吐苦水，好好的国庆假期，硬是被父母安排成一次相亲大会，而且，基本都是不怎么靠谱的。父母双亡的、菜场摆摊的、理发店洗头工、工厂保安……轮番上阵，炸出姹紫嫣红的喜庆。万分生气，千分无奈，可也只有百分百的服从。她对目前的单身状态其实是感觉不错的，一个人吃饭、逛街、读书、看电影，虽说少了两个人的甜蜜，但清静、自在，随心所欲。令她心疼的，是父母焦灼的眼神和日复一日的暗地叹气。她说她不忍心让父母在生养了她那么多年以后，还要为她牵肠挂肚。生命是一份礼物，作为受者，我们只能感恩，无法拒绝，只要让他们失望，就是辜负。

一生，我们只需要那么一个人，在合适的时间、地点遇见，然后轻轻地说一句："哦，原来你也在这里。"万水千山走遍，所有脚下的土地连成一个曲折的箭头。你所有为人称道的美丽，不及我第一次看见你。命运昭然若揭，只羡鸳鸯不羡仙。

以前总埋怨平淡是激情的杀手，最好生活天天似飞驰在阳明山上的赛车，油箱饱满，加减速浑然一体，时不时还有一个斗转星移的大漂移，七荤八素中享受眩晕的刺激与快感。直到开始懂得张爱玲口中的"岁月静好，现世安稳"，便也差不多告别了一个时代。是年纪增长带来的副作用吗？思前想后考虑再三，只想画一个圆，圈住相关的不相关的人，不再以刺作矛，去刺痛他人，却也渐失孤注一掷的勇气。所谓静水流深，不过是一场时间与耐力的角逐，狭路相逢，认定了就不要后悔。

微信朋友圈里秀恩爱是一种流行病，易传染，无药可医。症状：头晕、心慌、潮热、亢奋。点击"发送"以后病况达到顶峰：间歇性不可控刷新，对赞数和评论抽筋般上瘾。隐私可被大方晒出来供人品头论足指手画脚，也不能不说是一种社会的进步呢。大概是知道爱情这个顽皮小儿不知何时会开溜大吉，所以能晒一天就一天，既是给自己的虚妄自信，也是让舆论给感情作一个监督和见证。随手指一划转瞬即逝，去中心化的交际，你永远只能是自己生活的主角，却妄想成为别人感知的核心，累不累啊。

分手之后，很多人会选择老死不相往来，有缘无分，熟悉的声音切肤的温度从此成为心头的朱砂痣，任菌尘和琐屑把它湮没，你不问，我也再不要想起。只是偶尔听到别人口中你的消息，仍免不了一阵心悸。有两种人或许分开后还能做朋友，一种是在爱情里不曾互相亏欠也没有彼此埋怨，天各一方不过因为激情消退，既然双方前进后退的节奏恰好同步当然就可以作为普通朋友继续喝茶聊天八卦吐嘈，甚至以后还可以为对方寻找另一半把把关，喷喷口水。另一种情况很多人不愿意承认却如此真实地存在，就是自始至终都在平衡付出与得到，进一步忧心忡忡退一步惴惴不安，这种人不是在享受恋爱的愉悦，而是在以时间为注，赌一场未来的镜花水月白日梦，归根结底，只是因为不够爱而已。倘若两个人都是这般精打细算，那么下了赌桌自然还有别的话题可聊：今天天气好不好、股票的行情涨了没。散了买卖，还有交情。

除去以上两种，我认为其实还有第三种可能——爱得深入骨髓，失去你是我今生所不能承受之重，唯有把你放于一个精确的安全视阈之内，才能让这份感情得到永生。这样的人往往外表乐观开朗，内心敏感脆弱，宁愿看到你在别人怀里欢笑，也不愿看到我们的感情被时光磨得只剩下棱角。我拥有过你。我将永远拥有你。

年近而立，当看到身边一群群特立独行标志鲜明的年轻人蜂拥而过，内心会涌起一丝丝困惑：是不是，我的青春，已经步履踉跄，就像临睡前挂在椅背上的那一件灰色外套。有时走着走着，眼泪会莫名其妙地浮上来，对目前自己的境遇产生极端不满甚至厌恶，迫切地想换一种形式存活，像花园里玫瑰凋零的叶瓣，像姑娘耳际松散的一缕碎发，像栅门在风中吱吱哑哑，像清晨马路边环卫工人忽略的一片落叶，像黄昏对门飘过来的浓浓菜籽油味道，还有运行的地铁里忽然坏掉的一盏信号灯……让我成为荒诞，混乱，空茫——除了心口阵阵绞痛，我感觉不到其他生命的迹象。在这个应该做出选择让某些事有所不同的年纪，我却对即将发生的一切深感不安。我不知道自己是否有能力去承担变化可能带来的冲击，也不清楚随机遇而来的威胁是否会让梦想的温情被扼杀在现实的残酷里。以前流行的一句话，走自己的路，让别人去说吧，没想到到头来变成，走别人的路，让自己无话可说。

在白纸上心无旁骛地画一条直线，不比与人激辩三个小时来得简单。所以真心诚意地与自己和解，不比环游整个世界更为轻易。

个体是难以构成计量单位的，星空下的整个人类文明不过是落入钟表的一粒微尘。人生无法重来，谁也没有办法假设，如果当初我们选择走上另外一条路，今天的你我他会是怎样？我之所以以当下的面貌形式呈现，不正是因为昨日种种的点滴造就？发自内心地接受与爱自己，比什么都重要。不须等待别人解救，你就是你自己的神。

青春是任性的啮齿动物，咬了你，还不必负责。
请原谅，我的心中，始终有一只小野兽，炯炯有神，伺机而动。

不过一场优雅的转身

拔掉额前探出的第一根白发，有丝丝的疼，仿佛被小小地蜇了一下，不自觉地歪了下嘴角。我望着镜子里的自己，眼周一圈细细的纹路，笑起来更甚，这使每一次微笑事实上都成为不断老去的助推器，不可逆转，却无可奈何。变老大概是这个世界上最不受人欢迎的一段旅程了吧，地心引力的强大作用使一切看似坚挺的骄傲慢慢弯下腰来，对着时光锋利无比的刀刃俯首称臣，白光一闪而过，砍掉多少青春的尾巴。

母亲已经不再年轻了，原本光洁丰满的双手渐渐失去弹性，能看到日益松弛的皮肤懒洋洋地覆在手背上。挺拔的腰板也有些驼了，特别是今年初夏左肩动过一个手术之后，似乎有一部分精神就不知不觉地流失掉了，以往热爱户外运动的她，如今更愿意坐在电脑前，看看情节夸张漏洞百出的偶像剧，打打红五游戏。

是在一次吃饭的过程中，毫无预兆地，母亲说："等我老了，就住进养老院，和一帮老年朋友们搓搓麻将，吹吹牛，日子应该也会蛮适意的。你要有空，就来看看我，事情多，没空，也没关系。"

年老似乎是一条灰白线，不知从何时起，母亲开始背着我们默默计算与这条线的距离。在她的概念里，迈入老境即意味着放弃享受生活的权利，不能也不配再满足身心对于种种愉悦的要求，老年应该有老年的样儿，而老年的样儿就是穿着颜色暗淡的衣服，理最朴素的发型，陷在一张同样上了年纪的圈椅里，与一群目光迟滞的老人一起，唠一些翻来覆去的旧家常。简单统一到简直分不出谁是谁，每个人都似曾相识，却又面目模糊。而且她会把自己看作是子女的负担，为了不致有一天我们对她"由爱生恨"，她选择主动远离，去一个陌生的地方，静静地等待仿佛近在咫尺却遥遥无期的死亡。

轻拍她的手，我说："当你老了，你哪儿都不去，你和我在一起，这就是我能想到的最美好的事了。"

"当你老了，头发白了，睡意昏沉 / 炉火旁打盹，请取下这部诗歌 / 慢慢读，回想你过去眼神的柔和 / 回想它们昔日浓重的阴影；
多少人爱你青春欢畅的时辰 / 爱慕你的美丽，假意或真心 / 只有一个人爱你那朝圣者的灵魂 / 爱你衰老了的脸上痛苦的皱纹；
垂下头来，在红光闪耀的炉子旁 / 凄然地轻轻诉说那爱情的消逝 / 在头顶的山上它缓缓踱着步子，在一群星星中间隐藏着脸庞。"

1893年，年轻气盛的叶芝对着心爱的茅德·冈献上了这首绝妙动人的《当你老了》，如起誓般庄重而深情。她是他创作道路上的缪斯，却不是他人生路上的同行者。茅德·冈一生中最有名的，就是一辈子都在拒绝叶芝的求爱，从青春到暮年，两情相悦始终只存在于叶芝自我绘制的乌托邦世界，甚至在他去世之后，她还坚持拒绝参加诗人的葬礼。

可是当年意气风发的叶芝怎么会想得到这些？激情几乎就要使他燃烧，恨不得一夜与之白头，跳过未来几十年中的种种不确定和跌跌撞撞，在爱人老了，美貌尽逝的时候，仍然痴痴地爱慕她如仰望夜空中最亮的那颗星钻。20多岁的爱情炫目得惊心动魄，轻许的一句承诺，或许要倾尽毕生才能阐释其中澎湃激荡的意蕴。作为动词的老去并不使人惶恐，我们更在乎的，是会和谁，以怎么样的方式，走向苍茫空阔的年老之境。

与叶芝对于暮年爱情充满神往形成鲜明对比的是，辛波斯卡几乎是以一种怜悯的口吻为一对金婚夫妻写下了纪念日的贺词。熟稔到无以复加的左手和右手，沉默中领会彼此的眼神，就像是从对方身上复制而来，他们的个性、习惯已然混杂，无可辨别，当初因为巨大的神秘感导致的相互吸引也渐渐消退。几乎可以肯定，他们将携手一同搭上人生的末班车，或许在别人眼里，这样的相依相伴是成功的，是美满的，是令人艳羡的，但他们面无表情，只是在这个庄严的日子，看到一只鸽子飞到窗口歇脚。当然，我愿意相信，此时写作这首诗的辛波斯卡仍是那个倾心于"一见钟情"的她，只是当纯净如水的理想遭遇尴尬的现实，或许用诗意化解也是一种理想的自我慰藉之道吧。

见过极致的美，便无法心安理得地接纳美的消逝和丧失，所以大脑会自动过滤那些与我们认知经验不符的事物，自我保护机制下意识地开启。也因此，多么天真地希望，美人不老，英雄常在。女友I的钱包里夹着一张奥黛丽·赫本的黑白照，照片中，赫本倚靠一堵砖墙，眼神慵懒似一只夏日午后的猫咪，只是清清浅浅的一个笑容，却美得不可方物。不妖娆、不做作，是连女人看了也欢喜不迭的美貌。真像一个天使啊，干净而透明。对赫本的印象，之前一直停留在《罗马假日》里古灵精怪的安妮公主，《蒂凡尼早餐》中手持长烟洒脱自在的霍莉，如果不是偶尔的一次翻阅，几乎都要忘了，美人也会迟暮。也是一张黑白照，蹲坐在台阶上，寂寂的眼神淡然地望向镜头，右手搂着一个瘦弱的非洲孩子，皱纹在她的脸上留下了无数深深浅浅的印痕，年轻时那股不食人间烟火的仙气儿似乎都消失了，转而散发出来的是一种宽厚素朴的气质，这样的美，具有使人安定的力量。如此这般优雅地老去，多么容易令人感动。

有一个男性朋友曾在数次谈话中反复强调，他理想中的爱人，不需要倾城倾国的容貌，但必须拥有无与伦比的气质。无与伦比的气质，他认真地解释说，就如同一个若即若离的谜，即使她老了，满脸褶皱，白发冉冉，却仍然能勾起你顽童般的好奇心，让你忍不住想走近，企图一探究竟。这样的想法同年少气盛的叶芝对茅德·冈的无望守候如出一辙，正因为没有直面过衰老，所以才敢如这般肆无忌惮，随便一出口就让爱情横渡了几十个春秋。

而无论男人还是女人，如果不是上天特别的恩赐，赋予你自出生之后就令人钦羡的完美气质，那么伴随着数不胜数的挫折和失败磕磕绊绊地成长，就成了自我锤炼的必修课。要与多少人擦肩而过，与多少苦难狭路相逢，撞过多少南墙，咽下多少心酸苦楚，才有可能在回望来路时，不遗憾，不自卑，不伤感，不牵挂，只得一份"采菊东篱下，悠然见南山"的淡泊与自适。在残余的青春末梢眺望烟云朦胧的老年之境，仿佛在赤道遥望北极，因为距离遥远，总看不真切，所有的图景都会被想象罩上一层虚假的油纸，显出夸张的灰暗或者乐观。

在这个落雨的夏日黄昏，音响里放着约翰·施特劳斯的《蓝色多瑙河》舞曲，母亲打扫卫生时经过书房，皱着眉头说："什么音乐，这么难听。"母亲穿着一件稍显宽大的T恤，樱花粉，上面印着几只小鹿撒开了蹄子奔跑。这是我买给她去广场散步时穿的，她却说颜色太嫩图案太招摇，只肯当家居服穿。此刻，悠扬的乐声拉开一面空旷辽远的银灰色背景布，母亲弯着腰拖地的样子，让我忍不住热泪盈眶。

当我们老了，我们要选择在一个晴朗的月夜，一起走进记忆中的长弄堂，看月光在黑瓦白墙上跳跃，好像一只身手矫捷的兔子；当我们老了，我们要重拾童年的爱好，水墨抑或油彩，钢琴好古筝亦可，摄影和茶道都不在话下，每天都是安静而盛大的节日；当我们老了，我们要泡上一杯普洱或者龙井，翻开荒木经惟的私情相册，谈谈村上春树，穿穿麻布衣服；当我们老了，就让我们变成一个个文艺的小老头和小老太太，你说，好不好？

选择怎样的方式变老是一门值得钻研的技术活。无关乎年龄，只关乎姿态。有一天或许你会发现，慢慢地变老，不过是完成一场优雅的转身。

你知道的，世间所有的相遇，都是久别重逢。

友情，一旦认真起来，是会比爱情还刻骨铭心的。

一横一竖，一晃十年

关于过去，关于理想，关于爱情，关于未来，关于亲恩，关于幸福
零落的文字，送给你，我，我们的2005—2015

壹

笔落在纸上，郑重其事。黑色墨水自笔尖流出，连成的线条，起伏，蜿蜒。蝌蚪般游走的文字，如波纹一圈圈扩散，铺陈出一个叫作"未来"的东西。三十双手，刷刷刷，刷刷刷，妄想在庄家开出的棋局上翻天覆地。仔细看，每一双手都是有表情的：胜券在握，犹疑不决，嗤之以鼻，横眉冷对……而我的手，青筋根根突起，好像铆足了劲要跟人拼命。是的，这是一场搏命的比赛，于我。

一直都觉得，没有参加过高考的人生是不完整的。因为这样的体验太独特了，放眼人生数十载，还有什么可以跟千军万马挤过独木桥比一个盛况，可以跟提心吊胆等待金榜题名比一个焦灼？但摘掉统一面具后的脸庞，当新生的第一缕

阳光射进苍白的眸子，依然会情不自禁地眯起眼睛——驯化太久了，竟陌生了自由。

一个人流落世间，有很多事，是你以为记得，其实早已烟消云散，你以为忘了，却深埋脑海。10年前高考的那张课桌，顽执地霸占我的记忆一角，随着年月长出了根，然后是细细长长的藤，一点一点地绑架了我的回忆。

试场位于暨阳楼一楼最左边的教室，毗邻厕所，而那张延展我命运的课桌，安静地待在靠近后门的角落里。角落，呵，我喜欢。不要第一排，处于老师眼皮底下，会让我有一种被监视的局促；中间更不好，四面都是人，我会变成汪洋上的一叶孤舟，无处可依。所以当我找到那张标明名字的桌子时，内心的激动一时间竟超过了对第二天考试的恐惧。

不会做，怎么办？脑子里一片空白，笔头颤颤，毫无落脚的可能……佯装镇定安慰自己，不怕不怕，静下心来再看一眼题目，字却花了，一个个飘在空中，拼不出一句完整的话。志愿，志愿，填什么大学，报什么专业——辗转——我不是上过一个大学了吗，还可以再读吗，可以有再选择一次的机会吗……醒来，又是一头汗涔涔。睁开眼细想，高考的画面渐行渐远，可梦中的噬人感觉却是如此清晰：那是无数的后悔、遗憾、纠结、难过，绞成一团。如果可以重来，我想告诉18岁的自己，真没什么大不了的，不过人生征途中的一个小驿站。

把自己当赌注，一意孤行发誓不成功便成仁。非黑即白的价值观，在人生的前半段一直让我看似活得正气凛然，实则混乱不堪。习惯归类，判断的标准只有两种，就像忠诚一定是善良的，背叛一定是恶意的，投降一定是软弱的，坚持一定是会柳暗花明的。自以为是的真理，无可救药的幼稚。合上眼，需要好长一段时间才能再次入眠。这不是一场噩梦，这只是无药可医的战争后遗症。

整个6月，在我印象中是分崩离析的。前半程是冲锋陷阵，后半场是身陷图圄。已获保送资格的同学是集体被艳美的对象，虽然大家嘴上吃不到葡萄说葡萄酸，言之凿凿都是靠关系上位。考一场忘一场，绝不交流答案，班主任明确指示，我们严格遵守。由此屏蔽眼神的交汇。我自知定力不强，怕被对方眼中的灼灼自信打倒，也怕深不见底的忧伤将我淹没。整整两天的考试，我几乎没跟班里的同学说过一句话。压抑埋在心里，爆发终会有日。

结束，走出考场，却没我想的那般欣喜若狂。仿佛一层淡淡的雾，从远方姗姗飘来，在心头结了一层不大不小的霜。回到临时教室，人群早已沸腾，喧闹的人声让我觉得极不真实，好似刚走出一场哑剧，又跌进了另一出舞台剧。众生相，精彩迭出，手舞足蹈尽情撕书，大喊大叫凑局夜嗨。耳膜嗡嗡作响，心却异样的平静。我知道，要离开了。只是我没想到，这样的离开，是会让人痛的。

接下来是长达半个月百无聊赖的等待。心一下子被抽空了，又没有新的期盼，生活变得只剩下最基本的吃喝拉撒，然后就是各种坐立不安。最烦躁的时候，我就把自己放倒在客厅那把青绿色沙发上，听墙上的钟嘀嗒嘀嗒，心口扑通扑通地跳，脑袋坠坠的，却根本不想睡。一种无力感包裹全身，好像四肢也不是四肢了，只是几根软塌塌的面条，身体也不是身体了，不过是一块还会呼吸的豆腐。命运就是爱捉弄人，一边教育我们要牢牢地把它掌握在自己手里，一边却说，看吧，其实我根本不受你控制呢。

分数是22号上午通过语音电话查的。我报分数，父亲帮忙记录。随着数字一个个浮出水面，我也由开始的兴奋变为了惶恐，出来一个，即意味着不确定性又消失了一个，最后的结果，就彻底丧失了更改的可能，变成板上钉钉的事实。由虚入实，短短十几秒钟，却如此煎熬。父亲皱着眉说："心理素质这么差，脸都白了。"我看不见，但完全可以想象，因为我的手上，细细密密全是汗。

讲到这里，结局如何其实已经不重要了。因为经历过，就是全部。

即使如今可将这段往事付诸笑谈，轻描淡写说一句真没有必要，可当时那种惶惶然不可终日的感觉，却是一辈子都不会忘。毕竟，拼尽全力去争取的东西，一生也不会有多少；毕竟，18岁的那年6月，是一个哭哭笑笑的省略号。

贰

不停地追问人生的意义是什么，是不是本身就是一种无意义的行为？

比如尼采，追日的西方夸父，孤独地在虚无主义的汪洋中恣肆畅游，一切目的性被决然否定，人生的终极意义在这里变成了一个伪命题。"受苦的无意义，而不是受苦本身，才是覆盖于人类之上的诅咒。"这位疯狂的大师如是说道。

难道，意义天然的虚无属性，从本质上就排除与真实的物质世界相为伍的可能？会不会，过于追逐不切实际的生存价值，其实是另一种变相的虚荣？大学四年，我几乎就是在如许这般反反复复的追问中迷茫度过。

县城里的孩子初到像上海这样的大城市，难免有些局促，但又不想被别人识穿，好像没见过世面似的，于是努力压抑内心对于新鲜事物的狂热和向往，一边矜持克制，一边欣喜若狂。坦白说，到目前为止，再没有哪座城市能像上海那样，给予我如此连绵不绝的冲击，北京没有，伦敦没有，纽约也没有。上海，它囊括了我对于"城市"的一切想象。它状如一座巨型迷宫，却有着精致的布局，十里洋场随便翻开一页，丝丝入扣的里衫在风中飒飒作响，针脚熨帖细腻，无疑是上好的手工加绝密的心思，才得这般回转流长；它曾经是中国的，后来变成了世界的，再后来又成了中国的，而现在，它既是中国的，更是世界的。有时你会糊涂，它到底有几张脸，仿佛每一张都是它的，但仔细研读，却又迷离了几分，于是你会恍惚，到底是它容易变脸，还是你容易变心。

在学校的四年，我常想，我大概是不懂上海的。

212

邯郸路地道抢着在9月底的百年校庆前竣工，校门口烟尘滚滚，来往的行人们低着头，捂着口鼻匆匆穿越马路。一墙之隔，校园里的气氛是欢快的，跳跃的，我们多么幸运，一入校就能共享学校百年盛况。不需要深入了解，亦无须贴肤接触，只消想到这所巍巍学府，从今天起就和我有了千丝万缕的联系，日月光华的星芒，也将覆于我的睡梦之上，脚下的步子就异乎寻常地变得轻快起来，心里有不成形的焦灼的希冀，混混沌沌，热热闹闹。独立、自由、希望、梦想，每一个词都好听得让我恨不得将他们全部含在口里，悠悠地融化。曾经，这里是我梦寐以求的理想殿堂，是最黑暗的年岁里唯一一闪亮的孔明灯，曾经，这里是我认为的所谓奋斗的全部意义。

书桌临窗，一根梧桐树的枝条俏皮地探进瘦长的脑袋，像是要与我秘密对话。室友们出去自习了，寝室就我一个人。开学一个多月，我努力尝试与身边各种突如其来的巨大陌生和平相处。尽管逃离是过去一年中我最想完成的事，但当漫无边际的自由扑面而来，我一下子忘了当初是怎样对它魂牵梦萦。有太多高中没学过、老师没教过的东西了，我贪婪地睁大双眼，竖起双耳，可自卑感却似一株颜色亮丽的夹竹桃，在心底潜滋暗长，花开不败。自以为天之骄子，却瞬间沦为生活的矮子。起初忙着与天南海北的同学互留联系方式的热络劲儿缓缓退潮，现在我只想缩回自己的洞穴，做一个尽忠职守的旁观者。自由是一匹烈马，顽劣成性，桀骜不驯，而我，尚没有学会驾驭它的本事。

思绪尚在半空中，桌上的手机响了。原是室友自习未拿伞，希望我能充当夜礼服假面去解救这帮美少女。哑然失笑。女生间的情谊有时很微妙，一句话可能说到心坎上，你侬我侬，闺蜜情深；也有可能一言不合，从此恩断义绝，两两相忘于江湖。我的身边，从来是异性朋友多于同性密友，男孩子的洒脱不拘小节是我骄纵散漫的隔离带——心之所至，夸夸其谈，偶尔无伤大雅的调侃和玩笑，完全不必介意他们是否会因此而伤心失落，或记恨我。多年之后才发现其中自以为是的逻辑：正因为我过度的敏感和脆弱，才导致走在女生堆里步步为营，却仍不得要领。换句话说，融不进女生的圈子，不是我不屑，而是我不会。

晚间11点准时熄灯。脱口而出的"啊"，不同频率，不同分贝，从不同的宿舍冲出，碰撞。方才热烈的走廊像换了身行头，显得有些鬼魅。楼道里依然有人来来去去，脚步声、说话声、喊叫声、脸盆与脸盆的撞击声、开门关门的吱呀声，此起彼伏，层层叠叠。消失的光就像是一个可恶的小偷，偷去所有行动中的正义性与合理性，使穿梭于暗夜迷蒙中的人们，面目不清。

我们寝室6个人，如洁和亦睿去走廊上背单词了，厚厚的两本词汇书，彰显她们对自我的高要求和对未来的澎湃野心。婷婷在我的上铺煲电话粥，班花已有主，让多少男生碎了心。门被轻轻推开，微微拿着脸盆牙杯回来了，放低声音，她说："超超，我给你讲个鬼故事好不好？" "不要！"一声尖叫。拉开超超蒙上头的被子，恶作剧得逞的姑娘咯咯笑。"不要欺负小妹妹了。"我说，但事实上是我也害怕，且怕得要命。

说来也奇怪，大学生活的一景——卧谈会，在我们寝室却极少发生，偶然的几次，婷婷突发奇想开了个头，可鲜有人捧好接力棒，黑暗中的传送便不了了之。是我们对彼此的生活缺少必要的好奇心，还是最大限度地护守信息以保自身周全？如何在关心的当下不让人觉得被侵犯隐私，又如何委婉得体地表达自己的不满和拒绝，常令我困惑。人与人之间的交往是一项神秘而深邃的工程，终其一生，我或许都交不出令己满意的答卷。

四下静谧，月光从窗帘的缝隙中漏进来，含蓄地洒在床脚。我交叠双手枕在脑后，感觉自己是一只蛹，被如水的月色浸润其间，而后，梦中羽化成蝶。

叁

忐忑、兴奋、惶惑、欣喜，随着目的地与我之间的距离不断缩小，心跳愈来愈快。赴一场陌生人的聚会，密谋做一件不大不小的事体。这样的联结无疑是容易让人产生许多华而不实的想法的，比如，我将面对的，是一帮身怀绝技的合谋者；比如，即将发生的，将会在某种程度上改变我们的人生。

叶耀珍楼302教室，是这个故事的起点。在我之前，已经有6个人率先进入了故事的表层。都是揭榜而来的小伙伴。榜上是这样写的：想要给自己和同学们留下一个难忘的毕业礼吗？腾飞书院2005级毕业大戏，期待你的参与！

书院制是当年学校的一个新举措，把2005年入学的几千名新生按专业录取后，全部打散分入4个书院，一年学习期满后再分到各个专业院系。志德、腾飞、任重、克卿，四大书院，鼎立校园。所以大一学生见面，不问你是哪个专业，而问你是哪个书院的。这也算是当年的一个亮点吧。当我们应召前来，就是想为腾飞书院的毕业季，献上一份特殊的毕业礼。

"排一出话剧，这肯定是米拉的想法嘛。"说话的是一个戴着黑框眼镜，个头不高的男生，听口音，是北京兄弟。顺着他的话音，我看到了一个姑娘。她站在4月的光线中，亭亭玉立，辫子是精心梳过的，穿着也是，精致，却不复杂，一笑就露出两颗小虎牙，声音清脆悦耳，似乎还有跃动的节奏。这是我第一次见到米拉，却不由自主地被她吸引，甚至，如果我是一个男生，很有可能就对她一见钟情。

米拉独特的磁场不只是来自于她姣好的容貌，更是因为她举手投足间散发出来的气质——气质这个东西，真当是不可言说却又实实在在能感受到的。就是有这样一些人，他们不需要说话，就足以在人群中脱颖而出，震慑全场。较为锋利的人，似一把利刃，你能感受到耀眼的光从眼角一闪而过，这样的人可以用来景仰，却并不适合亲近。还有一些人，明明如一块宝玉莹透无瑕，却从来活得像一块素锦般简单从容。美好如此，让人羡慕，却并不令人妒忌，才是最要命的诱惑。从开始到结束，米拉一直是我们这部戏的灵魂、核心人物。

初识是一出引子，彼此打过照面，留下电话，自此结为联盟。一个星期后，我收到短信，周三下午第四节课到五教301教室集中。

被一些事耽搁，等我到的时候，教室里的窗帘全被拉上了，大家都安静地坐着，显得很专注。关上后门，我蹑手蹑脚地走到前面，找个座位坐下。面前一块投影，放的是一出话剧。《暗恋桃花源》，辅导老师轻声和我说："这是我们要排的戏的范本，仔细看。"

至今回想起来，都觉得很奇妙，赖声川的《暗恋桃花源》，为我打开了一扇通往新世界的大门，是开启我文艺细胞的金钥匙。话剧情结，自此深种。

我仍清晰地记得当时观看的感受。前仰后合，笑得肚子痛，可转瞬就被伤感轰炸得体无完肤。尤记得江滨柳忍着无限的心痛，问出那一句："之凡……这些年，你有没有想过我……"云之凡的回答让我鼻子酸了又酸："我……我写了好多信到上海……好多信……后来，我大哥说，不能再等了，再等，我就老了……"一生的眷恋和遗憾，待到白首对白头，相顾无言，唯有泪千行。

最初深感无奈和痛心，为这对恋人被上天捉弄的命运，可后来在一遍又一遍的重温中，某一时刻突然有种异样的感觉袭击了我：深爱至此，即使天各一方，又何尝不是另一种幸福？因为你的身影，驻足心中，从不曾淡忘过一丝一分。我在回忆里爱你，我一直爱着你，我爱你。

一个舞台，两出戏码，笑与泪，喜与悲，轮番上演。以这出经典剧为模本，尝试即意味着对自身的挑战——除了米拉，没有人拥有舞台表演的经验——任何一种形式上的进步都让我们为之雀跃。环视周围，年轻的脸庞写满了蠢蠢欲动。经过热烈讨论，小伙伴们达成共识：每个人负责一段剧本，回去好好写。这就是说，我们将用至少8个人分写的片段，拼成一桌五谷丰登的盛宴。而且，其中还不能有断层，必须衔接流畅，转换自然。为了让戏中戏更逼真，古灵精怪的米拉着重把几个主角配好戏：梁山伯与祝英台，校园偶遇罗密欧与朱丽叶，当然，中间少不了马文才来搞怪。米拉自己，则饰演一个投资商，是戏中两个剧组都拼命想要讨好的对象。自编、自导、自演，我们密谋一出上等的好戏，温一壶热热的花雕酒，请君入席。

3108教室是复旦人共享的秘密花园,那里有无数的大师开启智慧宝库,星空下群英荟萃,笑谈风云人间。而我的光荣使命,就是写一段有关于在3108听讲座的故事。我在剧中的代号,是祝英台。与我搭档演对手戏的男生,是医学院临床8年专业的同学,瘦瘦高高,戴一副大边框眼镜,头发蓬松而凌乱,颇有点老学究的味道。对,就是那种两耳不闻天下事,一心只读圣贤书,傻乎傻呆的模样。既然梁山伯与我在外表上俨然形成鲜明反差,我正好以此为切入点,写一出3108教室外老学究碰上小白兔的喜剧。主意既定,心潮澎湃,下笔如有神助。

到了第一次交稿碰头会,彼此把剧本一传阅,爆笑声此起彼伏。惊讶于马文才同学的幽默,是那种不显山不露水的风趣,加上他说搞笑台词时那一本正经的样儿,真是会让人乐得全身骨头都麻酥酥地颤。跟他搭戏是种快乐的折磨,我数次笑场。梁兄是典型的天然呆,要么不开口,一开口就惊出大家一头冷汗:"英台,不如,我们结婚吧。哦错了错了,是不如,我们结拜吧。"颇为无辜地看着他:"兄台,这段剧本是我写的,请不要坑队友好吗?"若说戏里我跟梁山伯是志同道合的好学青年,那罗密欧与朱丽叶就是针尖对麦芒的欢喜冤家,看他俩配戏,感觉就两个字:过瘾。势均力敌,迎来送往,四两拨千斤,成就场场好戏。

戏份不多,却句句经典。米拉似空中百灵鸟降临,明眸流转,顾盼生姿,实在让我喜欢得要紧。仿佛,舞台对我们是外在的装置,于她,却是如水的生活。毫无表演经验和技巧的我,在她面前简直就像一只跳梁小丑,但我内心却并不感到难堪,是不是,站在她耀眼的光芒外围,我也就可以得到想象中的自我提升?

捏在手里一张薄薄的宣传单,封面的标题突出醒目:腾飞毕业大戏——《珠珠落钹》,与你在相辉堂不见不散。取戏中主演四人名字各一谐音,"珠珠落钹",只消轻动唇舌,就能听到大珠小珠落玉盘的美妙声响。

终演的日子很快就到了。开场前，我们班的辅导员李美人跟我说："别紧张，照常发挥就好了。"朝她比画了个胜利的手势，我的心里却敲起一面小锣，咚锵咚锵，震耳欲聋。相辉堂，充满历史感的神圣殿堂，我们将在这里，把数个月来的心血，全情奉送。场内座无虚席，我撩开帷幕探出脑袋，看到自己班的小伙伴，有人吹起尖亮的口哨，划破长空直抵我心，有人拢起双手做喇叭状大喊"加油"。暖流漾过心头，告诉自己定不能辜负这一番美意与期待。

暗灯。礼堂一下子安静下来。这样的安静，让我刹那闪过一丝恍惚，仿佛有另一个"我"脱离了台上的这具肉体，跑到半空中，隔绝一切热闹，冷眼旁观。台上的这个人，是陌生的，抽象的，游离在我的经验和意识以外，她的呼吸和感知，有种无所适从的茫然，却又有着热切亢奋的涌动。我看着她，似乎，她也在看着我。

终于，幕布开启，魂儿归位。

其实，在为数不多的几次排练中，我们几乎每一次都有大大小小的状况冒出来，要不就是磕磕巴巴忘了台词，要不就是颠倒了接话的顺序。所以在落幕之前，没人敢拍着胸脯打包票，说我们这出戏定能演得滴水不漏。但幸好，我们有一个纠错的万金油：戏中两个矛盾迭出的剧组，各自安排了一个导演，他看似在指导自己组内演员的表演，更大的功用却在于扭转随时可能发生的意外。比如，当我扯着嗓子抛出一个包袱，惹来笑声一片，我们组的方导（即那位北京兄弟）却说"卡卡卡"。"咋了，导演？"天知道，我不是演的，我是真懵。"祝英台，你的小蜜蜂呢？跟你说了多少遍了，要打开，打开！没声音，再好的戏也出不来。"方导适时还插播了一则广告。我低头，果然，小蜜蜂扩音器的电源提示灯暗着。因演员众多，小蜜蜂做不到人手一个，我们只能在换场时，迅速关掉电源交接。这就导致，新演员在上场时，手忙脚乱容易忽略把开关拧开。刚才，我再一次犯了这个错误。多亏方导眼尖耳朵亮，轻描淡写的几句话，化解一场声音的危机。

雍容华贵，米拉披着一件豹纹皮草大衣出场，小高跟鞋踩在年份悠久的地板上，嗒，嗒，嗒，嗒。瞬间的掌声和欢呼声，掀起一阵热浪。两个辅导员跟在她身边，点头哈腰，一个摇扇，一个撑伞。两大帅哥齐齐变成了米拉的跟班，且表演精准到位，底下的同学们乐不可支，我站在侧厢也是笑得前仰后合。

随着情节的层层推进，大家的表演也渐入佳境。有些排练时放不开的桥段，这会儿也释放开来了，气氛被一次次点燃。演的人不当是表演，只当是一场悦人悦己的游戏，看的人也不当是看客，却仿佛是一次对镜自照的怡然自得，因为我们展示的，正是所有人在这一年中学习和生活的真实写照。台上台下，浑然融为一体。行至尾声，心内竟依依不舍起来，知道陪君千里，终有一别，却忍不住感伤。最后站在台上的定格镜头，眼前竟似放电影一般，无数的片段，像雪花般，哗哗哗哗地闪过。初尝独立滋味的这一年，留下很多的印迹，或许这一辈子，都不可能抹去。

竟然还有惊喜，在我以为行将告别的时候。"今天，是我们戏中一个演员的生日，她就是，祝英台！"主持人话音刚落，侧台李美人捧着一大束鲜花走了过来。"生日快乐。"她说，"演得真棒。"也不知他们是如何得知今天是我的生日，更不知这一切的策划者又是谁，我想我当时的嘴，大得足以吞下一整颗鸡蛋。剧组大合照中，我是那个笑得没了眼睛的傻瓜，而你们，是我的天使，是上天给我最好的礼物。

20岁时的这场喧嚣，是我第一次接触到一个既熟悉又陌生的自己。手是自己的，脚是自己的，心却仿佛不是自己的；眼睛是自己的，鼻子是自己的，嘴巴却仿佛不是自己的。成百上千束目光聚焦台上，恍若一把激光雕刻刀，将我塑造成另一种模样。戏散场了，生活在日复一日的单调中继续。某日整理抽屉，《珠珠落钹》的专辑积了些许灰尘，安然地睡在一堆书的中间。回忆被唤醒，那一日的空气，弥漫着好闻的栀子花香。

谁说，生活不是另一个样式的戏台？遮遮掩掩，你进我退，浓妆艳抹，适者生存。差别在于，戏中有编排好的剧本，有设定完整的对手，有预知走向的结局，而生活，是一盒不知道下一颗是什么味道的巧克力糖，是需要你有时委曲求全忍痛割爱才能点击播放的连续剧，是一场开了头就无法折还的单程旅行。过于用力，以为倾尽所有，就会值回票价。入戏太深，难免受伤。那些孤单绝望的人，不过是一些演技太差的蹩脚演员。

柳絮纷纷扬扬，戏里戏外，我已分不清许多。

肆

十年间，不止一次被人问起：你是怎么考入这所大学的？我的答案从未变过：运气。听者往往摇头，认为我不是谦虚就是矫情，不愿意分享经验，甚至是虚伪，拿一个空洞的理由搪塞。若换作是我，大概也会对这个回答心存不满，质疑答者的真诚。但事实上是，我的高三成绩并不十分突出，论刻苦程度，也不如班里很多同学，除了正常上课，夜自修我都挪到了家里，很多时候也没有看书做题，而是坐上母亲的红色小跑车，由她开着满小城乱晃。晚风呼呼地撩起额前的碎发，不时刺入眼睛，涩涩的，霓虹像回光返照的病人，拼了命地闪烁。熟悉的风景入了目，却怎么也入不了心，只因心是乱的，被一堆胡思乱想给填满了，灰灰的，郁郁的，是那种夏天阵雨来临前的憋闷，透不过气，无处发泄。那时的我天真而绝望地以为，如果考不上这所喜欢的学校，那我的人生，是不是就已经失败了？

在这样极端的心理状态下突围，除了命运的一丝怜悯，我想不出更好的理由。只是，在高考这条无法回头的高速公路上下来之后，我转向了——生活不再只是一道ABCD的有限选择题，万花筒开始呈现缤纷的色彩——生吞活剥了那么多书本知识，却忘了和生活打个招呼：嗨，我想和你交个朋友。

是的，我并不知道，如何与生活和平共处。像一只胡搅蛮缠的蚕，肆意妄为地把脚下的织锦咬得七零八落，却不知这匹锦缎，正是自己的心血之作——我与它，本应是生死相依的伙伴，却为何成了势不两立的敌人。明知不可为，却在彼时放出心中猛兽，看它将宁和安详一点点撕碎，战栗着获得报复性的快感。风卷残云过后，是深深的懊悔与自责，却因内心力量薄弱，捆缚不住内心之兽，于是日复一日地自我折磨。

生存的意义，难道就是不间断地自我斗争？那么，谦和忍让的我，暴躁狂怒的我，究竟哪一个才是真实的自己？

我是谁？
我能做什么？
我想做什么？

如坠浓雾的困惑。感觉四周都是墙，你看不见，却能明显感知到，它困住了你，你无路可逃。

认命吗？
承认自己不过是一个胆怯、软弱、自卑、荒诞的被迫害妄想症患者。
还是，不甘沉沦，抱着撞了南墙也不回头的决心，与生活继续缠斗。

学校110周年校庆日，我回去了。初夏的风把路两边的梧桐叶吹得飒飒作响，擦肩而过生机勃勃的面孔，写满了意气风发的灼灼理想。大一时住过的五号楼早已改名为"希德楼"，依然是女生宿舍；书院的概念已经淡化；四座男生宿舍中间的路修出了一块憩息的小花园……光华楼前的大草坪，三三两两或坐或躺的人，感受着的，会是当年沐浴过我们的暖阳和呼啸而至的清风吗？

水草一样飘摇的四年，如梦似幻镜花水月的大学。

诸多朋友里，江老师是我所欣赏和敬佩的一名诗人。他从14岁开始思考宇宙的终极，后来果然进入了浙大哲学系，并且一直读到了研究生。诗歌并非我热衷阅读的文本，可他的诗句却让我有一种路遇知己必须得停下来聊两句的亲切。细想，或许是诗歌中那种思辨纵横的气息打动了我。把诗歌当作抒情工具的人不在少数，但江老师却是把对人生的思虑接二连三地嚼碎，而后一口一口反哺给那些稳重耐读的文字。读他的诗，我常能发现自己的浅薄与无知。

所以当我再一次想起人生的意义这个问题时，免不了先自嘲一番：与他者的深厚沉实相比，我分明是一只不知天高地厚只会装样子的小丑。然后，接着被困扰。

人生的意义，是什么?
这个问题，至今没有答案。

伍

伦敦8月的天，比想象中的要冷。

我们到达希斯罗机场，是格林尼治时间2009年8月1日下午4：30。在此之前，我们在BA168（英国航空）的封闭机舱内一起待了近11个小时。而在此之前，我们在K大的QQ群里从申请结果到签证到订机票到准备行李聊了半年多。更在此之前，我们在太傻论坛的K大征集贴里疯疯癫癫，似一群失散多年的孩子找到了血脉至亲。

"我们"，这里不是泛指，而是特指。更准确地说，是罗罗和我。
Todd乘坐的飞机比我们早到个把小时。我们在希斯罗机场大厅与他碰头。
那一个后来在K大颇为有名的Brian小分队，自此有了最初的模样。

黑色的老爷式出租车一路飞驰，窗外的景物刷刷刷地急速倒退，身处异国他乡的新鲜感很快被一种七上八下的惶恐所代替：不真实、幻觉、做梦、虚妄的自由。一个貌似和电视里某个建筑物极其相似的东西闯入视线，车内无人说话，我弱弱地问了一句："这就是大本钟吗？"

我永远都不会忘记，那种初到异国土地的巨大陌生和巨大惶惑。
却并不孤独。

从黑人宿管那接过房间钥匙，Todd作为我们三人中唯一的男生，义无反顾地扛起了搬运行李的工作。我住三楼，待他哼哧哼哧地帮我把两个硕大的箱子拎上来，汗水已然粘住了额前的头发。罗罗住另外一栋，这使得日后每一次吃饭，她都要穿越半个院子踏歌而来。

第一次知道，晚上9点的天，是可以亮如白昼的。夜幕迟迟未来，蓝天白云一派无辜的清澈。我们绕着宿舍外的街区走了一圈，想找个吃饭的地，人烟寥寥，店也寥寥，不只是安静，简直是肃杀。一只手就数得过来的饭店，中餐厅倒是有两家。择一而入。菜单上的价格，本能地通过汇率换算，贵得令人咋舌。从此知道，吃一碗鱼香茄子，是可以把你吃得掉眼泪的，一是因为贵，二是因为它会直接勾起你对大学食堂的无限怀念。

小雅的加入，是在第三天的语言班分班考试之前。其实在Brian宿舍时，我和罗罗见过她，只不过那时我们以为她是台湾美眉。而她见过Todd，却以为小眼睛的他是韩国欧巴。直到，她走近我们的桌子，一头乌黑的长发随意散至肩头，一口标准的普通话："你们也是住Brian的吧？"

Ice对人的熟络程度之快，让初次与她见面的我不适应了一会儿。分班考试结束，她挽着我的胳膊，说话时不时会把头歪向我的肩膀，仿佛久未谋面却相知多年的老友一般。后来无数事实证明，Ice绝对是一个能在冬日里把你温暖到心底发烫的姑娘。

最后加入小分队的两个男生，到Brian却是比我们早了一个月。吴老板和小弟弟，一个挺着略微发胖的肚子，总是憨憨地笑着；一个是不折不扣的花美男，脑门前垂落的那几根宝贝秀发，恨不得一天捋上几百遍。

Brian七人小分队，至此正式成立。

有朋友说，怎么看你那本《彼岸·伦敦结》，一开始都是在吃啊？怪我过分还原现实了。结束一天的课程，最开心的事，莫过于大家一起走路20分钟，去附近的Tesco买菜，大大小小每人手里两三个袋子，回到宿舍二楼厨房，洗菜切菜，烧饭洗碗，自有分工。小弟弟削个土豆一激动，扑通一声失了手；Todd炖一锅东北大杂烩，能炖出一种中药师傅煎药时的淡定和悠然自得；陈奕迅的《浮夸》在身后的冰箱顶上激昂高歌，罗罗把一块猪肉切成了纸片薄的细条儿；自动承担起洗碗的重任，吴老板被我们一致认为是新世纪好男儿的代表……餐后甜点、水果、饮料，不一而足。三国杀和UNO牌已在桌上整装待发。

身处异乡，迅速让我们这群人，成了和乐融融的一家人。虽然与我而言，只有短短的8个月，却是一生挥不去的火红烙印。

同去K大的还有不少同学，住Brian的也有中国人，可偏偏只是我们聚在了一起，哪怕之后语言班结束，大家散居各处，依然逮着空便约，见了面便互相调侃奚落。或许，这就是所谓的气味相投吧。

失恋难过时，是小雅紧握着我的手，告诉我别哭，还有他们；暴走西班牙街头时，是罗罗扶着身体欠佳的我，一起淋着4月的雨丝；Ice会在莱斯特广场紧紧抓住我的手，怕我被疯狂的《欲望都市》的粉丝挤散踩伤；四个姑娘，一块儿跑去Bicester Village大饱眼福，一块儿泡在图书馆准备论文和考试，一块儿坐在双层巴士第一层做鬼脸拍照，一块儿待在Brighton的沙滩上发呆畅想……

这个世界上，让我最安心的城市是杭州，令我最怀念的，是伦敦。

我总是觉得，我把一部分的自己留在了那里，或者是那部分的她不愿意回来，坚持着在那守着一地支离破碎的记忆，等待重逢的归期。

罗罗的豁达、小雅的智慧、Ice的体贴、Todd的霸气、吴老板的温暖、小弟弟的搞笑……友情，一旦认真起来，是会比爱情还刻骨铭心的。

Miss Brian。

陆

这一周上班是个独特的体验：单位集体组织疗养度假，我却因有额外的工作任务留下来。因此每天上班下班、进进出出，都是孤零零的一个人。早上开门时，钥匙彼此撞击，丁零咣当的声音在空旷的走廊里显得分外清寂，甚至，还有浅浅的回响。踮起脚开启门背后的电闸，按下厕所灯、排风扇，拧亮日光灯，走到自己的座位，放下包，掰下铝合金窗的搭扣，向左推开窗，17楼的风汹涌灌入，窗帘像被风撑满了的帆，不由分说就鼓了起来，弹到我的脸上、身上。弯腰掀亮电脑电源，一屁股坐在椅子上，在等待这台年久失修的电脑启动的漫长时光里，一种混杂着寂寞的自由从脚底蔓延至周身：这个星期，我将独自度过。

工作间隙，我站起身出门，在呈回字形的办公区域里溜达。四周无窗，日光透不进来，嵌在天花板上的圆形白炽灯像重症病人的脸，惨白惨白的。层高较低，天花板仿佛如来佛的五指山，心里有种说不出来的压抑感。高跟凉鞋啪嗒啪嗒敲在地板上，走着走着耳朵里竟起了幻听，好像此刻并非我一人在场，身后或者哪个看不见的地方，有另一个声音如影随形。缺乏人气的办公楼，我好似闯入了小龙女的古墓禁地。好吧，放风结束，该干吗干吗。

周三，是七夕。朋友圈从早上开始就被各种刷屏。有恋人的晒牵手照，有孩子的晒萌娃图，有花的晒保加利亚大玫瑰，有巧克力的晒歌帝梵豪华套装……啥也没有的，放一张孤独的狗狗照，也是极好的。临近中午，势头尤甚，想是不是大家抓住空档发点午饭福利，忽看见这样一条："秀恩爱要在中午，因为早晚会遭报应。"谁把中国语言理解得这么深刻，真想给他烧三炷香表示佩服。

下午天气突变，乌云集结，滚雷阵阵，天色迅速暗了下来。行人低头匆匆赶路，想在大滴的雨点砸到身上以前把自己安置好，最好是刀枪不入的家里，要不然就是钢筋铁骨的室内，再不济，一个足够大的屋檐也凑合。一道强光把天劈成两半，须臾惊雷响起，感觉脚下的地都震了两震，心尖儿也颤了两颤。我在办公室里绝对安全，可对于老天的威慑，我必须表达下敬意。它一定蓄谋了好久，才会掐着这个时间点威震全场。段子手这时候又跑出来玩耍了："知道今天为什么打雷吗？因为发誓的人太多了。"

曾经以为，我要的爱人，必须才华横溢智勇双全，我要的爱情，必须轰轰烈烈刻骨铭心。于是，反复地折腾，既折磨自己，也逼迫他人。事实证明，任何想要按照自己的意志去改变他人的行为，都只能是一场空想。两个在家庭背景、教育环境、思维模式、行为逻辑均存在差异的独立个体，倘若能携手共度一生，重要的不是天造地设，而是彼此适应，有时，也需要一点点运气。

这两年喝了不少的喜酒，亲戚的、同学的、朋友的、同事的，除去形式上的大同小异，真正能在婚礼现场感动我的不多。记忆深刻的有两场。一次是参加一个女同事的婚礼。新郎瞒着新娘，事先跑去她的同学朋友那寻求支持和祝福，录制了一段VCR。当婚礼开始，主持人说播放视频时，满脸疑惑的新娘把脸转向大屏幕。画面上蹦出一张张熟悉的脸，她的发小、同窗、闺蜜、挚友，现在统统成了新郎的后援团，齐心一致地希望：她，嫁给他。VCR的最后，是五个大字：宝贝，嫁给我。台上的新娘幸福得只剩下傻傻的笑，新郎单膝跪地，手捧鲜花，再次求婚。视频是新郎自己录制剪辑的，不算精美，但足够用心。

另一次是在一个同学的喜宴上。开场前，灯光渐暗，大屏幕上放出当初新郎向新娘求婚的画面。新郎是我的哥们儿，由于那天火车晚点，我未能赶上当时那么神圣的时刻。这次看到视频，算是弥补了遗憾。当新郎求婚成功，送上999朵玫瑰，并且把钻戒戴到所爱之人手上的时候，新娘说的一句话，让我霎时湿了眼眶。她说："我对你没有别的要求，只希望你，每天都平平安安。"新郎的职业，是铁路防暴特警。清楚地看到，这个七尺男儿的眼中，也泛出点点泪光。原来贴骨贴肉的爱恋，不是花前月下，也不是你侬我侬，而是每天回家，看到你平安，就好。

偶尔恍惚，想着会是谁，牵起我的手，尘世烟火中，过着普普通通的小日子？一辈子那么长，所谓认定，不就是想要一份有他做伴时的安心？爱情若是蛊，时间不是解药。

伴侣换种说法，叫作另一半。顾名思义，世俗在造出这个词的时候，即认为作为个体存在的一个人，他是不完整的，男人或者女人，都需要找到灵肉契合的另外一个人，就好像阴阳结合，才能生死相依。

当然，寻找，也就意味着不断试错。有的人命好，一遇就遇到了一生所爱，从此执子之手，与子共享柴米油盐酱醋茶。更多的人，可能要经历几段感情，碰过一些人以后，才会真正明白自己想要的是什么，进而领略到蓦然回首，那人却在灯火阑珊处的惊喜与安定。世上没有哪一种相处方式绝对适合每一个人，感情，是最需要具体问题具体分析的命题。这就好比是合演一出戏，除了你自身的实力，和你演对手的人的能力高下也很重要，他会带动你前进，或者拖你后腿。酒逢知己，戏逢对手，实乃可遇而不可求。可生活归根到底是自己的，两个人过日子，我们说的是彼此适应，不是委曲求全。所以要听从自己内心的声音，活出自己想要的样子，一个人也好，两个人也罢，只求不将就，不错过。

柒

赭红色皮质沙发，左侧明显与右侧不同——皮色黯淡，面上崩开细微的裂纹，前端鼓鼓囊囊，像一个身怀六甲的孕妇，坐上去，能感觉到人是往下陷的，一不留神还会向前滑去。欠缺弹性，左侧的沙发仿若一个年老色衰的老妪，已不堪重负。可父亲喜欢坐在那里，任由发福的身躯将它压得喘不过气。当他扭动屁股调整坐姿，沙发随之发出吱吱嘎嘎的声音，似表达不满，又似苟延残喘。母亲有时会开玩笑，说："瞧你爸，整个人像个水桶，都要滑下来了。"转头看他，左手撑在沙发扶手上，支着脑袋，一条腿伸出顶着茶几，另一条腿弯曲放在沙发上。是父亲放松时的样子。心却突然间被一只无形的手揪了一把，酸疼酸疼。因为这样的坐姿，恰恰显示出他的困乏与疲惫。

而我总无法接受，父亲正在逐渐老去的事实。我愿意相信，他只是累了，只要睡上一觉，第二天他又会精神熠熠，神采飞扬，不是在办公室里排兵布阵，就是在院子里拿着把大剪子，手起刀落，刀落手起，然后草木疯长的枝枝丫丫就铺了一地。

可是鬓角顽执的白发坚定不移地出卖了他，虽然他不时会去理发店用化学物质封阻时间的践踏。无法将视线在上面停留多一秒，我怕自己会难过得哭出来。

怕自己还未强大到可以无所畏惧披荆斩棘，让你为我感到骄傲，你就这样垂垂老去。更怕一生都达不到你的要求，不能令你满意，最后成为你不愿承认的一件失败的作品。我从来都没有跟你说过，其实你的肯定，是我用尽气力想要换取的只言片语。而你，从来没有表扬过我。

即使我知道，你爱我。

初三那年，我忙于应对中考，父亲的事业则刚刚起步。他晚上回来的时候，我已经睡了，我早起去上学，他还没起床。时间的错位导致日常交流变得奢侈而珍贵。于是想出一个以信代话的方式。"爸爸：晚安。""女儿：早上好。"
常常是如许简单的对话，却因为来自父亲的温暖，让我一整天都充满了能量。

有时他回来得早，我并没有完全睡熟，我能听见台阶上他走路的声音，然后家
门被轻轻打开，又被悄悄合上。他到衣帽间来换鞋，路过我的房间。皮鞋被脱
下来放在鞋架上，棉质拖鞋一起一落，脚步就落在了我的房门口。小小地期待
着，眼睛却闭得紧紧，呼吸保持均匀，要把睡着的样子装得很好。父亲拧开门
进来了，轻手轻脚地来到我的床前。我知道他在看我，黑咕隆咚中，他能看出
什么？俯下身帮我掖好被角，他的手指轻划过我的脖颈，有一点点痒。我想笑
来着，拼命忍住。或许，让我发笑的不是因为那一点点痒，而是对于自己的装
睡没有被他发现的小小得意。他转身出去了，我睁开眼睛，看到门外的灯光慢
慢消退，而后一切复入安静。奇怪的是，之前若因为种种原因睡不着，现在闭
上眼，就能沉沉睡去。似乎，父亲回了家，家，也就有了坚强有力的保护盾。
这是一种无与伦比的踏实与满足。

有人说，身为教师的父母，往往教育不好自己的子女。事实上，父亲曾执教鞭
站于三尺讲台之上大谈几何之美，而数学却长年累月地作为我的一处软肋令我
头疼无比。他试图教过我，可是我一直开不了窍，到后来他忙于工作实在也分
不出身，对我的一对一家教模式算是彻底终结。幸好高三时我们班里调来了一
位教学经验丰富又极有耐心的数学老师，不知怎的对于那些什么圆啊椭圆啊双
曲线啊我总算是有了那么点概念，空间想象不行，套套公式总还是会的，于是
乎，我的数学成绩终于有了那么点回春的意思。

印象中，父亲对我的学习管得不多，一是工作忙，二是大概还算放心吧。高考
前的几次模拟测试，我的成绩都还比较稳定，虽然离自己的目标可能还需要再
窜一窜，但至少没有发挥太离谱的情况发生。唯一让他觉得有点担心的，恐怕
是我的心态问题了。而这一点，我从后来十几年的生活经验中发现，其实也是
遗传自他。

6月即将到来，班里的恐慌情绪不断滋生蔓延。除了拼白天的辰光，大家还在夜里狂下苦功，一个个都熬成熊猫眼，在第二天的早自修上哈欠连天。整个高三，我没有超过晚上11点睡觉的记录，因为父亲说，有好的睡眠才有好的精神去投入学习，若拖延时间只是一种心理安慰，真的毫无意思。但是准点睡觉，不代表一定能睡着。有时想着心事，也会在床上翻来覆去，长吁短叹，怎么都不踏实。所以说，临门一脚，很多时候拼的已经不是实力了，而是心态。而要命的是，这恰恰是我的短板。

离高考还有一周，学校放了三天假让我们回家调整休息。晚上，我坐在沙发上看李咏主持的《幸运52》，规定时间内猜题拿奖品，屏幕外的我看得比他们还紧张。手心汗涔涔的，抹在短袖睡衣上。看到一半，父亲回来了。他放下包，换了拖鞋，走到我的身边坐下。那一晚，他破天荒地跟我聊起了考试，之前十几年，大小考试不下百场，他从来都没有这样开导过我。聊天的大部分内容其实我都忘了，唯有几句话记忆犹新，至今仍不时闪现脑海，让忙碌的我偶尔会静下来思索片刻。父亲说："全浙江有20多万考生，文科生大概有近10万，比你优秀的不计其数，你如果一心往上比，是没有尽头的。你们学校最好的是不是一个姓华的？假设你超过他又怎么样，比他好的还有很多很多。所以最重要的不是你要比谁好，而是你有没有发挥出自己的实力。"还有一句话，他说："重视过程，忽略结果。"

整个谈话过程，李咏富有磁性和激情的声音一直不停地闯入我的听觉系统。偶尔父女冷场，我就瞥一眼，可最后还是漏看了结果。那个长得像周迅的女生，她到底拿到了终极大奖没？

劝人的时候，我们常说，过程比结果更重要，可我们的天真终究会败给世界的冷酷法则——成者为王，败者落寇。那些画了80万张图纸，摞起来有6层楼那么高，最后票房一败涂地的电影，又有谁记得它的名字，关心它诞生背后付出的汗水和心血？

所以对于结果，父亲心里，其实比我在乎100倍。

大四上学期，我决定报考北京某所高校的硕士研究生。考试那天，父亲与我，分坐不同航班，从两个地方奔赴北京。他说是陪我过去玩一趟，可说到底，还是不放心。考试当天早晨，先是体检，要抽血，空腹排队等候。长龙一般的队伍，有不少家长站在子女身边，给他们拿东西，或者陪他们说说话。父亲有事回宾馆了，我一个人站在叽叽喳喳的队伍中，随着人群的前移慢慢挪动。一间空教室，一排长课桌，穿白大褂的医生动作娴熟，扎针抽血跟揉面粉做包子似的，家常事儿一桩。毛毛躁躁地，我坐下来，一挥手竟然扎上了医生拿在手里的针头。手指立马跑出大滴的血珠，医生柳眉倒竖，眼神中流露出那种国家医药器材被浪费的心痛和怨怒，不情愿地给我一张创可贴。我忍着惊慌和疼痛，伸出另一只胳膊。

早知道，我就应该坐着休息一会儿的。才抽那么一小管血，谁想就晕了呢。站在楼梯上的队伍里等着接下来拍X光，我感觉自己的头越来越重，脚越来越轻，眼前的光线开始由彩色转蓝再变成黑白，我摸索着从裤兜里掏出手机，屏幕上的字已经看不清楚了，仅凭最后一点光，我拨出了父亲的电话。然后，弓着身，眼前暗黑一片，跌跌撞撞地，走下楼梯，一屁股坐在门口的小花坛边上。

原本有贫血，加上没吃早饭又抽了血，一下子供血不足，就晕了。坐下来，等血慢慢回转全身，很快就没大碍了。急匆匆地跑来，父亲找到我的时候，自己也快晕掉了。因为他太胖，跑了几步路就出了一身汗，而且还喘个不停，有事的那个人，倒像是他。看着他双手叉在腰上，大肚子一颠一颠的，我心里突然涌过一丝难过和感动。难过的是，他已不再年轻，我却还不能让他省心；感动的是，仿佛不管何时何地，只要我需要他，他就能第一时间赶到我身边，为我挡风遮雨。

这些年与父亲相聚的时间越来越少，因为我离家工作，而他也去往另一个城市开始又一次创业。他很少给我打电话，我打给他的次数也不多，打了也无非问一下最近身体好不好，工作忙不忙，末了总是以一句"爸爸你要保重身体哦"收尾。整个聊天过程干巴巴的，像一块被拧干了水分的毛巾被人随意搁置在面盆架上。和他讲话之前我会先打一遍腹稿，但即使这样我依然会莫名地紧张，像一个懵懂的学生惶恐着准备接受老师的教诲。我们的关系变得越来越不像父女，少了家长里短的闲情碎意，更多的是报告工作，听从指令。他不时批我的想法"太幼稚"，行为"不够稳重"，而我则因为太想证明自己的"成熟"和"稳重"，所以很多时候都在说完必要的话之后选择了沉默。我竭力隐藏本性，自欺欺人以为这就是成长和改变。

那年6月的某个清晨，当你在医院走廊被蚊子咬了一夜，听产房里的护士大声喊出"女孩"时，是不是，心头曾掠过一丝隐秘的失望？

犹记得小时候，我坐在你的腿上，晃荡着两条小胖腿，听你在客厅里与朋友论时事，聊家常。你的博学多识，让我因为是你的女儿而觉得无比满足。多么希望，有一天，你也会因为是我的父亲，而倍感光荣。

捌

很快，三十而立。

似乎只是一转眼的工夫，那些佯装疼痛的时光就抛下我大踏步远去，紧随而上的，应是另一段内容丰富精神饱满的经历：为人妻，为人母，在工作与生活中努力维持平衡，在晨昏交错中拼命追求所谓的幸福。

可请一定记得，不忘初心，方得始终。

那些若有似无的意义，如果真的参透不了，那就算了吧。相信万物有灵，随遇而安。

已经想好了，将来出生的若是小闺女，择"红豆"命名之，菲姐的那一首同名歌曲，她一定会喜欢。我不知道自己会不会是一个好母亲，但我想，我是愿意去学习的，学着视她为一个独立的个体，尊重她的情感和意志，认清她是我们生命的延续，却不是我们生活的翻版。希望她自立，坚强，待人接物不卑不亢，从善如流，平安健康。

光阴荏苒，我用了十年的时间才明白，一放下，一切放下，永远放下，叫作万缘放下。

下一个十年，我们，再会了。

偶尔恍惚，想着会是谁，牵起我的手，尘世烟火中，过着普普通通的小日子？

音乐跌跌宕宕，海浪起起伏伏，人影来来去去，我看见你回过头，

然后，我们就一起笑了。

再依依不舍的分别，转过脸，一个人大步向前，看不见，也就分开了。

最痛的，往往只是目光错开的一瞬间。

一定是因为太高兴了吧，才会突然那么难过得想要哭的。

PART 5
About Stroy

说
好
的
拥
抱
呢

A

在震耳欲聋的音乐声劈头盖脸地砸下来之前，白小川其实已经被自己血液沸腾的声音给包裹了，所以当那些硬的软的粗的细的绵的糙的乐声撞在白小川头上身上的时候，事实上跟撞到一堵棉花墙差不多，激不起任何细小的波纹。白小川的血液在血管里欢快地唱着歌，像一支雄壮的交响乐团，他们在唱："齐勤，齐勤，记得吗，你还欠我一个拥抱呢。"

高中毕业十周年的聚会，吃完饭来到这家杭州著名的戛纳国际夜总会，许久未见的同学们自动分成几小拨，三三两两地搂抱成一团，幽暗的光线中彼此扯着嗓门吼叫，辅以夸张的表情和手势，乍看之下像极了一条条张大嘴喘息的鱼。白小川在饭桌上已经喝了不少酒，她感觉脸上微微发烫，并且紧跟着耳背项颈也跟着热了起来，但是她不知道这股灼热是因为酒，还是因为一些别的什么。冰凉的大理石桌面上摆满了绿色的嘉士伯酒瓶，门口还垒着两箱，列队整齐的酒精似乎在等待一声令下，进而全面侵占这群高级动物的身躯和意识。

在这样喧闹的背景下，白小川却是安静的。白小川想，齐勤现在一定在微笑。白小川朝沙发的右边瞥了一眼，齐勤的眼睛果然就弯成两轮浅浅的月牙儿。过了一会儿，白小川想，齐勤这会儿要站起来了。齐勤就真的站起来朝点歌台走了过去。完了完了，白小川忽然有点慌了：齐勤要唱歌了，怎么办？怎么办？

怎么办？包厢里的灯光这时不知道被谁调成了"动感"模式，无数蓝色白色黄色的光柱穿插交错，像是无数条僵硬的彩色面条无力地垂挂。白小川不想哭，可白小川知道，这样的晚上，太适合流泪了。

熟悉的序曲响了起来，白小川的心就这么随着音乐慢慢地沉了下去。越沉越低，沉到底，一些记忆的黄沙就被翻了出来，潮湿黏滞，重重地压在白小川渐渐迷糊的脑袋里。白小川试图在齐勤身上找出时光留下的痕迹，可眼前的这个男人竟然开始出现叠影，左晃一下，右晃一下，弄得她不由得恍惚了起来。白小川眯起眼睛望，齐勤挽起了毛衣袖子露出健壮的胳膊。他一定还热爱着健身吧，下午他就是先去俱乐部打了壁球再过来吃晚饭的。齐勤宽阔的肩膀像一块平整磁石，把白小川的目光给牢牢地吸在上面。又一次，白小川情不自禁地想：如果靠在那样的胸膛上，会是什么感觉呢？

B

白小川刚认识齐勤那会儿，只有17岁，齐勤大她1岁，也就18岁光景。那时候齐勤坐在白小川的后桌，下课时白小川常常"嚯"地一转身，一本打满红叉叉的数学练习本就滑到了齐勤的眼皮底下。齐勤是班里的数学课代表。数学课代表的概念是什么？数学课代表就是有义务帮助全班同学的数学成绩一起进步的那个人。看着齐勤耐心讲题的样子，白小川觉得很好笑，白小川想：齐勤你真是个笨蛋，我成绩好不好跟你有什么关系？我之所以骚扰你，只是因为你长得很好看。齐勤顶着一头天然微卷的头发，鼻梁高挺，脸部线条流畅明朗，笑起来右侧脸颊上有一个不大不小的酒窝。那头卷发，白小川认为，看起来和一只她曾在街头偶遇的毛茸茸的小狗很像。那只狗有点娇气的，过马路还要被主人拦腰抱起，白小川在脑子里搜索了半天，才想起它是一种叫泰迪的宠物狗。日后，白小川不管在哪里见到被人牵着抱着的泰迪，都会忍不住走过去摸摸它们打着小卷儿的脑袋。

240

课上到一半，老师转过身去在黑板上写字，白小川会突然回过头朝正认真仰起脖子听课的齐勤做一个大大的鬼脸。看他一脸呆呆的样子，白小川就觉得好开心。课本上的数学符号在白小川亮闪闪的眼睛里飘了起来，它们尽情地扭动腰肢，好像在跳一场无声的交谊舞。不久，班里的传言五花八门多了起来，添油加醋的不在少数。这样的传言很快钻进了白小川的耳朵里。白小川听了，一点都不害臊，反而有些得意，她想：我就是喜欢齐勤，怎么了！怎么了！怎么了！一副身正不怕影子斜的势头，走路的时候白小川的腰板儿挺得更直了。春风和煦，吹起白小川的齐耳短发，好似修长的手指抚过一排悦耳的风铃。

白小川有个闺蜜叫青青。青青很优秀，长得漂亮不说，考试成绩在年级里都是数一数二的。白小川有时觉得很困惑，青青那么优秀，怎么会和自己做朋友呢？想了几次之后也想不通，白小川自我安慰：大概，就是因为我太普通了，所以不会给她造成什么压力吧。于是白小川又不自觉地感伤起来，白小川啊白小川，青青是一朵怒放的鲜花，你就是那一片瘪萎萎的绿叶啊！可是白小川转念一想，这朵鲜花毫无尖子生的架子，平时家里寄来什么笋干零食也会第一时间拿出来和自己分享，有这么温暖的一朵鲜花，这绿叶不也当得挺愉快的？这么一想，白小川就释然了。有时寝室熄灯以后，白小川就会偷偷地爬下床，滋溜一下跟条泥鳅似的钻进青青的被窝。蒙起被子，两个女孩一聊就聊到深更半夜。说得最多的，当然是白小川对齐勤的那点小心思。黑洞洞的夜晚，白小川说："既然那些话我听得到，齐勤想必也会听到啊。青青你说，齐勤听到会怎么样呢？他会不会也有所表示啊？如果他跟我表白了，你说我要不要装着矜持一下呢？"说完，白小川就咯咯咯地先乐了，青青强压住内心的笑，迅速地轻轻捂住她的嘴，要不然吵醒室友那就不太妙了。

可惜直到高三毕业，白小川都没有等到齐勤有任何表示。笨蛋！笨蛋！笨蛋！笨蛋！白小川气得像只小兔子一样满屋子乱蹦，把正在收拾行李准备回家的青青看得乐不可支。好不容易挨到高考结束，白小川莫名地变得焦躁起来，未来那么远，她伸长了脖子也看不见，可是齐勤还在眼前，白小川想让眼前的齐勤给自己一个看得见的答案。不行，我要去跟他说清楚。白小川用力一跺脚，风一样地把自己卷出了寝室门。

操场一侧的游泳池，池水波光粼粼。齐勤有些手足无措，他不明白为什么刚刚
还在篮球架下跟兄弟们谈论远大前程，突然白小川这股龙卷风就刮了过来，
扯着自己站到了这里。熙熙攘攘的风声拂过小树林，飒飒地吹出一曲悠扬的
竖笛。胸口起伏剧烈，白小川喘着气说："齐勤，你抬头啊，你为什么不敢看
着我的眼睛跟我说话？"齐勤听话地捡起地上的目光，与白小川四目相对。白
小川的语调这时候却软了下来，她说："齐勤，你抱我一下吧。"白小川的声
音被风吹散，伴同一片落叶轻柔地停驻在齐勤的肩头。齐勤没说话，只是微笑
着，他笑起来的时候酒窝也就一漾一漾的，这就让人觉得这个酒窝一点都不普
通，这是一个有着深刻内涵的酒窝。白小川不知道酒窝的回答是愿意呢还是不
愿意。双手紧握成两个拳头，白小川涨红了脸。她把音量提高了一个档位，因
为她觉得胸口有团火越来越旺，她必须释放一下。白小川说："你再不抱我，
我就要抱你啦！"英勇无畏的白小川正准备像个战士般扑向人生第一个碉堡，
班主任豪放的嗓门这时在游泳池的另一边不合时宜地响起来："白小川，齐
勤，你俩在那磨叽啥呢，要拍集体照了，快点快点！"顿时仿若武器全盘哑
火，白小川这名战士现在变成了手无寸铁的老百姓，白小川郁闷至极，心想，
什么叫磨叽啊，人家在进行人生第一次告白呀！这下好了，你一吼把我的勇气
都给吼飞了。白小川压抑着满腔怨愤走向齐勤，他倒真好似一座碉堡岿然不
动。不甘心地咬着下嘴唇，在班主任如炬的目光中，白小川赌气似的一甩头发
转过身。白小川回头的时候，看到水里的齐勤被池水推着轻轻地摇晃了一下。

C

白小川的高考成绩并不理想，只进了一所当地的三本学校。齐勤在第一志愿上
填报了一所北京的学校，分数线出来后被顺利录取。这下一来——白小川趴在
地图上紧皱着眉头计算，一张中国地图被她红笔黑笔蓝笔画得面目全非——自
己和齐勤的距离从前后桌就变成了1500公里。1500公里啊！把头横枕在交叠的

胳膊上，白小川显得忧心忡忡：隔那么远，她白小川又没有三头六臂，齐勤这只香饽饽肯定就被人抢走啦！

齐勤离开杭州那天，白小川跟着一伙平素要好的同学去机场送他。事实上，白小川最讨厌机场、火车站、汽车站等充满了来往聚散的地方。父亲以前常常出差，白小川就跟着母亲到车站去送他。父亲用胡子茬儿轻轻地扎一下女儿的脸，听着她稚气的朗朗笑声，对她说："我最爱的小川，要乖哦，爸爸马上就回来。"接着便转身走入一个小门消失不见了。然后白小川就开始了漫长的等待。还小的时候，她会一个人跑去车站出口处，静静地站在角落里等着，看一拨一拨的人群像鱼一样涌出来。有时会看到一个男人急匆匆地走到外面，接着一个女人如一枚子弹般冲上去紧紧地搂住他的脖子，然后一堆断断续续的哭声就传进了白小川的耳朵里，绵绵的，像浸涨了水的棉花。那会儿年幼的白小川不明白，见面了不是应该高兴吗，为什么要哭呢？站了一日又一日，突然有一天，白小川意识到，父亲是不会因为她想他而出现的，就像不会因为她喜欢玩雪，天就乖乖地下起雪来是一样的。车站吞走了父亲，什么时候还回来也要车站说了算，不是她白小川。从此白小川就彻底恨透了离别的车站。但这天齐勤要走了，下次再见不知道是什么时候了，白小川却还有一件重要的事情没完成，她说什么也得来。排队换登机牌，办理行李托运，白小川和其他人一起陪齐勤完成了入关前的所有手续。就要挥手告别了，也许一转身就是一年，说不好两年三年也有可能，一股热流冲上白小川的脑门，她用尽力气却只发出了微弱的两个字，但这样的声音也足以让齐勤止步。齐勤说："嗯？"白小川几大步走到他面前，微微仰头望着这个比她高出一个头的男生，她觉得自己的胳膊竟然有点抖。白小川伸出手，却只是拍上了齐勤的肩膀。深深地看进他的眼睛，白小川以前所未有的认真语气说："齐勤，你给我记好了，你还欠我一个拥抱。"

白小川的大学生活进行得不尽如人意。她本来就对读书没有太大的兴趣，大学又不像高中，没有父母的唠叨，没有老师的催促，没有做不完的试卷，当然没有齐勤的校园更是让她对这片空旷的地方怎么也亲近不起来。在人人都忙着赶场参加各种社团、论坛、学生会、辩论赛的时候，白小川却陷入了一种巨大的茫然之中。过分的自由像一场来势汹汹的暴风雨，淋了她一个干净磊落的透心凉。白小川最大的爱好就是每天睡到日上三竿，然后起来抹把脸出门，把那辆锈得快掉渣的二手自行车骑得脚链嘎吱嘎吱乱叫，晃进教室随便找个最后排的位子，把包塞进抽屉，睁着眼睛继续做白日梦。如此这般晃来荡去的结局就是，期末考试，白小川十一门功课一共挂掉了三门，再差一门就要被校方建议退学了。食堂里白小川边嚼着一大块酱爆茄子边想，早知这样，中国古代文学史那张试卷最后一道简答题我就不写了。

说也奇怪，在这样似白开水寡味的日子里，白小川对齐勤的热络也变成了一朵飘来飘去的云，浓起来的时候一天几通电话，淡下去的时候几个月没有联系也是很正常的。日子一天天过去，白小川觉得，齐勤的生活好像与自己有了一些看不见的隔阂。这样的隔阂不光是因为距离，还因为白小川听说，齐勤交女朋友了。不止一次，白小川在脑海里勾勒过与齐勤并肩而立的女孩的模样，她应该有着高挑的身材，还有一头漂亮的直直的长发，她笑起来像一只小鹿般温柔，看着齐勤的眼神里满满的都是爱意。虽然想起来免不了会有小小的心痛，但白小川坚信，这么好的齐勤，当然值得有一个同样好的女孩来与他般配。

大二下半学期的某一天，白小川接到家里的一个电话。那时她正无聊地踢着一颗小石子走在回寝室的路上，看它跌跌撞撞地一路向前滚去。母亲在电话那头浓得化不开的哭音，像一只锋利的匕首瞬间把白小川单纯的时空割得七零八落。第一次白小川体会到，空气停止了流动，周围嘈杂的声音一下子被一只无形的手拔掉了开关。呼吸变得不像是自己的了，痛彻心扉原来竟是完全失声。也几乎在同一时刻，白小川做了一个决定。她知道这个决定一定不会得到家里人的支持，但她白小川拍了板的事，是九头牛都拉不回来的。白小川说："我不要念书了，我要退学，我要去学做生意。"话音到后面渐渐地低了下去，白小川用只有自己听到的声音说："我要赚钱给爸治病，我一定要把爸的病给治好。"

打定主意要离开学校，白小川才发现，原来她对这所学校真是一点儿都不熟悉。物理楼原来就藏在食堂左侧的大草坪后面，新逸夫科技楼离老楼也不过只有一百米，东边的雁园里有一种树会开出蓝紫色的花，走过树下会闻到阵阵如夏日月光般清新的香气，右边溪园里的喷泉在单双日喷出的水柱是不一样的……真美啊，白小川最大限度地调动起自己的五官和四肢，去看去闻去听去摸索，竭尽全力去记住这里一点一滴的风景，贪婪得像个孤注一掷的囚徒。

白小川在走向学校综合楼办理退学手续的路上，拨通了青青的电话。等待手机接通的十几秒钟里，白小川以为青青也会和其他人一样极力劝阻。可当白小川说完，青青却没有接话。电话里安静得只剩下了两个人一来一往的呼吸声。在这样的安静里，白小川感到了一丝心慌。然后她听到青青的声音像水一样漫过全身。青青说："小川，有什么事记得来找我，我会一直在你身边的，你不是一个人在战斗。"握着手机，白小川不停地点头，远远地看，很像是白小川的头上安装了一个电动马达。然后她的眼泪就大颗大颗地掉了下来，犹如一串串受惊的珍珠纷纷下坠。这天阳光很好，细细碎碎的阳光从叶缝间漏下来，就像无数颗闪亮的钻石跳跃在白小川的眼皮上。白小川拿手背抹掉眼泪，轻轻地对着空气说了一声：再见。

白小川没有把这件事告诉齐勤，因为白小川觉得在这个资讯发达八卦满天飞的时代，即使她不说，齐勤也是很快会知道的。而关键的，白小川认为一旦在齐勤面前承认这个事实，她就真的和他成为两个世界的人了。这毫无疑问是让白小川最不想要看到的事，之一。

D

白小川做生意就跟她的性格一样，阴晴不定。好的时候，就跟下钱雨似的，一张张钞票从四面八方向她飘过来。坏起来的时候，也可能几个债主一天之内轮流上门讨债。但不管怎样，白小川都会在医院结账那天，把现钱准时送到母亲手上。病床上父亲的脸色一天比一天暗黄，人也迅速消瘦下去，和白小川记忆中的那个精神焕发的男子已经判若两人。白小川有时会想，人真是多么脆弱的动物啊，艰难的时光他挺了过来，到头来却依然败给了病痛。白色的床单、被罩、墙壁、床头柜，刺鼻的消毒水味，走廊上响起的脚步声充满急切与焦灼。白小川觉得医院多么像一个巨大的演艺场啊，每天都在这里上演着死生两重天的悲喜剧。只要得空，她就会陪在父亲床前，给他讲讲最近发生的好玩的事，也不能说得太多，父亲现在很容易就感到乏累，她要让他好好休息。摸着他青筋凸现的手，白小川暗自发誓，不管付出什么代价，她也要从死神手里夺回这个命中她最爱的男人。没有之一。

春去秋来，白小川忙得无暇自顾。直到有天接到青青的电话，邀请她做伴娘，白小川才突然有些感慨，三年的时间怎么过得那么快啊，青青都已经毕业要结婚了呀。还有齐勤。白小川想到齐勤的时候，心就那么隐隐地痛了一下，又一下。好久没联系齐勤了，不知道他现在过得怎么样。白小川还没有问出口，新娘子就先说话了："齐勤回杭州了，他那天也会来，小川，你也好久没见他了吧。"是啊，白小川想，好久了呢，久到自己都快忘记，这个叫齐勤的人，还欠着她一个拥抱。

青青的老公是她的大学同学，两个人从大一认识至今，感情一直都十分稳定。青青不是那种恋起来就甜得掉蜜恨不得整天晒幸福的人，站在青青身边的那个男人，也是那种稳重踏实的类型。白小川觉得，青青的爱情一定是属于细水长流型，而细水长流的爱情才更容易白头到老吧。思绪转了个弯，白小川想到了自己，她想，白小川啊白小川，你想要的又是怎么样的一份爱情呢？

陪在新娘子身边，穿着伴娘服的白小川显得有些焦虑不安。这样等待一个人的滋味可真不好受，仿佛有数不清的蚂蚁在心头爬来爬去，弄得她连笑起来都不自然。终于，又一班电梯门打开，白小川一眼就从人堆里看到了齐勤，同时看到的，还有挽着他胳膊的一个面若桃花的女孩。齐勤和女孩一起走过来，走到新人面前。白小川看着他，觉得他真是一点儿变化都没有呀，没高没矮没胖没瘦没年轻好像也没变老，就像直接从自己的记忆里走出来的一样。果然时光的手抚过每一个人身上的力道是不同的，齐勤还是那个齐勤，可白小川却不再是过去那个英勇无畏的白小川了。她现在有害怕的东西了，而且怕得要死。想当初白小川是多么奋不顾身地扑向那座碉堡啊，不管它是冷得结冰还是会烫得让人粉身碎骨，可是如今她只会淡淡地笑着，就像一个真正的大家闺秀。祝福过新人递上红包之后，齐勤当然也看到了白小川。齐勤笑着往旁边移了一步，说："白小川，你好吗？"鼻腔顿时就酸得起来，可白小川还要努力保持笑容，她说："我很好，好极了，好得不得了。"齐勤微微低头，对身边的女孩说："这就是白小川，高三时老拿一些很简单的数学题来考验我耐心的那个人。小川，这是我女朋友，小莱。"原来他真的什么都不懂啊，白小川忍不住又在心里低低地骂了一声：笨蛋。

整场婚礼，白小川都有些心不在焉，她的注意力，始终被坐在33桌的那个身影所吸引。齐勤端起杯子，齐勤夹菜，齐勤侧耳倾听，每一个样子白小川都很想牢牢地记在心里。以后不管什么时候，只要她想，她都可以拿出来翻一翻。齐勤修长的手指，白小川以前总感叹这就是一双钢琴家的手啊，现在和另一个姑娘的手十指相扣。这个画面似一根细针刺得白小川的眼角有些酸痛，她闭上眼睛深深地吸进一口气，然后重重地吐掉，又吸进一口，再吐掉。她就这么一吸一呼，又一吸一呼，像一条在岸上搁浅喘息困难的海豚。当然，白小川的目光时不时也会落到齐勤旁边的小莱身上。小莱的长发直直地垂下肩膀，她是安静的，笑起来像一朵浮在池面的睡莲。和想象的差不多啊。白小川酸酸地想，小莱跟齐勤在一起，真的很般配。这样挺好的，小莱肯定会把齐勤照顾得妥妥帖帖舒舒服服，齐勤的骨头以后都要拎不起来了，舒服死了。

酒桌上的人陆续散去，像吃饱喝足也看够热闹的金鱼肿胀地游走。同学这几桌留到了最后，年轻人嘛，难得见面，总有说不完的话，闹不尽的欢乐。下楼来站在酒店门口，大伙儿又你拉我扯地聊了好一会儿。刚才白小川左手拎着一瓶青岛啤酒右手拎着一瓶洋河蓝色经典，陪新人敬到同学这桌的时候，大家笑说："青青，今天是你的好日子，晚上不能喝太多，这样吧，小川，你来，你来跟我们喝。"白小川想，来就来，谁怕谁，大不了今天一醉解千愁。她把手里的两瓶酒放到桌上，说："你们谁有空杯子，借我一个，今天谁也不要客气，放马过来。"大伙儿一边高声叫好，一边早有人倒了满满的一高脚杯啤酒递到白小川手里。这时白小川感觉到有一只手环过自己的腰际，是青青，她轻声在白小川的耳边说："不要为难自己。"转过脸给了她一个夸张的笑容，白小川说："我没事，我就是高兴。"先是啤酒，再是白酒，白小川不知道自己究竟喝了多少杯，她现在只是觉得头晕晕的，好像有人胡乱拿了一坨棉絮塞在她脑子里。被风一吹，太阳穴突突突地似小鼓一般敲起来，白小川抬起手揉了两下。先前喝酒时齐勤那张脸就如水底的鹅卵石一样露了出来。齐勤看着不停仰脖豪气干云的白小川，并未阻止，可眉心却似有一丝若有若无的担忧，白小川想：他是不是担心我啊？可白小川转念又一想：担心有什么用呢，他根本就什么都不懂。

这时趁旁人不注意，白小川悄悄地走到齐勤身边，踮起脚在他耳边柔柔地吹进一句话。这句话带着白小川的体温，也带着浓郁的酒气。白小川说："齐勤，你欠我的拥抱呢？"也许是呼出的热气让齐勤立马红了脸，白小川看着他略略受窘的样子，咯咯地笑了起来。

E

有时白小川想，人生所谓的低谷，没有最低，只有更低。这两年由于各种原因，白小川的生意一直没有太大的起色。每一次接到医院的电话，白小川的心情都极度惶恐。她首先是怕父亲的病情有任何恶化的趋势，第二就是担心医院又来催着交住院费。有几次挂断电话白小川忍不住恨恨地想，医生的职责不是救死扶伤吗？怎么他们好像更热衷于拿病人的生命当诱饵，拼命逼你交钱交钱。白小川开始跟医院拖，腆着脸说尽了好话。常常半天一天下来，白小川回到家一屁股坐倒在沙发上，才发觉滴水未沾的嘴唇肿得老高，舌头木木地耷在嘴里。母亲把拖鞋放到她脚边，又泡好一杯热茶放在茶几上，然后不发一言默默地走回房间，脚步很轻，好像生怕惊扰到她一样。白小川抬起眼，发现母亲的背不知何时已弯了下来，她走路的样子仿佛一只上了年纪的虾。母亲的肩膀一抖一抖，白小川知道母亲在流泪，可她找不出一个合适的安慰的词，她能做的，唯有更努力地去赚钱，去借钱。钱！钱！钱！

春天将完未完之际的一个傍晚，残阳如血，洒满整座城市，白小川呆呆地坐在南山路的一条长凳上，面前是一大片雾蒙蒙的西湖。游人往来如织，白小川浑然不觉。白小川的生意彻底失败了，那个合伙做生意一直叫白小川"姐姐"的女孩拐跑了她最后的一点本钱，并且人间蒸发得十分干净。明天就是医院要求还钱的最后一天了，能借的地方白小川老早都想过办法借了，可还差好几万。青青他们刚买了新房要还房贷，手头也不是很宽裕，之前向他们借的五万块还没有还，白小川也没有这个脸再跟他们开口要了。白小川无助地抬头望望天，她想，老天爷啊，你总说天无绝人之路，可白小川的路真的要走到尽头了，您老人家到底在哪儿呢？

不知过了多久，白小川忽然感觉到一丝异样。有一双脚从自己的左边踱到右边，然后又缓慢地走回左边，最后停在自己跟前。"白小川，你是白小川吧？"一个陌生男人的声音。迷茫地撑起脑袋，白小川眯起眼睛看。由于是逆光，男人的脸隐在一团蒙蒙的光线中，白小川费了点劲才看清他的长相：个子不高，头发稀疏却梳得很整齐，眼睛不大，一笑就显得更细了，好像一张宽宽的脸上只剩两条缝。西装衬衫穿得倒笔挺，手里还拎着一只黑色的公文包。白小川说："我是白小川，你是谁啊？"男人说："你上个月来我们公司推销过洗衣粉，不记得了？"经他这么一提醒，白小川有点想起来了，男人当时坐在一张很大的红木办公桌后面，对她递过去的名片头也没抬，只说了一声"不需要"就让保安把她请出来了。白小川奇怪男人压根儿没正眼瞧过自己，他是怎么记得自己的呢？男人这时候说："白小川，你跟我来，我同你买洗衣粉，买一百箱。"白小川本来想跟男人说我已经不卖洗衣粉了，可是男人的话语仿佛有一种下了蛊的力量，它牵引着白小川从长凳上站起来，然后亦步亦趋地跟在男人的后面。走过古亭，走过石椅，走过参天古木，那么多的人与白小川擦肩而过，实际上却只是一些淡淡的轮廓。白小川一直往前走，也就是不停歇地把西湖甩在身后，所以她不可能听到，西湖泛起层层水波的声音，好像一阵阵的呜咽。

一个晚上之后，白小川事实上成了男人的情人。白小川不知道男人的名字，她只叫他老板。老板在早上穿好裤子之后，给了还睡在床上光溜溜的白小川一沓钱。老板说："白小川，你从此以后跟着我，不会让你吃亏的。"白小川颤颤地从被子里伸出胳膊捏住钱，眼泪就控制不住地掉了下来。白小川想，老天爷，你果然没有骗我啊！

白小川打了个车直奔医院。她把钱拍在医生面前的时候，感觉像扇了他一个耳刮子那样爽。病床上，父亲在熟睡，白小川低下头，在他的额上轻轻地印下一个吻。走出病房，母亲拉住了白小川，母亲说："你这钱是从哪里来的？"白小川下意识地咬了下嘴唇说："跟朋友借的。"母亲说："什么朋友？"白小川说："一个普通朋友。"母亲说："该借的不是都借过了，还有哪一个普通朋友会这么大方借五万块钱给你？"白小川一下子语塞，她低估了母亲的洞察力。紧紧地把白小川的手捏在掌心，母亲的眼泪刷地就下来了，母亲说："小川啊，我们虽然穷，可是穷也要穷得有骨气，那些见不得人的事我们不能做啊！钱的来路不清不楚，你爸用得也不安心啊……"白小川的眼眶也迅速红了起来，可她不能让自己在母亲面前显露出一丁点的委屈和理亏，她于是把眼泪给死命地憋了回去，同时僵硬地点了几下头。白小川试图张了张嘴，声音干涩得像塞满了生锈的旧刀片，她说："妈，我还有事，先走了。你好好照顾爸，我有空就过来。"然后白小川就把手从母亲的掌心里抽出来，掉转身走得飞快。高跟鞋在青色瓷砖上吱吱呀呀地叫着，好像两只仓皇逃窜的老鼠。

F

老板很愿意给白小川买东西，名牌衣服、名牌鞋子、名牌包、亮闪闪的钻饰。

去柜台刷卡付钱的时候他的眼睛喜欢弯成两条线，在白小川看来，它们就像两把微型镰刀，她是砧板上的鱼肉，等待镰刀从身上一刀刀划过。回到老板在西溪湿地旁给她安排的住处，白小川剪下那些薄薄的价签，一溜儿排在手掌上，看它们似几个小尸体安静地躺着。白小川心想：这些衣服啊鞋子啊包啊钻饰啊如果撕掉所有可以表明价值的东西，和地摊上的便宜货又有什么区别呢？那么，人是不是也可以贴上标签，然后分出个三六九等来？如果可以的话，那她白小川身上该贴上哪一种标签呢？

老板愿意给白小川买东西，但老板不愿意在夜晚留下来陪白小川，他说："白小川，人要知足，我给你钱，你就要满足。其他的事，你最好不要想了。"黑暗中，白小川又想起这些话，她对着空荡荡的空气冷笑一声，说："你也太看得起自己了，我白小川稀罕的又不是你的人。"独自一人蜷缩着腿坐在床上，很久以后，白小川缓慢地向前方伸出手臂，然后紧紧地抱住了自己。微微侧转头，白小川就把脸颊放在了自己的手臂上，轻轻地来回摩挲，感受着皮肤之间的温热传递，白小川觉得那种噬人的孤独好像也没有那么可怕了。在白小川的想象中，这分明是另外的一双手，一双让白小川想起来就觉得温暖的手。漫长得无边无际的黑夜，一丝微弱的幸福像一滴水滋润了白小川的心头。

拿着老板给她的安家费，白小川第一个就是去找青青还钱。可尽管白小川穿了以前的旧衣裳，青青还是察觉出了她的变化。青青问："小川，你最近在做什么生意呢？"白小川说："做赚钱的生意呗，还能做什么生意呀。"青青又问："小川，你是不是很累？如果很累，就不要做了，我不想看你委屈自己。"这时候白小川端着杯子的手顿了一顿，也就是心里顿了一顿，她想，原来这个世界上除了母亲，还有一个知她甚深的青青啊！白小川喝了一口水，哈哈一笑说："委屈？不会啊！怎么会委屈呢？哈哈，哈哈！"白小川笑完以后，才觉得这样的笑很不自然，甚至有些突兀，于是她又把杯子拿到唇边，稍稍仰起头往喉咙口灌下一点水。房间里如此安静，白小川能清晰地听见自己咕咚咕咚咽水的声音。突然，青青倾身上前抱住了白小川，这样用力的拥抱让白小川的胸口莫名地一紧。青青说："小川，回来吧。"靠在青青温暖的肩膀上，白小川闭上了眼睛，她轻轻地说："青青，不要不理我。"

这天的阳光很好。分别的时候，两个人的眼眶都有些红。走在马路上，光线像流弹一样击穿了白小川的身体，白小川就觉得，浑身的骨头都开始发出疼痛的怪叫。

G

时间马不停蹄地向前奔去，很快就到了夏末。那一天手机响起来的时候，白小川正对着化妆镜擦口红。猩红色的唇管，以前是白小川最讨厌的颜色。那会儿逛街时在商场里看到有涂这种颜色口红的女人，白小川会趴在青青的耳朵边偷偷地说："涂那么妖，肯定不是什么正经人。"想起自己曾说过这样的话，白小川不自觉地撇嘴笑了一下，右手的反应落后了一拍，猩红色的口红就磕到了牙齿上，软软的唇管上磕出一道小缝，就像一道难看的疤痕。白小川把有疤的口红扔在梳妆台上，随手从纸巾盒里抽出一张纸，脸凑近镜子，仔细地抹去门牙上的一小片红色印渍。铃声大作，白小川低下头看了一眼来电提醒，顺手按下免提键。电话里青青说："小川，你还记得胖子吗？"白小川说："记得呀，不就是那个高三的时候一次可以吃八两饭的家伙嘛。"青青说："胖子从美国娶了个洋媳妇回来，想请我们大家吃个饭，时间定在下周六，你有空过来吗？"白小川说："看不出来呀，胖子这都开始出卖色相为中美两国人民架起友谊的桥梁了啊，这我肯定得当面感谢他一下。"白小川清理门牙的工作几乎是和青青的通话一起结束的，结束的时候，白小川突然想到，这样的聚会，齐勤是不是也会去？望着镜子里那张鲜红得好像刚吸过血的嘴唇，白小川觉得自己就像是一个妖怪。她从盒子里又抽出一张纸，狠狠地朝着自己的两瓣血唇抹了下去。

这样的夜晚注定是热烈而寂寞的。白小川到达酒店的时候，同学们已经坐了整整两桌，烟味缭绕，白小川下意识地皱了皱眉。这股呛人的味道，她始终习惯不了。"哟，是我们的小川来了呀！"胖子从位子上站起来，白小川眼里立即就出现了一个大大的会移动的肉球。"小川真是越来越漂亮了，瞧瞧这身行头，还有这颗钻戒，生意做得挺大吧？"有人啧啧说道。话头立马被旁边的人截断："哪里呀，我们小川肯定是找到好人家了，对不对啊小川？"这话一出顿时点燃周边人起哄的热情："对呀对呀，小川，什么时候把你男人带出来给我们看看呀！"白小川笑着说："他忙得很，下次吧，下次。"

这时齐勤也到了。白小川看到他和小莱手牵着手进来，鼻子忍不住就又是一酸。白小川今天晚上特意精心打扮了一番才过来，十二公分的高跟鞋，超短皮裙底下镂空黑丝袜，头发是去侨治发型设计烫的，猩红色口红透露出异样的妩媚。可是当穿得普普通通的齐勤和小莱就这么随随便便地往自己跟前一站，白小川瞬间觉得自己就像个马戏团里的小丑，再怎么搔首弄姿也只不过是一个并不好笑的笑料而已。层层油彩糊在脸上，让白小川觉得呼吸都变得困难起来。白小川搂着胖子的胳膊，往他手里塞了一个红包说："胖子真不好意思呀，我突然想起有个客户今天晚上过来，是笔大单子呀，我一定得去拿下它。这一点小意思，恭喜恭喜。"白小川的高跟鞋然后就落在了青青身边，她拉起了青青的手。白小川相信自己和青青之间是可以用眼神说话的。白小川的眼睛说："青青，我得走了。我本来以为我可以，可是现在我发现不行。我心里难受。"青青的眼睛说："小川，不要勉强自己。想走，就走吧。"白小川的眼睛眨巴了两下，眼前就起了一层淡淡的雾。白小川就在这层雾转变成雨之前，静静地走掉了。

离开酒店，白小川去了医院。一路上白小川把车开得飞快，她踩油门的力道从来没有这么大过。白小川是故意的，她甚至有些希望这样的疾速飞驰可以遇上点什么，比如说一辆同样不要命狂奔的车。但白小川知道这样的任性只能发泄在心底，她身上还有那么多的责任，她不可以放弃。所以白小川依然能做到在每一个临界点上，脚下准确切换，稳稳地把车停下来。医院熟悉的味道让白小川有些反胃，她这才想起，今天一天都没有吃过东西。病床上的父亲现在越来越多地依赖睡眠了。握住父亲的手，白小川把自己的脸轻轻地贴到父亲的手背上，一双苍老的手，几十年风霜雨雪到最后也还是敌不过几根小小的输液管。白小川突然感到前所未有的疲惫，她闭上了眼睛。一些苍白的字词从白小川嘴里幽幽地飞了出来，她说："爸，你知不知道，你最爱的小川现在很不开心呀。以前我不开心的时候，你都会讲笑话哄我，现在你怎么那么喜欢睡觉呢，你不说笑话，那谁来哄小川呢，小川不开心，还有谁在乎呢……"白小川的眼泪滴答滴答地掉下来，很快父亲的手就像被浸到了白小川的眼泪海洋中，湿漉漉的。

H

站在十八楼的阳台上，风从四面八方吹来，使白小川觉得自己就像是一个气球被灌满了内容，随时可能飘走。这天是白小川的生日。白小川生在深秋时分，她喜欢这样的季节，风还不是很冷，吹在身上就像一双温厚的大手轻轻拍打着你。白小川的身后，客厅的桌上摆满了丰盛的饭菜。十分钟前老板打来电话，说今天晚上不过来了，女儿突发急性肠胃炎，他今晚要留在医院里陪她。老板连一句"对不起"也没说，好像他的话就是一道圣旨，白小川只需要恭敬地接旨就可以了。事实上白小川也没有怪他，她只是对着手机屏幕淡淡地"哦"了一声。

夜色如水，又何尝不适合一个人欣赏？白小川身子前倾，胳膊交叉靠在护栏上，远处霓虹闪烁，汽车的尾灯从楼下一直延伸到天边，路上的行人来来往往，不停地把自己从一个地方搬到另一个地方，从这么高的地方望下去，就像无数只细小的蚂蚁匆匆聚拢又急急地被风吹散。

看得无聊了，白小川走回房内，打开电脑。白小川点开QQ，桌面右下角的消息提示栏就不停地跳动起来。白小川一个个点开，有不少同学朋友发来生日祝福。能被人记得，证明她的存在并不是虚无缥缈的，白小川感到了一点点安慰。忽然，白小川的眼睛像通了电的灯泡发出亮光：是齐勤发来的一个程序，等待白小川接收。她点了"另存为"，等进度条完成之后打开程序。一个很可爱的界面跳出来，看样子是一个小游戏。白小川想，这一定是齐勤不知道从哪里拷贝来，然后群发的。游戏并不复杂，有点类似小时候玩过的超级玛丽，不过这里面的主角换成了一个穿着蛋糕裙的小姑娘，脸蛋粉扑扑的，很可爱。白小川用鼠标指引着小姑娘一边吃蘑菇，一边踩扁灰色的青蛙，一路升级打怪，轻松闯关成功，顺利进入城堡，救出……竟然是小矮人！白小川扑哧一下笑了出来。小矮人摇摇摆摆地走出来，走到画面中心的时候，突然开口说话了，他说："小川，生日快乐！"是齐勤的声音，伴随着零点的钟声一起在白小川眼前像烟花一般铺洒下来。白小川的眼泪在眼眶里直打转，但她展现给我们的，是一个灿烂的笑容。对了，我们从来没有说过，白小川笑起来其实很美丽。

父亲的病情突然加重。医生给白小川打电话的时候，她正在洗菜准备做饭，老板说今天做成了一笔大买卖，晚上要过来和白小川共度烛光晚餐庆祝一下。医生操着一口似手术刀冰冷的语气说："赶紧再拿二十万过来做手术，要不然就马上出院，回家准备后事吧，我们的床位很紧张。"白小川一把把手机扔进包里，抓起钥匙就冲出了家门，连拖鞋也忘了换，火急火燎地赶到医院。电梯停在四楼没动静，她一个劲儿地狂揿按键也不见任何反应，心急之下白小川踩着软塌塌的拖鞋一口气跑上七楼。病房里，父亲插着呼吸机，嘴巴微张，双目紧闭，一旁心电监护仪上的曲线起伏缓慢。白小川在电视里看过太多这样的场景了，电视最后，这条曲线都会滴的一声，然后就变成了一条直线。坐在病床前攥住丈夫的手，母亲无助地看向白小川，眼巴巴地，就有了点哀求的味道。白小川读懂了母亲眼中的含义。双腿一软，白小川跪在了母亲面前，说："明天，明天我给爸来交住院费。"母亲伸出手紧紧抱住白小川，眼泪就哗哗地流下来，母亲用并不连贯的声音说："小川……我苦命的女儿……是妈妈对不起你啊……"缓缓伸出手搂住母亲颤抖的瘦小的身躯，白小川的眼泪也刷地流了下来，白小川想，这个世界上，谁又真的对得起谁呢？

那天晚上，白小川在床上像换个人似的，她的热情引领着老板一次次地登上顶峰。等安静下来，白小川说："我需要二十万。"老板说："白小川，我是一个生意人，生意人做事情都是要讲利益回报的。我给你二十万，你拿什么回报给我呢？"空气静止片刻，白小川突然爬到老板身上，为他做起了以前她不愿意做的那件事。现在，白小川把自己当成一台机器，机器没有感情，所以也就没有什么愿意或者不愿意。老板控制不住地哼了一声。这时候白小川的眼睛开始泛红了，眼前翻动的都是一张张鲜红的票子。不多久，老板浑身抽搐了几下，然后软瘫地说，"成交。"

I

手术很成功。这天从医院出来，白小川的脚步有些轻快。她决定去超市，买两套簇新的内衣裤给父亲，闯过这一关，父亲就等于是跟阎王爷打了个招呼后又回来了，白小川想，回来后的父亲就是全新的一个人了。她仔细比较着两只手上拿着的同一款内衣的不同颜色，身边不知何时多了一个人。白小川抬头朝他眨巴了两下眼睛，问："你觉得哪种颜色好看？"齐勤的笑像一杯微微冒着白汽的温开水，他说："右边的。"白小川就十分干脆地把左边那盒丢回到货架上。

结完账出来的时候，齐勤说："我来吧。"就从白小川的手里接过了印有超市名字的大塑料袋。白小川也没有客气，她想一客气就见外了，她不要见外，她要把齐勤当自己人。白小川的眼神像一只小鸟掠过齐勤的脸庞，看他坦然自若的样子，她的心里便涌起一阵说不清楚的感动。白小川寻思着，现在在别人眼里，她跟齐勤肯定像极了一对过小日子的寻常夫妻。这样想着，白小川的脸就红了一下。

小莱走了，跟着一个比齐勤富有好多的男人。离开两个人曾一起精心布置的小屋的那天，齐勤让小莱坐在沙发上别动，他去帮她把衣服鞋子皮包化妆品布艺玩偶全部整理好，仔细地收到一个银灰色的大行李箱里。齐勤让小莱别动，是因为小莱怀孕了，虽然肚子里怀的不是他的孩子。

白小川坐在齐勤对面，听他说着这些的时候，心就像被一只锥子一个劲儿地扎。齐勤却淡淡地笑着，好像他说的这一切统统事不关己。白小川想，齐勤你就是这样啊，像一片无声的大海，底下再波涛汹涌，面上都风平浪静。

这天下午，是专属于白小川和齐勤的。坐在半岛咖啡厅靠窗的位子，一大片西湖就无遮无挡地浸润整个视线。落地玻璃窗隔绝了室外凛冽的北风，阳光暖暖地照进来，白小川就被这醉人的阳光弄得有些昏昏欲睡。白小川拿手掌支着下巴说："齐勤，我们认识多少年了？"齐勤说："十年了。"白小川想，十年的时间怎么过得这么快？她和齐勤各自兜了一个大圈，却再也回不到原点了。

杭州大厦楼上的这家豆捞坊的生意很好，白小川和青青坐下点菜的时候，门口还有四五十个人拿着号子在等位。吃饭很多时候吃的就是个气氛，白小川觉得豆捞坊的环境不错，来的也都是和她们差不多大的年轻人，嘻嘻哈哈的，烟气弥漫中就夹杂着许多零碎的欢乐。

青青嫁人之后就辞了职专心在家相夫教子，白小川常笑她现在身上时刻闪耀着母性的光辉。青青说等孩子再大一点可能会考虑再出来工作，毕竟成为全职太太也不是一件容易的事。白小川夹起一筷子羊肉放进煮沸的火锅，说："青青，我好羡慕你。"青青停下手里的动作，认真地说："小川，你一定会幸福的。"白小川哈哈一笑说："是啊，我白小川一定会幸福的！"她这句话差不多就是把青青刚说过的话复述了一遍。可是，白小川又凄凉地笑了，为什么幸福这么难呢？白小川说："青青，我觉得我现在就是个筛子，前前后后里里外外都是洞。"青青说："哪里有什么百分百完整的人呢？在这个世界上走过，我们都会变得千疮百孔，这都不要紧，要紧的是到最后你挺着千疮百孔的身体去见上帝，然后说，你看，我是站着来的，不是趴着或者爬过来的。"白小川听得出了神，她想青青的口才比那些所谓的心灵导师好多了，青青真应该去当心灵鸡汤栏目的主持人。

这是一个温暖的晚上，火锅氤氲的热气不时模糊白小川的视线。和青青聊天，

白小川觉得消失许久的力量又一点一点地回到了身体里。青青真是个温暖的
人。还有齐勤，白小川认为，齐勤也是一个温暖的人，就像是一颗启明星，只
要想到他，白小川就觉得黑暗好像也没有那么漫长，天就要亮了。白小川这样
想的时候，就感觉其实自己一直都是挺幸福的，因为齐勤住在她心里，她就像
是拥有了一座秘密花园，谁也抢不走。

J

新的一年到来之前的最后一天，白小川发现自己怀孕了。吃饭的时候，她把这
件事告诉了老板。老板夹菜的筷子稍微停顿了两三秒，很快就以正常速度夹
起了一块鲜嫩的鲈鱼肉。他边嚼边说话，这就让他的话语听上去有一股腐臭
的气味。他说："去医院吧。"老板的一句话把白小川送到了这间冰冷的手术
室里。安静地躺在窄窄的病床上，白小川把自己想象成一条光溜溜的鱼，正
在等待开膛破肚。白小川突然想到，她一生之中吃了那么多条鱼，却从来没有
想过，鱼被人捏在手里剖开肚子的时候，是不是会疼，是不是也会疼得叫不出
来。紧紧地把干涩的床单攥在手心，白小川知道，有一些东西，正在以看不见
的速度从她的生命里面迅速消失，躯体似流沙一般失去密度和重量。也许很快
她就会搞不清楚，这些东西，是不是真的曾经存在过。当那些冰冷的器械相互
推挤着在白小川的肚子里横冲直撞的时候，白小川并不害怕，她只是充满了悲
哀。白小川想：齐勤，我好想让你抱抱我，现在抱着我。可是，你怎么还会愿
意抱我呢？你肯定比以前更不愿意了，再也不会愿意了……

手术结束了，白小川像个木偶一样被护士扶下床。她一直在出汗，现在因为走
路带起的空气流动，让她觉得自己成了个活动的冰窖，四处都是窟窿眼儿，汩
汩地往外冒着冷气。拖着硬邦邦的两条腿，白小川机械地走出医院。寒风中树
木瑟瑟发抖，冬天正准备全面袭击这个城市。老板的车停在旁边的一个弄堂
里。拉开车门，白小川一言不发地钻进副驾驶座，缓慢地把腿收拢到胸前，然
后使出全身力气环抱住自己。老板以为她发虚发冷，从后座拉过一件外套给她

披上。可白小川还是止不住地打冷战，打到牙齿发僵，打到天旋地转。

父亲的病终究没有治好。心电监护仪上的那条曲线，就跟电视剧里演的一样，嘟嘟几声之后就变成了令人绝望的一条直线。白小川这才发现，原来人生真的就跟一场戏一样，舞台再大，也有必然要谢幕的时候。她只是觉得，还没看到女儿结婚生孩子，父亲怎么就舍得谢幕呢？

遗体火化那天，白小川突然感觉到了一阵莫名的轻松。白小川知道这样不对，可她控制不住想怒吼一声的冲动。于是白小川就在心里狠狠地吼了一声，把胸腔和肋骨都震得生疼生疼。疼痛慢慢平静下来，白小川转过头对母亲说："妈，我要走了。"母亲还没从巨大的哀痛中缓过来，她一边抹眼泪一边问："走？去哪？"白小川说："我也不知道，但是你放心吧，从前的白小川已经死了，从今天起，新的白小川要用自己的力量来养活你。"天空高远，有几只飞鸟栖息在周边的大树上，叽叽喳喳叫得很欢。一阵风过来，轻轻地把白小川的长发吹了起来在空中打了个漂亮的转儿。白小川想，世界多么大啊，这么大的世界，总有个地方容得下小小的白小川吧。

K

短暂的过场之后，齐勤的声音就这么响了起来。包厢里仍然很吵，有人在打牌，有人在喝酒碰杯，更有人贴着对方的耳朵大声地说话。可在白小川眼里，这个世界无比安静，天与地都消失了，她的眼里心里，看到的只有那一个身影，听到的也只有那一个声音。齐勤的嗓音依然浑厚有力，像一只温厚粗糙的大手，抓得白小川的心里痒痒的，痛痛的。齐勤唱的是罗大佑的《告别的年代》，很久以前的一首歌了。

……

道一声别离，

忍不住想要轻轻地抱一抱你；

从今后姑娘我将在梦里，

早晚也想一想你。

告别的年代，

分开的理由，

终不须诉说出口。

……

包厢里的屏幕闪烁不定，时空在此刻出现不易察觉的错位，很多的画面，就像很多断裂的黑白镜头在白小川眼前依次闪过。白小川不知道自己是什么时候开始流泪的，她把自己的头放在青青的肩膀上，任由眼泪像波浪似的一波一波涌上来。青青拿了纸巾想给她擦，被白小川抽走捏在了手心。白小川想，人生还能有几次这样放肆的时候啊，就让我痛痛快快地哭一回吧！

午夜十二点钟的城市街头，其实并不冷清，出租车、私家车、电屏车，全部呼啸着从各个方向奔来突去。分别的时刻终于来到了。白小川走出人群，走到齐勤对面一米的距离站定。白小川说："齐勤，我走了。"齐勤笑着点了点头。白小川举起手挥了两下，齐勤也就跟着挥了两下。然后，齐勤垂下手走近两步，轻轻地抱住了白小川。白小川的心就热了一下，又狠狠地痛了一下。白小川也抬起手，抱住了齐勤宽厚的背。这时候的齐勤变成了一面海，把白小川完全地包围了起来。就是这样了啊，白小川靠在齐勤的胸口听着这个男人强有力的心跳声，眼泪无声地流了下来，这样就够了啊。

一封感谢信　■　□　□

谢谢父母，一直无条件地支持我追逐梦想，并且在所谓的人生大事上对这个女儿保持了最大程度的宽容；

谢谢海飞老师，在写作道路上给了我最初最宝贵的指导，亦师亦友亦为兄长；

谢谢Brian小分队，教会我包容与忍让，离别与珍惜，爱与成长；

谢谢惠姐姐，彷徨无助时你洒向我的每一束阳光我都铭记于心；

谢谢铁女，从高中到现在，你一直是温暖的所在；

谢谢厦门狼人杀小队，难忘那些个彻夜谈论文学的星夜，你们是纸域世界的同行者，精神融契的良伴；

谢谢璐璐，对文学的执著热情一次次点燃我写作的信心和勇气；

谢谢谭小杰，因为你，北京开始有了美丽；

谢谢本书图片提供者：水殿月影、金波、Aaron、Ice、贡丸。影像是最好的见证者，见画如见人；

谢谢那些没有牵手的男孩们，谢谢那些渐行渐远的女孩们；

谢谢很多帮助过我的人；

感恩我的信仰，让我在前进途中找到真实义的方向；

……

还有很多很多想谢的人，请恕我在此不能一一列举。你们的善意，相信我一直都放在心里。

感谢生命赐予我的这一切。

下一个故事，再见。

图书在版编目（CIP）数据

　　一横一竖，一晃十年 / 边凌涵著. —北京：当代
世界出版社，2016.9
　　ISBN 978-7-5090-1137-9

　　Ⅰ.①一… Ⅱ.①边… Ⅲ.①中国文学－当代文学－
作品综合集 Ⅳ.①I217.2

　　中国版本图书馆CIP数据核字（2016）第221432号

书　　　名：一横一竖，一晃十年
出版发行：当代世界出版社
地　　　址：北京市复兴路4号（100860）
网　　　址：http://www.worldpress.org.cn
编务电话：（010）83908456
发行电话：（010）83908409
　　　　　　（010）83908455
　　　　　　（010）83908377
　　　　　　（010）83908423（邮购）
　　　　　　（010）83908410（传真）
经　　　销：全国新华书店
印　　　刷：北京天宇万达印刷有限公司
开　　　本：880毫米×1230毫米　1/32
印　　　张：8.5
字　　　数：270千字
版　　　次：2016年10月第1版
印　　　次：2016年10月第1次
书　　　号：ISBN 978-7-5090-1137-9
定　　　价：39.00元